À LA RECHERCHE DE NEW BABYLON

ÉDITIONS LA PEUPLADE
415, rue Racine Est — bureau 201
Chicoutimi (Québec)
Canada G7H 1S8
www.lapeuplade.com

DISTRIBUTION POUR LE CANADA
Diffusion Dimedia

DISTRIBUTION POUR L'EUROPE
Librairie du Québec à Paris (DNM)

DÉPÔTS LÉGAUX
Bibliothèque et Archives
nationales du Québec, 2015
Bibliothèque et Archives
Canada, 2015

ISBN 978-2-923530-95-6
© DOMINIQUE SCALI, 2015
© ÉDITIONS LA PEUPLADE, 2015

.

La Peuplade remercie le Conseil
des Arts du Canada de l'aide
accordée à son programme
de publication, ainsi que la Société
de développement des entreprises
culturelles (SODEC).

La Peuplade reconnaît l'aide
financière du gouvernement
du Canada par l'entremise
du Fonds du livre du Canada
pour ses activités d'édition.

À LA RECHERCHE
DE NEW BABYLON

Dominique Scali

LA PEUPLADE **ROMAN**

*Je savais que ça finirait
comme ça.
Avec moi qui crève
et vous qui regardez.*

PROLOGUE

MÉMOIRES
D'UN PRÉDICATEUR SILENCIEUX

PARIA, 1881

Mai 1881

À gauche du foyer trônaient trois armes longues posées sur des crochets. La première était une baïonnette utilisée par l'arrière-grand-père pendant la guerre de l'Indépendance. La deuxième, un mousquet qui avait servi au grand-père pendant la guerre contre le Mexique. La troisième, une carabine qu'avait maniée le père pendant la guerre de Sécession. Elles tenaient lieu de trophées, mais elles étaient toutes bourrées de munitions, prêtes à donner encore et encore.

Ailleurs, les garçons s'amusaient à effrayer leurs petites sœurs en racontant que les loups allaient venir les manger. Au nord des Vermilion Cliffs, il n'y avait pas de loups, mais il y avait des Navajos et des mormons. Il n'y avait pas de forêt où les animaux pouvaient se cacher, mais il y avait des roches rouges millénaires en forme de statues. Derrière les aspérités, la menace ne pouvait être qu'humaine.

.

Dès qu'ils entendirent le cri, les Sevener crurent que des Navajos avaient attrapé et scalpé l'un des leurs. Un cri long et rauque, qui exprimait l'horreur et la douleur. Le genre de déchirement dans l'espace sonore qui vous informe qu'il est déjà trop tard. Pour se faire entendre, le cri dut être plus fort que le sifflement de la bouilloire et le battement de la machine à coudre dans la cuisine où se trouvaient la mère et les enfants. Il dut se faufiler à travers les coups de marteaux que frappait le père sous la rambarde. Il dut contourner la colline et couvrir le beuglement des bœufs pour se rendre aux fils qui rassemblaient le bétail à trois miles de là. Il y eut sans doute un écho, une réverbération contre les vallons, quelque chose d'assez amplifiant pour que tous les membres de la famille fussent parcourus du même frisson en même temps.

Les chevaux se mirent à hennir, les chiens à aboyer et le nourrisson à hurler. Le père monta à l'étage, les filles fermèrent les volets et se cachèrent sous la table, armées des fusils qu'elles n'avaient jamais utilisés. La mère attrapa une poêle en fonte en pleurant parce que le nourrisson dans ses bras ne cessait de pleurer. Au-dessus de leurs têtes, les femmes entendaient le craquement du plancher alors que le père passait d'une pièce à l'autre en pointant le canon de son arme de chasse dans le vide à travers chaque fenêtre, scrutant l'horizon sans savoir d'où apparaîtrait l'ennemi.

Les Sevener n'avaient jamais été attaqués par les Navajos ni par aucune autre tribu. Ces groupes avaient tous été pacifiés et parqués dans des réserves, à l'exception de quelques bandes d'Apaches. Mais il en était des Indiens comme des fantômes : nul besoin de les voir pour qu'ils vous gardassent éveillés la nuit.

À Paria on racontait qu'à une certaine époque, les raids-surprises des Apaches pouvaient faire d'un hameau bien vivant un village fantôme du jour au lendemain. Les habitants étaient tétanisés par la mort comme des sculptures de sang, et personne ne venait déranger leur sommeil pendant des semaines.

Par temps de paix, la peur disparaissait. Quand elle revenait, on se demandait comment on avait fait pour l'oublier et il semblait que toute cette insouciance reposait sur des mensonges. Puis la peur se dissipait, mais cette fois, on savait qu'elle allait revenir. Et quand elle revenait, on savait qu'elle allait repartir. La peur était une saison qui n'avait jamais été inscrite dans le calendrier.

.

Le soleil commençait à baisser lorsque les fils revinrent à la maison. Sur le chemin du retour, ils avaient trouvé près de la route un homme qui gisait inconscient, le visage dans la poussière.

L'homme n'avait plus de mains. Elles avaient été tranchées et les moignons, cautérisés. Il était vêtu d'une redingote noire et de bottes de cavalier, son costume et ses cheveux étaient couverts d'une fine couche de saleté rougeâtre, comme toute chose qui traînait trop longtemps sur le bord du chemin. Quand ils l'avaient retourné, son visage aussi était poudré de sable orange. On aurait dit que l'homme, un Blanc, cherchait à se faire passer pour un Peau-Rouge. Les fils avaient placé l'inconnu en travers d'un cheval et avaient fait trotter l'animal jusqu'à la maison. Le fils aîné transporta le blessé dans ses bras jusqu'à l'étage des chambres. Les femmes le soignèrent, les hommes fouillèrent ses effets personnels. Ils ne trouvèrent aucune arme, pas même un couteau. En revanche, sa besace contenait une bible et un recueil de sermons. Ils en conclurent que l'inconnu était un prédicateur.

Ce soir-là, ils remercièrent le Seigneur de leur avoir enfin envoyé un homme de Dieu. Peu importait à quelle Église il appartenait, pourvu qu'il ne fût pas mormon.

« Bonjour, Révérend. Avec plaisir, Révérend. Quelle tête vous faites ce matin, Révérend. » Tous les membres de la famille Sevener s'étaient habitués à le nommer ainsi.

.

Le ranch des Sevener était situé à quelques miles de Paria. Les premiers habitants avaient nommé leur ville « Pahreah », mais un cartographe négligent avait un jour inscrit « Paria » sur ses plans.

Sur la cinquantaine de familles qui s'y approvisionnaient, une dizaine seulement se disaient américaines. Les autres se considéraient comme mormones ; celles-ci n'avaient pas honte du nom de leur ville. Chaque dimanche, les Américains plantaient dans la terre quatre troncs de peuplier et étiraient une bâche au-dessus de leurs têtes. Ils se réunissaient sous cette tente-église pour montrer aux mormons que même s'ils n'avaient pas de ministre du culte, eux aussi savaient prier. Souvent, un ancien mineur devenu l'ivrogne du village assistait à la scène, le dos contre le mur en pisé de la taverne et les fesses dans la poussière. Il s'amusait à faire tenir en équilibre au bout de ses pieds le goulot d'une bouteille et marmonnait des insanités à l'intention des croyants.

« C'est la faute des femmes si y'a plus d'or, disait le vieux. C'est toujours pareil. Quand les bonnes femmes commencent à arriver, l'or s'en va. La terre, ça se nourrit du sang et du whisky que les bonnes femmes font fuir. »

Il n'y avait jamais eu d'or à Paria.

.

Les Sevener chargèrent Astrid, leur fille aînée, de tenir compagnie au prêtre manchot et d'effectuer à sa place les tâches qu'il ne pouvait accomplir lui-même, c'est-à-dire tout. Bien entendu, elle n'avait pas la responsabilité de le dévêtir ni de le laver. Elle devait avoir douze ou treize ans. Elle était assez jeune pour obéir, et assez vieille pour ne pas ennuyer l'estropié. Maigre comme un pieu, elle ne portait que des robes trop grandes pour elle, sans doute héritées de la garde-robe de sa mère. Elle dégageait une subtile odeur de lavande dans une maison qui ne sentait rien.

La mère Sevener ne s'asseyait jamais et ne parlait à personne d'autre qu'à son nouveau-né. « Ch, ch... T'en fais pas, trésor. Bientôt on aura une église à nous », murmurait-elle en le berçant. Quand elle montait rendre visite au malade, elle déposait l'enfant dans ses bras. Le Révérend n'avait plus de mains et n'avait jamais tenu de nourrisson auparavant, mais la mère ne lui laissait pas le choix. « C'est lui qui va te baptiser pour vrai. Bientôt, tu verras. Bientôt le Révérend ira mieux. » Pendant les repas, elle allait et venait autour de la table. « Les mormons croient que le territoire leur appartient et que toutes les femmes doivent entrer dans leur harem, mais ils verront bien, le jour où l'armée envahira leurs maisons et libérera leurs femmes. Quand tu seras grand, nous on aura une église et les mormons z'en auront plus. »

Le reste de la marmaille mangeait en silence. Les petits comme les grands étaient vêtus du même calicot identique, imprimé de rayures jaunes et vertes. Le Révérend remarqua qu'on avait pris la peine de recouvrir de peinture pervenche les lattes des murs de la salle à manger. On avait peut-être envisagé qu'un jour, dans cette maison, il y aurait des moulures et des tableaux. Le reste de la demeure était resté d'un bois brut d'une nudité assumée.

Astrid nourrissait le Révérend à la cuiller comme un enfant. Le père avait terminé son plat et se curait les dents. Le Révérend arrêta de mastiquer. Jamais plus il ne pourrait faire comme lui.

.

La plupart du temps, le Révérend restait à l'étage, dans la chambre qu'il partageait avec les garçons, assis au pied de son lit avec la Bible ouverte sur les genoux. Quand Astrid tardait à tourner une page, il s'impatientait, alors elle demandait pardon. « Non, c'est moi qui dois te demander pardon, petite. Ce n'est pas ta faute si je n'ai plus de mains. Avant... J'étais reconnu pour mes poignées de main bienveillantes. »

À force de candeur et d'insistance, Astrid apprit que le Révérend se nommait Aaron. Elle lui demanda s'il s'agissait de son nom ou de son prénom. « Ça n'a aucune importance, répondit-il. Quand j'étais à Sacramento en soixante-douze, il y avait un marshal qui se nommait Eustis Marshall, ce qui faisait de lui le marshal Marshall. Ainsi, quand les gens l'appelaient, on ne savait jamais à quoi ils faisaient référence. »

Personne ne lui reposa la question. Il y avait d'autres mystères plus agaçants.

.

Les Sevener menaient une vie rythmée par la course du soleil. L'heure importait peu et pourtant, le père sortait sa montre de sa poche de veste au moins deux fois pendant les repas. La mère tenait le nourrisson d'un bras et remuait le contenu d'un chaudron de l'autre. Le Révérend patientait à table, le dos droit, les moignons sur les cuisses, pendant qu'Astrid lui coupait un bout de porc mouillé.

— Alors Révérend, z'allez bien finir par nous dire qui vous a fait ça, demanda le père.

— Écoute pas ça, trésor, c'est pas une conversation pour les enfants, dit la mère avant d'embrasser le front du petit.

Le père leva les yeux vers elle puis revint planter son regard dans celui du Révérend.

— C'est le Matador qui m'a fait ça.

— Le quoi ? s'étonna le père.

— Le Matador.

Le père se redressa sur sa chaise.

— C'était pas un vrai matador, je suppose ?

Le Révérend mastiqua lentement.

— Est-ce que ça change quelque chose ?

Astrid tendait au Révérend un morceau de pomme de terre au bout d'une fourchette. Elle avait suspendu son geste, une main en dessous pour éviter les dégâts, attendant que celui-ci ouvre la bouche.

— Probablement pas, dit le père en retournant à son assiette.

Le Révérend continuait de le fixer. Il engloutit la bouchée qu'Astrid lui tendait, puis la mastiqua jusqu'au bout avant de poursuivre.

— Si vous allez à Tucson, ils vous diront qu'on le nomme le Matador parce que c'est un somnambule redoutable. Il aurait été surpris à parler dans son sommeil et aurait dit quelque chose comme « pas grave s'il y a du sang, ils sont venus de partout pour me voir ».

.

La maison des Sevener recelait quelques trésors. Un lustre à trois lampes suspendu au-dessus de la table à dîner. Une chaise à siège rembourré, recouverte d'un fichu en dentelle de laine fine. Une petite commode aux pattes recourbées. Un plateau de service en argent. Deux livres à reliure épaisse. Et un vase de faïence dans une armoire pour le reste remplie d'articles de cuisine ou de couture.

Certains pionniers s'attachaient aux objets fragiles qui avaient survécu au voyage. Les Sevener semblaient avoir oublié les leurs. Depuis longtemps, la visite habituelle n'était plus de la visite. Il fallut l'arrivée du Révérend pour que la jeune Astrid fût surprise en train d'épousseter ces vestiges d'un passé mondain.

.

Rien n'empêchait le Révérend Aaron de sortir, mais il préférait regarder l'extérieur depuis la fenêtre, comme si le monde était plus facile à appréhender lorsque divisé en quatre carreaux.

Les hommes devaient traîner le cheptel loin de la maison pour le faire brouter, jusque dans les creux du canyon, où un ruisseau éphémère venait abreuver la terre de rouille. Ils passaient leurs journées à cheval. Devant la fenêtre, le Révérend était là quand ils partaient. Et quand ils revenaient.

Plus jamais il ne pourrait monter à cheval.

Le soir, père et fils jouaient aux dés sur la table de cuisine avec l'air satisfait de ceux qui ont accompli leur corvée quotidienne. « Tout ça pour ça », pensa le Révérend la première fois. La deuxième fois, il eut envie de se joindre à eux avant de se rappeler que même pour le jeu, il n'avait plus de mains.

.

Les Sevener avaient un piano, désaccordé en permanence à cause de l'aridité du climat. Personne n'en jouait à part Astrid, qui avait appris la musique par elle-même. Un recueil de partitions traînait sur le lutrin, mais jamais elle ne l'ouvrait.

Pour la troisième fois de suite, elle pianotait *Sweet Betsy from Pike*, la seule mélodie qu'elle semblait connaître. Le Révérend s'imagina en train de lui fermer le couvercle sur les doigts. Il se retira près de la fenêtre pour rougir sans être vu.

Le fils aîné se nommait Leroy, mais tout le monde l'appelait Lee. Il trouva le Révérend dehors, dans l'annexe. C'était une pièce dépourvue de murs avec un toit en pente. Un ciel sans nuages s'étendait à l'horizon, un condor de Californie croassait. Une brouette et une roue de chariot encrassées de terre desséchée étaient appuyées contre la maison. Le Révérend, debout, fixait les objets réunis pêle-mêle sur une table devant lui. Des écuelles, des hachoirs, un soufflet à bœufs, une pelle en tôle, des tenailles, un emporte-pièce, un fouet.

— Z'avez besoin de quelque chose ? demanda le jeune homme.

— Il n'y a rien là-dedans que je saurais utiliser. Et même si je le savais, il n'y a plus rien que je puisse manier.

— C'est vrai alors que z'étiez pasteur ?

— Je l'ai été. J'étais un des rares hommes à ne jamais porter d'arme. Même là où les fusillades étaient le plus susceptibles de survenir. Je payais les prostituées pour les faire parler, mais je ne les touchais jamais. Je mâchais du tabac à longueur de journée, et pourtant je jure que personne ne m'a jamais vu cracher.

Il hocha la tête dans le vide comme pour se convaincre, puis renifla.

— Je n'étais pas un exemple pour autant.

Il se retint de préciser qu'il était obsédé par tout ce que les gens pensaient, sauf ce qui le concernait. Il adorait négocier, mais n'avait aucun intérêt pour l'argent. Il ne jouait pas, mais avait l'impression d'être dans un jeu. Il croyait en Dieu, mais n'avait pas la foi. Il invitait ses fidèles à prier pour leur prochain, mais ne priait que pour lui-même. Il omit aussi de dire qu'il avait vu une fillette battue par son père quand elle ne priait pas assez et une femme battue par son mari quand elle priait trop, soupçonnant le pasteur de l'avoir ensorcelée. Que de fois il avait juré que plus personne ne cherchait à gagner son ciel et que les plus fervents voulaient seulement s'assurer une place en première page du prochain Testament.

— Z'avez baptisé beaucoup de gens ? demanda Lee.

— Non. Je récitais des sermons. Les autres prêcheurs allaient de campement en campement pour montrer aux fidèles à quel point il pouvait être facile d'entrer dans les voies du Seigneur. Je préférais leur montrer à quel point ce serait difficile.

— Z'allez pas vous venger alors ? Avec le pardon, et tout ça.

Il regarda le jeune homme du coin de l'œil pendant un instant.

— Et avec quelles mains je pourrais me venger ?

Lee haussa les épaules.

— J'sais pas. Avec les mains de quelqu'un d'autre.

.

Un jour, Astrid trouva le Révérend assis au pied du lit, la tête enfouie dans son oreiller. Elle n'avait jamais vu un homme pleurer. Elle s'approcha, le plancher craqua. Le Révérend releva la tête et l'oreiller tomba de ses cuisses. Il le coinça entre ses moignons, se leva puis le jeta sur le lit avant de se diriger vers la fenêtre. Il se tenait dos à la jeune fille, les bras en croix comme s'il avait encore des mains à croiser. Sa chemise était sortie de son pantalon, ses bretelles mal ajustées.

— Pourquoi on vous a fait ça, Révérend ?

— Il faudrait demander au Matador, répondit-il en reniflant.

— Z'avez pas été chanceux en tout cas.

— La malchance n'y est pour rien. Elle m'aurait pris une main, pas les deux. Les gens prient pour se protéger de la malchance, mais ils devraient plutôt prier contre la méchanceté, qui ne punit pas que les témérai-res. Elle vise justement les faibles, donc les prudents. La malchance n'effraie pas parce qu'elle est passive. Lorsque les éléments s'alignent contre vous de façon intentionnelle, la peur s'installe. C'est l'intention qu'on attribue aux choses et aux gens qui effraie. C'est comme de se croire libre tout en croyant en Dieu. Il est bon de se dire qu'il ne se mêle de rien, mais que s'il décidait d'agir, son intention serait bonne.

Il s'essuya la joue avec son avant-bras. Astrid regarda le plancher, puis brisa le silence de nouveau.

— Z'avez vraiment aucune idée de pourquoi il vous a pris vos mains ?

Le Révérend allongea l'échine, soupira sans se retourner.

— Je connais les circonstances qui l'ont mené jusqu'à moi et qui l'ont poussé à commettre l'agression, mais au fond il n'y a pas de raison. *Pourquoi* est une question qu'on ne pose pas à un artiste. En vérité, ce n'est la faute de personne. À force de chercher ceux qui mériteraient d'être incarnés par d'autres, on finit par tourner en rond. Si New Babylon avait existé, j'aurais encore mes mains.

Pour la première fois, Astrid se dit peut-être que l'homme était fou, car elle ne chercha plus son regard et ne lui posa plus de questions hormis « Avez-vous chaud ? Froid ? Avez-vous sommeil, Révérend ? »

« Y'a quelque chose qui s'est égaré en venant ici, lui confia Lee un jour. J'sais pas comment dire. On est pas plus pauvres qu'avant. C'est pas une question d'argent. Mes parents... Je crois qu'ils ont juste arrêté de faire comme si on était des gens bien. Je dis pas qu'ils sont pas bien. Je dis juste que... »

Il gratta la terre de son pied.

— Dans le Missouri, on était des gens respectables. Moi, je vais pas faire comme eux. Je vais aller ailleurs. Je vais pas abandonner si facilement.

— Si vous pouviez choisir votre mort, elle ressemblerait à quoi ?

Vous pouviez parler avec un homme pendant des heures, de ce qui l'avait amené là où il était, de ce qu'il venait chercher. De la façon qu'il rêvait de vivre. Mais le Révérend avait depuis longtemps compris que le meilleur moyen de dégoter les êtres d'exception était de leur demander comment ils rêvaient de mourir.

Lee haussa les épaules.

— J'suis trop jeune pour penser à ma mort.

— Moi j'ai toujours rêvé de mourir dans le désert, dit le Révérend. N'y a-t-il pas plus honorable façon de s'éteindre que de mourir de soif là où il n'y a rien ? De s'effondrer là où il n'y a pas d'ennemi, pas d'épidémie, ce qui revient à être fauché par la main de Dieu en personne ? Le désert ne nous veut pas de mal, mais il reste pour nous un adversaire hors de portée.

Si le Révérend Aaron trouvait le temps long, les habitants de Paria aussi, impatients de pouvoir entendre parler de Dieu par quelqu'un qui s'y connaissait en espérance.

— Il faut le comprendre, même pour un prêcheur, perdre ses mains est une terrible épreuve. Beaucoup d'hommes préféreraient mourir.

— Je veux bien, mais justement, il pratique le seul métier du monde pour lequel il a pas besoin de ses mains, argumentait-on.

Souvent, Lee lui demandait quand il allait se remettre à prêcher, mais il gardait le silence, sans bouger. Répondre à cette question, même pour la renvoyer au lendemain, semblait lui demander trop d'effort. Puis un jour, il formula une réponse, ou plutôt une condamnation.

— Jamais. Plus jamais je ne vais prêcher.

Lee rapporta ces paroles à Astrid, qui les rapporta à son père. Alors les Sevener commencèrent à tendre l'oreille aux ragots qui circulaient.

— Et si le prêtre mutilé était pas un homme de Dieu, mais un faussaire ? Un voleur ? Pourquoi on lui a coupé les mains si c'est pas un voleur ?

— Mais alors, pourquoi s'être donné la peine de le garder en vie ? Pourquoi on l'a pas fait se balancer au bout d'une corde comme n'importe quel voleur ?

— Sûrement parce que c'est un pasteur et que ça aurait porté malheur.

Puis un jour, la rumeur se transforma en nouvelle. Des mormons de Paria avaient appris de leurs proches en Arizona que l'étranger avait été hébergé par des familles près de la frontière. Auprès d'eux, il ne s'était pas du tout fait passer pour un pasteur, mais plutôt pour un mormon du Missouri à la recherche de sa vieille sœur.

.

Le Révérend Aaron fut amené à table comme tous les matins. Quelqu'un qui n'était pas le Révérend récita le bénédicité, car celui-ci depuis le début demandait à passer son tour. Ils mangèrent tous sans parler, puis le père s'éclaircit la gorge.

— On va pas pouvoir vous garder, Révérend. Avec le nouveau-né, vous comprenez... Les filles vont remballer vos affaires et puis je vais vous conduire ailleurs. Où vous voudrez.

Le Révérend avait toujours su que ce jour viendrait, mais pas aussi tôt, pas aussi brutalement. Pas avant d'avoir élaboré un plan d'avenir ou, à tout le moins, un plan de vengeance.

— Je ne peux rien faire par moi-même, articula-t-il en regardant le bol devant lui.

— Vous devez bien avoir de la famille quelque part.

Il ne répondit pas.

— Vous avez une famille, des amis, Révérend ? insista le père.

Le Révérend fit un signe de tête à Astrid, qui prit une cuillerée de bouillie et la fourra dans sa bouche.

Le père resta immobile à le fixer, puis posa un coude sur la table, et l'autre.

— Y'a personne ici qui vous a demandé ce que z'avez fait, ou ce que z'avez pas fait, mais là je vais vous poser une question et je suis à peu près sûr que vous allez y répondre, parce qu'autrement, c'est moi qui va en décider : où voulez-vous que je vous conduise ?

Le Révérend avala sa bouillie en soutenant le regard du père, un résidu gris sur le bord de la lèvre inférieure.

— Dans un endroit où il y a un grand bordel avec plein de prostituées.

Le père baissa la tête et ferma les yeux. Une des filles se signa. La mère, qui se promenait autour de la table pour endormir le nourrisson, berça l'enfant de plus belle.

— C'est bien ce que je craignais, murmura le père.

Astrid essuya le coin de la bouche du Révérend en versant une larme et plus personne ne dit mot.

.

Quand le bruit de la calèche se fit entendre, annonçant le retour du père, Astrid alla l'accueillir et lui demanda où il avait finalement conduit le Révérend.

— Au sud, se contenta de répondre le père en descendant du chariot. Au sud y'a des endroits qu'on sait même pas qui z'existent.

.

À ce jour, la famille Sevener et la communauté de Paria ignorent toujours ce qui s'est passé le seize mai de l'an mille huit cent quatre-vingt-un, avant que le Révérend Aaron ne soit retrouvé les mains coupées dans la poussière du chemin menant à leur terre, mais ils affirment que les sauvages n'y sont pour rien.

La plupart des gens liront ce livre pour tout savoir sur Charles Teasdale. Les lecteurs du Mexique voudront connaître le destin de Vicente Aguilar. D'autres chercheront à mieux comprendre Russian Bill ou Pearl Guthrie.

Ce livre est dédié aux gens de Paria, car ce sont les seuls qui l'ouvriront dans le but de tout savoir sur le Révérend Aaron.

CARNET I

LES DIX PENDAISONS
DE CHARLES TEASDALE

BULLIONVILLE, 1880

PANAMINT, 1873

POTOSI, 1861

SAN FRANCISCO, 1849

EUREKA, 1866

AURORA, 1866 À 1871

CHERRY CREEK, 1874

VIRGINIA CITY, 1860 À 1875

CARSON CITY, 1875-1876

ELDORADO CANYON, 1876

HOSSEFROSS, 1876

HAMILTON, 1871 À 1876

PRESCOTT, 1870 À 1876

GREATERVILLE, 1876

PIOCHE, 1880

J'ai rien à dire. Les morts ont pas de droit de parole.
Je sais que pour vous je suis pas encore mort, mais pour
moi c'est fini.

Juin 1880

Au cours de sa vie, Charles Teasdale avait échappé à la pendaison à neuf reprises. Et puis un jour, il en eut assez et se pendit lui-même.

Il fut retrouvé dans une écurie au petit matin par le maréchal-ferrant de Bullionville, un village où il n'avait pourtant jamais mis les pieds auparavant. C'était une bourgade sans passé ni avenir. Personne ne se rendait plus là pour vivre ou mourir.

Il aurait pu choisir de finir ses jours à Pioche, à dix miles au nord, où les mines d'argent continuaient de cracher quelques baquets de minerai chaque semaine. Ou à Panaca, à deux miles au sud, paisible village agricole bercé par les cantiques mormons. Ou encore, à moins d'un mile au nord, dans la nature majestueuse des gorges d'argile.

Mais c'est à Bullionville, désert de rocaille et de pousses d'armoise, que le désespoir de Charles Teasdale fit son assaut final, alors que même ses plus irréductibles habitants songeaient à plier bagage. Là où il n'y avait pas de bureau de poste et où les bocards à métal et leurs cheminées tombaient en désuétude. Où même les arbustes, vus de loin, avaient l'apparence des pierres. On ne pouvait dire si les terres sablonneuses de cette ville étaient grises ou jaunes, mais on pouvait affirmer sans hésitation qu'elles avaient le teint des hommes malades juste avant qu'ils expirent.

Bullionville n'avait donc rien à voir avec la vie ou le suicide du quelque peu célèbre Charles Teasdale.

.

Le vieux Duncan, maire officieux de la ville et célibataire endurci, ne savait que faire de sa fortune. Son seul plaisir résidait dans la prière et la contemplation de jolis paysages. Même ceux qui le connaissaient depuis son arrivée n'auraient pu soupçonner qu'il transformerait le suicide de Teasdale en complot régional.

Fier descendant des premiers colons hollandais, Duncan avait vécu toute sa vie pour l'amour du travail et l'accumulation de réserves. Les unes après les autres, il avait vendu les entreprises minières qui l'avaient fait prospérer et s'était installé dans une vaste villa d'où il pouvait admirer la muraille de monuments d'argile blanche qu'avait sculptés mère Nature pendant des millénaires, rappelant la finesse et la grandeur des cathédrales du vieux monde. La seule chose qui lui manquait dans son repaire isolé en marge de Bullionville était la présence de gens partageant son niveau d'éducation et avec qui il aurait pu discourir de politique et de philosophie, quoiqu'il ne pût souffrir ces dames de grandes familles qui portaient des chapeaux à plumes, exigeaient que leur eau fût versée d'une carafe en cristal et suivaient les préceptes de la mode avec plus de ferveur que ceux de la religion. Il priait chaque soir pour qu'un journaliste de l'Est passât par là et vantât la beauté de son emplacement dans un quotidien de Boston ou de St Jo, attirant par la suite les futurs pionniers. Mais il savait que tout ce qui intéressait les trop nantis qui s'adonnaient aux joies du tourisme, c'étaient les Indiens et leurs coutumes étranges.

.

Le maréchal-ferrant de Bullionville suivit le domestique de Duncan jusque dans la salle à manger, une pièce avec baie vitrée, aux murs blancs dépouillés de toute décoration. Le vieil homme découpait des morceaux de rosbif, mangeait sans appétit. Vêtu d'une veste grise ajustée et d'une chemise bleue attachée au col par un bouton unique, il paraissait aussi sobre que son domestique. On aurait même pu les confondre, si l'autre n'avait pas été noir.

— Z'êtes bien certain que c'est lui ? s'informa-t-il en faisant signe au négrillon de préparer son cheval.

— Sûr comme j'suis là, m'sieur Duncan. J'ai parié

trop souvent sur lui à Virginia pour oublier son visage et ses oreilles en chou-fleur.

Duncan mandata le maréchal d'aller quérir le photographe à Panaca et chevaucha lui-même jusqu'au palais de justice du comté, à Pioche. Selon la rumeur, il serait entré dans le bureau du juge de paix et aurait déposé trois liasses de billets devant lui. C'est ainsi qu'il aurait obtenu le transfert et l'escorte de deux prisonniers qui purgeaient une peine de deux mois pour avoir vendu de l'eau-de-vie aux Indiens.

Quand le geôlier déverrouilla la grille et qu'il apprit aux condamnés qu'ils étaient accusés du meurtre de Charles Teasdale, l'un d'eux répondit : « Ouais, on a tué Charles Teasdale. Et Abraham Lincoln aussi. Et Napoléon et le roi d'Angleterre. On les a tous tués. »

Le conseil de ville, mis devant le fait accompli, décida que pour le bien de la communauté, la version du vieux Duncan serait la vraie. Les pèlerins viendraient ainsi par centaines visiter la tombe de Teasdale. On paierait cher pour faire le tour de la chambre d'hôtel où le hors-la-loi avait dormi et voir l'écurie dans laquelle il avait noué sa corde. Dans la même année, on fonderait un musée et créerait l'exposition *Vie et mort de Charles Teasdale, le pyromane de l'Ouest*. Bullionville deviendrait connue par-delà les frontières, son nom évoquant à jamais l'image sans âge du bandit excentrique.

Duncan s'enferma avec le cadavre de Teasdale et tira une balle dans le cœur encore tiède, histoire d'arrimer les apparences aux circonstances. Il n'y eut pas beaucoup de sang. Certains morts coagulent plus vite que les vivants.

.

Dans le Nevada, nombreux sont ceux qui croient que si les gens du Sud pleurent de façon plus spectaculaire que les gens du Nord, c'est à cause de la chaleur. Parce qu'ils n'ont pas le temps de veiller ceux qui ont trépassé. La chaleur accélère tout, amplifie tout, y compris la putréfaction de la dépouille de leurs proches.

Le corps de Teasdale était étendu sur une planche de bois recouverte de glace taillée dans les hauteurs de la Sierra Nevada, mais ce n'était pas suffisant pour empêcher sa décomposition. Le photographe immortalisa un Charles Teasdale avec des vêtements imbibés d'eau, sa chemise blanche assombrie par une sueur d'outre-tombe. Au début, ceux qui n'avaient jamais rencontré Teasdale en personne se montrèrent sceptiques. La photo présentait un homme avec des marques de brûlure sur le côté gauche du cou et une barbe brune et touffue. Une barbe mature sur un visage encore jeune.

Quand il fut arrêté pour la première fois, Teasdale était encore imberbe. Lors de sa deuxième arrestation, il avait commencé à se laisser pousser une moustache, puis une barbe, mais elle avait brûlé dans un incendie qu'il avait lui-même déclenché. Ainsi, tous les avis de recherche qui avaient circulé à partir de ce moment et jusqu'à la fin de sa vie l'avaient présenté sans poil au menton, avec un visage jeune et sans imperfection. Après ses deux premières fuites, les justiciers amateurs ne reconnurent plus le pyromane à peine pubère qui n'avait pourtant jamais cessé d'être recherché.

Une affiche fraîchement peinte sur un panneau de bois fut clouée contre une poutre et placée près du chemin.

BIENVENUE À
BULLIONVILLE
DERNIÈRE DEMEURE DU GRAND
CHARLES TEESDALE
LE PYROMANE DE L'OUEST

La ville venait de s'élever dans la hiérarchie des mythes. Des missives furent envoyées aux quatre coins du pays. « Charles Teesdale a été assassiné. Venez voir le théâtre de ses dernières heures. »

Le défunt en question aurait été déçu de voir son nom mal orthographié, lui qui de son vivant considérait sa signature comme son unique fierté.

.

Le douzième jour du mois de juin de l'an mille huit cent quatre-vingt, le Révérend Aaron officia la cérémonie funéraire en l'honneur de Charles Teasdale. Les figures les plus importantes de la région étaient toutes présentes pour les obsèques de cet homme qu'ils n'avaient jamais connu, leurs habits sombres et leur attitude impatiente les faisant ressembler à des vautours. Les habitants étaient agglutinés autour du trou, leur chapeau dans les mains malgré le soleil, la sueur leur coulant sur le dos. Les femmes tenaient leurs éventails fermés devant elles, par respect du protocole. Aucune larme ne fut versée.

Le Révérend fut le seul à prendre la parole.

« Charles Teasdale était un homme tourmenté. Il faisait partie de cette première génération d'enfants de pionniers qui n'ont jamais vu l'Est avant l'âge adulte. La seule famille qu'il a connue est celle que forment les habitués des tavernes qui, de ville en ville, sont tous semblables, interchangeables.

« Comme les sauvages, Charles Teasdale était un nomade qui vivait loin des enseignements du Seigneur. Or, aucun homme n'est damné de son vivant. Contre toute attente, Teasdale a entendu la voix de Dieu à travers la mienne. Sous mes yeux, je l'ai vu changer. Je l'ai écouté alors qu'il s'interrogeait sur ce qu'il voulait laisser comme trace de son passage en ce bas monde. Il est mort comme il a vécu, mais il a été sauvé avant. Et si un bandit sans scrupules comme Charles Teasdale a pu être sauvé, tout le monde le peut. »

À cette époque, le Révérend ignorait encore que Teasdale s'était suicidé. S'il l'avait su, voilà ce qu'il aurait dit :

« Teasdale, espèce d'enfant de chienne. Je ne t'aurai ni sauvé ni battu. Si tu voyais dans quel état je suis, tu n'aurais pas perdu tout ce temps. Tu te serais pendu plus tôt. »

*Tant de façons de mourir et même pas le début
de la moindre frayeur.*

PANAMINT

Juillet 1873

On savait qu'on était arrivé dans la Vallée à cause du vent qui y soufflait en permanence. Son sifflement était fluide, comme s'il coulait entre les rochers, et aigu comme une voix de femme. Les Indiens l'appelaient Chinook, croyant que cette voix hantait les endroits que l'homme n'était pas censé coloniser. Ceux qui s'y connaissent savent que le vent de la Vallée était le même que partout ailleurs. La vraie différence, c'est qu'il n'y avait pas de cris et de rires d'enfants pour en couvrir le bruit. Certains vous diront que les gens dans la Vallée étaient fous parce qu'ils vénéraient les orages. Que les éleveurs se réunissaient sur leurs chevaux et tiraient dans les airs, partout, sans aucune raison. Les gens qui s'y connaissent disent que c'est pour couvrir le bruit du vent qu'ils le faisaient. Pour ne pas devenir fous de l'absence des enfants.

Le jour, on pouvait se verser un seau d'eau sur la tête et, dix minutes plus tard, être complètement sec. Des meurtres y avaient été commis pour un bout d'ombre.

Dans les creux de Surprise Canyon, lieu d'embuscade par excellence, les Indiens pratiquaient autrefois une torture artisanale qui consistait à attacher l'homme blanc à un acacia dépourvu de feuilles, en plein soleil, dans un lieu où personne ne passait. Ensuite ils lui enlevaient son chapeau et le plaçaient bien en vue de lui, mais à une distance inatteignable. Pour que l'homme se souvînt qu'il devait mourir parce qu'il était blanc, puisque les Indiens, eux, n'avaient pas besoin de chapeaux.

Panamint se trouvait là où le sable chaud causait des brûlures aux pattes des chevaux. Là où dehors, c'était l'enfer. Quand on entrait à l'intérieur du tripot, c'était encore l'enfer. Par son caractère invivable, le camp attirait les plus téméraires et les plus désespérés. Ceux-ci croyaient que le simple fait de s'y rendre méritait une rétribution céleste et, déçus, n'hésitaient plus à commettre le moindre péché puisque de toute évidence, Dieu ne s'intéressait pas à un endroit pareil.

.

Le Révérend Aaron entra dans le tripot en bras de chemise, avec ses livres enroulés dans sa redingote. Exhiber sa bible et ses recueils de prières dans ce genre d'établissement était le moyen le plus rapide d'être classé dans le regard des autres. Il y avait deux types d'hommes : ceux qui tentaient d'oublier qu'ils étaient effrayés en permanence en suscitant la peur chez les autres, et ceux qui prêchaient les Évangiles pour convaincre les autres de ne pas leur tirer dessus. Il resta planté près de l'entrée en chiquant son tabac, le temps d'habituer ses yeux à l'obscurité. Deux joueurs l'évaluèrent du coin de l'œil sans se retourner. Panamint ne faisait pas partie de son circuit habituel. En jaugeant la clientèle, il se demanda pourquoi.

Plus d'un assassinat avait été perpétré dans ce tripot, réputé le moins bien éclairé de la Vallée. Il y faisait si sombre comparativement à l'extérieur que les mineurs auraient pu se croire de retour dans le fond de la mine. Les seuls rayons de lumière provenaient du plafond, percé de trous de balle. Le soir, le patron suspendait une lampe à l'huile à un crochet passé dans un des orifices, rien qui pût permettre aux clients de voir ce qu'ils buvaient.

Le Révérend se dirigea au fond et déposa ses effets sur le comptoir. Le barman était occupé à discuter avec une créature en habit de travail, chemise de nuit et caleçons bouffants. Le Révérend devina son reflet en face de lui, dans un miroir si large qu'il doublait les dimensions de la salle. Ce n'était pas le plus bruyant des tripots. Il n'y avait pas de piano, pas de musique. Pas de meute de filles ivres pour emplir la pièce de leurs rires forcés. Les mineurs jouaient leurs cartes en marmonnant et en s'enfilant des verres de liquide ambré. S'il l'avait voulu, il lui aurait été facile d'attirer l'attention des gens et de leur communiquer ce que Dieu pensait de leurs vies insignifiantes.

« T'es qu'un fils de pute, Malvern », entendit-il en provenance du centre de la salle.

L'homme qui avait prononcé ces paroles était assis dos au Révérend. Il avait les cheveux longs sous un petit chapeau mou. En face de lui, le dénommé Malvern portait des gants sans doigts et un haut-de-forme court et rongé par l'usure. Il avait une veine qui palpitait au milieu du front et des ongles jaunes et épais comme des griffes.

— Qu'on gagne ou qu'on perde, avec toi on est tous des fils de putes, fit Malvern sans hausser le ton.

— Tu peux pas le savoir, tu perds jamais. Comme tous les autres fils de putes de tricheurs dans ton genre, répondit l'homme au chapeau mou.

— Alors tu peux écrire ça dans ton petit journal. Que ce soir tu t'es encore fait battre par un autre fils de pute.

Le Révérend cessa de chiquer son tabac. Le regard du barman glissa de la femme aux clients. Les joueurs de la table voisine suspendirent leur geste, cartes en main, pour regarder par-dessus leur épaule. La femme se retourna et marcha à reculons jusqu'au bout du comptoir, prête à s'accroupir au premier mouvement brusque. Là, elle serait à l'abri des balles perdues mais s'exposerait aux éclats de miroir. Puis un ronflement, rauque et rocailleux, brisa le silence. Le Révérend scruta le fond de la salle et décela un homme qui dormait assis sur une chaise dans la partie la plus sombre du tripot, inconscient de la tension qui régnait. Il avait la tête penchée vers l'arrière et la bouche ouverte.

L'homme au chapeau mou retira ses mains de dessous la table avec une lenteur paralytique et ouvrit les paumes. Il n'avait pas d'arme, tandis que les mains de Malvern étaient toujours cachées. Sa paupière gauche eut un spasme.

— Allez, fous le camp, dit Malvern en indiquant la sortie du menton.

L'autre, les mains en l'air, se dirigea vers la sortie. Les joueurs se détournèrent et se remirent à jouer. Le Révérend recommença à chiquer son tabac en plissant des yeux pour mieux observer le dormeur.

— Lui, c'est Charles Teasdale, l'informa le barman.

Le chapeau du dormeur était posé sur la table. Il avait une tache de sang sur un côté de la tête, jusqu'à la pointe de ses cheveux, mais pas comme s'il avait saigné. Plutôt comme si on lui avait saigné dessus. Il n'avait pas trente ans, mais il en paraissait davantage.

— Même s'ils avaient tiré, lui il aurait pas ouvert un œil, continua le barman. Il paraît que vous pouvez vous mettre à deux pas devant lui et tirer au plafond, qu'il va pas plus se réveiller.

— Vous l'avez déjà vu faire, continuer de dormir alors que les autres se tiraient dessus ?

— Non. Mais c'est ce qu'on dit. Quand je le regarde, j'ai pas de mal à y croire. Les chevaux dorment bien debout. Lui, il dort assis.

C'est dans ce même tripot que deux ans plus tard Charles Teasdale serait arrêté, traîné jusqu'à Carson City et enfermé dans la prison d'État en attendant d'être exécuté pour une neuvième fois. Mais pour l'heure, il dormait.

.

Charles Teasdale était un de ceux qui ne supportaient pas le silence de la Vallée. Il ne tolérait pas le silence en général, peut-être parce qu'il était lui-même un homme de peu de mots. Il n'avait jamais rien à raconter, mais si en route il croisait un cavalier qui avançait dans la même direction que lui, il ne dédaignait pas la compagnie de l'inconnu, au risque qu'elle fût mauvaise. Il n'était pas ému par les grands espaces. Il adorait les feux de camp, mais refusait de dormir à la belle étoile. Pourtant, il était incapable de passer une nuit dans un lit. Il avait besoin de la taverne, d'un bruit constant qui ne le concernait pas, sans quoi il devenait insomniaque. On raconte qu'un soir il se retrouva dans une communauté de fanatiques de prière, où les établissements servant de l'alcool avaient tous fermé. Le jour venu, on le vit près des marches de la quincaillerie, là où il y avait le plus de va-et-vient. Il dormit au soleil avec son chapeau sur les yeux, la tête dénudée. Il passa la nuit suivante à vomir son insolation.

Teasdale coupait sa barbe quatre fois par année, mais ne la rasait jamais. Dans sa besace, il traînait des feuilles, un étui, une plume métallique et un encrier. Il avait les doigts tachés en permanence, résultat des heures passées chaque jour à griffonner sa signature sur des bouts de papier afin de la perfectionner. Il ne retirait ses bottes que pour aller aux bains. À cause des serpents, qu'il disait. Le matin, à son réveil, il s'asseyait n'importe où et nourrissait les poules et les chiens errants. Il changeait de cheval plus souvent que de chemise. Il ne la portait d'ailleurs jamais blanche. Le blanc était trop salissant pour cet homme qui s'était élevé parmi ses semblables en s'attirant des coups sur la mâchoire.

Il allait de campement minier en campement minier, mais jamais il ne prospectait. Il ne retournait pas deux fois dans la même ville, sauf par nécessité ou pour y mettre le feu. Il ne couchait jamais deux fois avec la même fille. Chaque soir il se soûlait autant que la veille. Au-delà du fait qu'il était recherché dans plus de huit comtés, on ne voyait pas trop pourquoi il tenait à bouger autant. Passé un certain degré d'ivresse, tous les endroits du monde devaient se ressembler.

J'ai seulement profité du fait que les autres respectaient les règles. En les ignorant, ça m'a donné une longueur d'avance. Dans la vie comme vers la mort.

Avril 1861

La première fois que Charles Teasdale échappa à la pendaison, il se trouvait à Potosi. Dans ce campement, les tentes avaient poussé n'importe comment, au gré de l'arrivée des mineurs, attirés par les promesses de travail comme des mouches par le miel. C'était un hameau de boue et de merde. La boue mangeait les souliers, grimpait, escaladait, tandis que les souliers s'enfonçaient, se perdaient et perdaient leur raison d'être. La boue, oui, si vous aviez vu la boue. Le sable fin, sournois. Partout. La merde, le liant de toutes ces substances. Tout était dans la merde et la merde était dans tout.

Le tripot de Potosi avait l'allure d'un chapiteau avec sa structure de bois inachevée et son toit en toile. La lumière du jour filtrait de partout et évoquait aux buveurs l'ambiance des campagnes militaires qu'ils avaient fuies. On n'était jamais tout à fait dehors ni tout à fait en dedans. À l'intérieur des tentes, les miroirs étaient tous sales et flous. On pouvait dire adieu à la petite moustache fine et bien taillée. Il fallait se résigner aux grands coups approximatifs. La lame, un poignard, était aussi un couteau de cuisine. Manger, tuer, raser. Un seul outil pour tout. C'était un camp habité par des hommes dont la sueur empestait l'oignon et dont les ongles restaient noirs même après avoir été rongés. Des hommes sympathiques, on n'aurait su dire pourquoi.

.

Le jeune Teasdale fut traîné par l'oreille et enfermé dans l'unique construction complétée de tout le camp : la minuscule cabane de planches grossières qui servait de lieu d'aisance à l'arrière du tripot.

— J'ai pas envie, m'sieur, protesta le jeune Teasdale à travers la porte.

— C'est la seule prison qu'on a, maugréa celui qui s'était porté volontaire comme gardien en attendant le retour des hommes les plus influents de la mine. Dire qu'en quarante-neuf on pouvait extraire des pépites d'or grosses comme des boules de billard et les laisser sans surveillance dans sa tente. J'gage que t'étais même pas né en quarante-neuf, p'tit vaurien.

— Si, j'étais né, m'sieur.

Charles Teasdale avait à peine douze ans et sa voix n'avait pas encore mué. Pour se trouver du travail dans la mine, il avait affirmé en avoir seize, mais personne ne l'avait cru. Le soir venu, il avait proposé de se battre contre n'importe qui en échange de la cagnotte des paris. Les hommes avaient ri et l'avaient invité à prendre le repas parmi eux. Au cours de la soirée, il avait disparu et le contremaître l'avait surpris en train de balancer le contenu d'un baril d'alcool derrière le tripot. Le contremaître l'avait ramené par le collet et le garçon était resté assis toute la soirée à fixer le feu sans parler. Puis il s'était éclipsé avec deux chevaux pendant la nuit, sans doute dans l'intention d'aller les revendre. Il avait été rattrapé sur la route de Fort Baker au petit matin.

Dans cette contrée, le vol de chevaux était plus sévèrement puni que le meurtre. Parce que sans son cheval, un homme était acculé à la mort. Parce que loin de ses frères et de ses cousins, un homme n'avait personne pour le venger et saisir les tribunaux en son nom. Mais surtout, parce qu'un homme avait la capacité de se défendre, contrairement au cheval.

— Quand les autres vont s'amener, t'as avantage à dire que t'étais pas né, en quarante-neuf. Plus t'es jeune, moins y a de risque qu'on te pende.

— J'vous jure que j'ai seize ans.

Le gardien secoua la tête de désolation.

— Tu comprends pas c'que j'te dis ? Si t'as seize ans, tu vas mourir.

— Alors j'aimerais bien fumer une dernière cigarette avant de mourir.

L'homme soupira et sortit sa tabatière. Il s'assit au pied de la cabane pour mieux rouler le tabac et gratta une allumette. Il ouvrit la porte de planches pour y passer un bras et tendit la cigarette déjà allumée au garçon. Dans la noirceur, le papier brûlait autour du tabac, les braises rougeoyant au bout, comme toute fête au sommet consume ce qui la supporte.

— Tu vas étouffer à fumer là-dedans, dit le gardien.

Une minute plus tard, la cabane brûlait, et le feu rongeait une corde qui traînait dans la rocaille entre les lieux d'aisance et le tripot, gagnait les buissons d'armoise. Profitant de la confusion, Teasdale put s'enfuir.

Dix minutes plus tard, c'était le tripot qui brûlait et bientôt ce furent les tentes adjacentes, puis le camp au grand complet.

C'est une époque de merde, mais quand elle sera révolue,
y'aura quand même des gens pour s'en ennuyer.

SAN FRANCISCO

Juin 1849

Charles Teasdale était né le huit juin de l'an mille huit cent quarante-neuf sur un bateau qui allait de la côte est jusqu'en Californie, en passant par le cap Horn. Il avait vécu ses premières heures dans une cale où les passagers devaient dormir par terre côte à côte, cordés comme des billots de bois en attente du bûcher. Puis il avait passé ses premières années dans les tavernes de San Francisco, ville où les maisons s'entassaient les unes sur les autres, prêtes à entrer dans le domino des incendies successifs. Il n'y avait pas de berceaux pour les enfants, alors les nourrissons dormaient dans des récipients qui habituellement servaient à brasser le sable dans la rivière pour y filtrer l'or.

À peine savait-il se tenir sur deux pattes qu'il avait pris l'habitude de courir derrière les machines des sapeurs-pompiers dans les rues fangeuses de San Francisco. Les pompiers volontaires étaient tous des bagarreurs notoires, et dans son idolâtrie, le jeune Teasdale suivait ses héros partout, jusqu'aux terrains vagues où ils s'affrontaient à la boxe en espérant échapper aux autorités. Il était rapidement devenu vigile pendant les combats, accourant pour avertir les organisateurs dès que les hommes de la police approchaient.

Et puis sa mère avait décidé qu'ils devaient quitter San Francisco. Charles Teasdale se souvenait de ce jour comme du plus triste de sa vie. Et pourtant, lui qui semblait être l'homme le plus libre de toutes les terres à l'ouest du Mississippi n'y était jamais retourné.

*Si seulement y'avait moins de sang et que vous portiez
des gants, là ce serait un vrai sport, qu'ils me disent.
C'est moi qui saigne et c'est vous que ça dérange.*

Janvier 1866

Pour Charles Teasdale, le Nord et le Sud étaient des points cardinaux et le bleu et le gris, des couleurs. Des concepts trop lointains pour susciter chez lui la moindre émotion. Choisir un clan plutôt qu'un autre aurait été pour lui aussi absurde que de préférer Mars à Mercure.

Il avait seize ans. La ruée vers l'or était terminée, la guerre civile aussi, et le jeune Teasdale avait cessé de mentir sur son âge. Il avait aussi cessé de se chercher du travail dans les mines. Pas une fois on ne le vit les deux pieds dans une rivière en train de retourner le sable. Il vivait dans les villes champignons du Nevada, en satellite du monde minier. Quand une promesse de fortune se transformait en frustration, les prospecteurs allaient voir ailleurs, et les parasites dans son genre ne tardaient guère à les suivre.

Il changeait de nom dès qu'il changeait de ville. Il choisissait le premier qui lui venait en tête, pourvu qu'il respectât ses vraies initiales. Il ne voulait pas modifier sa signature.

Il se faisait payer pour construire des maisons pendant que les hommes étaient partis piocher. Ou pour surveiller une concession gérée par une abstraite société d'exploitation. Rarement il prenait part aux jeux de hasard, mais chaque nuit il se laissait bercer par les intonations des joueurs.

Souvent, il se battait à mains nues. Il était encore trop jeune et trop maigre pour participer aux combats payants. Dans les tavernes, il écoutait les conversations pour y détecter un accent européen, comme d'autres écoutaient le ciel pour y chasser l'oiseau. Quand il trouvait un adversaire de sa taille, il le traitait de sale Irlandais. De tous les peuples, l'irlandais était son préféré.

Charles Teasdale arrivait toujours à provoquer l'autre, mais il était impossible de provoquer Charles Teasdale. Il ne se battait pas par pulsion, mais par fascination. Parfois il perdait. Alors il ouvrait les yeux sur un attroupement de témoins penchés vers lui. Un trou de lumière couronné de chapeaux hauts-de-forme.

.

Il entra à Eureka un soir d'hiver avec l'intention de satisfaire toutes ses envies. Il se fit appeler Caspar Tootsey. Il ne s'attendait pas à devoir garder ce nom pendant cinq ans.

Dans une taverne il repéra un dénommé Shanahan. Il se planta derrière le jeune homme et lui tapa sur l'épaule avec deux doigts. L'homme se retourna et Teasdale lui cracha sur le nez. L'homme s'essuya le visage du revers de la main, l'agrippa par les pans de sa chemise et le renversa sur une table plus loin. Un buveur avait retiré son verre juste avant que Teasdale n'atterrît dessus. Ce dernier se releva et sortit un couteau Bowie de sa botte.

— Qu'est-ce tu me veux ? dit l'homme en dégainant un Colt Navy de calibre .36.

Les autres buveurs bondirent de leur chaise pour s'écarter. Teasdale laissa tomber son couteau par terre. Il se tenait debout, haletant. Il avait les poings fermés, recouverts de chaussettes usées autour des jointures, les joues creuses d'un enfant mal nourri et les yeux immenses. Des yeux noirs comme un fond marin. Teasdale parlait peu, mais il avait des yeux.

L'homme baissa son revolver et défit sa ceinture. Les autres clients se ruèrent vers les murs. La plupart des spectateurs fuyaient les bagarres improvisées autant qu'ils se marchaient sur les pieds pour s'approcher des combats organisés.

Trente-deux minutes, trois chaises brisées et un miroir écaillé plus tard, Teasdale fracassa le crâne de l'autre contre un coin de table. Il l'ignorait, mais le jeune homme qu'il venait d'humilier était un médaillé d'honneur des forces de l'Union. En guise de butin, il hérita du Colt Navy de son adversaire. Il ne portait pas de ceinture, alors il passa une ficelle dans le pontet de l'arme et se l'attacha autour du cou, un arrangement qui ne permettait ni de camoufler l'arme ni de la dégainer assez rapidement pour avoir le dessus dans une escarmouche.

Il sortit en chemise et bretelles baignées de sueur et picotées de sang, son manteau sur le bras, insensible au froid hivernal, alors que ceux qu'ils croisaient avançaient la tête calée dans leur col. Il pénétra dans l'autre taverne, passa l'arme par-dessus sa tête et la déposa à plat sur le comptoir avec l'intention de l'échanger contre une nuit bien arrosée.

Une main apparut sur son bras.

— Laisse, dit une voix derrière son épaule. Garde ton arme, fiston.

Ce soir-là, Charles Teasdale troqua sa neutralité naturelle à l'égard du grand schisme américain contre une bouteille de whisky.

Des années plus tard, même après s'être procuré une ceinture à cartouches et deux étuis, il portait toujours son Colt autour du cou avec la fierté d'un *padre* catholique arborant sa croix.

.

La cavalerie fantôme était une bande aux contours diffus, composée de mercenaires payés par personne. À la base, elle réunissait d'anciens soldats confédérés qui avaient refusé de poser les armes et de retourner à la monotonie de leur ferme ou de leur plantation. Des frères d'après-guerre dont la soif de vengeance ne s'épanchait qu'en pillant, violant et buvant. Dans leurs rangs se trouvaient des gamins de douze ans qui n'étaient que des bambins quand la guerre avait commencé. Ils n'avaient jamais mis les pieds sur un champ de bataille mais criaient sur tous les toits leur haine des Yankees. Par temps nuageux, ils allaient se battre contre d'autres gamins sous prétexte qu'ils avaient une sale gueule de Yankees et brûlaient leurs étables parce que, disaient-ils, leurs chevaux puaient la monture yankee. Et quand ils contemplaient le brasier et leurs poings en sang, ils hurlaient de bonheur entre deux gorgées d'eau-de-vie surchauffée.

À partir du moment où il fut recruté par la cavalerie fantôme, Charles Teasdale, alias Caspar Tootsey, devint l'un de ces gamins. Seulement, il n'avait jamais prétendu détester qui que ce fût.

Les cuites qui laissent un goût d'après-guerre.
Les guerres qui se vivent comme des fêtes.

Juin 1866

La deuxième fois que Charles Teasdale échappa à la pendaison, c'était tôt le matin. L'air était encore frais, pas un nuage dans le ciel. Une belle journée pour mourir. Une journée qui commençait bien pour presque tout le monde.

Aurora était une ville minière qui avait atteint sa maturité. Il n'y avait encore que peu d'enfants à qui boucher les oreilles contre les insanités, mais on avait commencé à installer des rideaux aux fenêtres. On avait pris l'habitude d'essuyer ses pieds avant d'entrer dans les demeures. Pendant la guerre, Aurora avait été la plus yankee de toutes les villes de l'État du Nevada. Pendant que les soldats s'entretuaient dans l'Est, les habitants avaient forcé des sudistes à prêter allégeance au drapeau qu'ils honnissaient. Un an après la fin de la guerre, les rebelles de la cavalerie fantôme prirent Aurora d'assaut. Ils traînèrent les commerçants les plus prospères dans la rue et les abattirent sans préambule. Ils dévalisèrent les commerces orphelins, repartirent avec les billets des caisses et toutes les marchandises et bouteilles d'alcool qui leur plaisaient. Ensuite ils mirent le feu à quelques bâtiments stratégiques de manière à ce que tout ce qui ne pouvait être volé ne pût subsister.

Un détachement fut envoyé aux trousses des pillards. Avant d'être semés par le gros de la bande, ils purent attraper les retardataires, soit Charles Teasdale et trois autres jeunots maladroits.

·

La veille encore, les coups de marteaux et les bruits de scies retentissaient dans la partie nord de la ville, où tous les bâtiments avaient été emportés par le feu. De nouvelles structures de briques et de bois commençaient à apparaître, semblables aux précédentes, serrées les unes contre les autres comme si elles avaient froid dans la nudité de l'aube. Partout, la terre était encore sèche et craquelée comme un biscuit sorti du four. Les habitants n'avaient pas fini de cracher de la cendre.

Au bout de la rue principale, la potence avait été érigée sur la plateforme de bois qui servait aussi bien aux vaudevilles des compagnies de théâtre qu'aux exécutions publiques. Les habitants étaient venus contempler la mort des voyous qui leur avaient tout pris. Même les moins matinaux s'étaient levés avec le chant du coq.

Sur l'échafaud, un pasteur invectivait les condamnés, les couvrait de ses postillons. « Vous êtes des sauvages. Pires que les Indiens. Vous n'avez pas l'excuse d'être nés où vous êtes nés. Vous avez été baptisés, vous avez été nourris par un sein blanc, vous parlez la même langue que nous. Vous comprenez le sens des mots *péché* et *damnation*. Vous n'avez pas de peuple, car vous n'êtes ni indiens ni chrétiens. Vous ne méritez pas que l'on prie pour vos âmes. »

Le bourreau passa la corde autour du cou de Teasdale, puis autour du cou de son voisin de gauche. Il s'approchait de son voisin de droite quand un grondement venu du sol fit vibrer la structure. Deux nuages de poussière grossissaient à vue d'œil à chaque extrémité de la rue. Le bourreau reçut deux balles dans le bras. Une vague de panique parcourut la foule, les bonnes gens se bousculèrent pour s'échapper, mais une trentaine de cavaliers encercla la foule, pointant leur artillerie vers eux. L'un d'eux arborait le blouson gris des sudistes, les boutons dorés encore scintillants, mais le vêtement avait été rapiécé avec des bouts de tissus de couleurs vives. Un adolescent monté sur une jument blanche avait revêtu une veste en meilleur état, mais trop grande pour lui. Un autre était coiffé du képi gris des volontaires, mais était pour le reste vêtu de cuir tanné. Un vieillard à qui il manquait une oreille avait un bandeau sur un œil et portait une écharpe taillée dans le drapeau de la Confédération. Entre eux, quatre destriers sans maîtres étaient tirés par des cordes. Quatre chevaux pour les quatre captifs.

En voyant ses compagnons chevaucher à sa res-
cousse, Teasdale avait su qu'il appartenait bel et bien
à la cavalerie fantôme. Délivrés de leurs liens, les quatre
condamnés regagnèrent les rangs des leurs avant de
galoper sans cligner des yeux jusqu'à disparaître de la
vue des citoyens d'Aurora.

Quelques personnes dans la foule furent tuées,
certaines absorbant une balle perdue qui ne leur était
pas destinée, d'autres piétinées par leurs pairs. Une
femme, les boucles défaites, braillait : « Pourquoi ?
Pourquoi, Seigneur ? » Puis le soir, elle cria à son mari :
« Pourquoi ? Pourquoi tu ne les as pas poursuivis ? Comment peut-on continuer de vivre maintenant ? » Une
autre femme, agenouillée sur un corps sans vie, pleurait en se barbouillant le visage et le corsage de sang, le
cercle immense de ses jupes froufroutant dans le sable
et le vent d'après-carnage.

.

La cavalerie fantôme avait deux modes opératoires :
celle d'une armée au moment de passer à l'attaque, et
celle d'une confrérie dissoute le reste du temps. Entre
les raids, les cavaliers menaient une vie indépendante,
entraient dans une ville en groupe de trois, jamais plus.
Ils feignaient de ne pas se reconnaître lorsqu'ils se croisaient aux corrals ou dans un quartier chaud, même
si quelques miles plus loin, ils chevaucheraient côte à

côte en tirant dans la même direction. En fonctionnant ainsi, ils purent ravager des villages et des ranchs isolés pendant cinq années, sans jamais porter de masques. Ils ne refusaient aucun homme le moindrement pubère qui désirait se joindre à eux, c'est pourquoi malgré les morts et les exécutions, ils atteignirent le nombre record de vingt-deux membres dans les années soixante-six et soixante-sept, avant de voir leur force se disséminer en plusieurs petites bandes.

Le chef se nommait Darius Cole, ancien coutelier mis à la retraite par l'avènement des armes à feu. Comparé aux autres vétérans, il avait l'air plutôt sain. Pourtant, dès le premier coup d'œil, on pouvait deviner qu'il avait connu la vraie guerre. À sa manière de se tenir le dos droit et de monter des couteaux en baïonnettes sur ses fusils. À sa manière de rouler ses couvertures de couchage en un temps éclair et de lever le bras en l'air avant d'envoyer le signal d'attaque. À sa manière de cracher dans le feu en soutenant le regard d'un homme sans que son crachat ratât sa cible.

·

Après la libération des prisonniers d'Aurora, la bande chevaucha toute la journée vers le sud, jusqu'à atteindre la Californie, puis le désert de la Sierra Nevada, au nord du lac Mono. Près des berges, ils trouvèrent de l'herbe pour faire brouter les chevaux. À cette époque, le chemin de fer ne s'était pas encore rendu jusque-là. On n'avait pas oublié que l'herbe était la ressource la plus cruciale du voyageur. Que sans elle, les bœufs, chevaux et mules n'avaient pas de quoi se nourrir, donc pas de quoi trouver l'énergie d'avancer et de traîner le fardeau humain et matériel qu'on désirait voir bouger d'un point à un autre. Ils établirent là leur bivouac, bien que l'eau fût trop salée pour être bue. Le soir, ils chassèrent des animaux sauvages et les firent cuire autour d'une baguette qui servait d'ordinaire à loger la poudre au fond de leurs vieux fusils. À plusieurs endroits de l'autre côté du lac, ils pouvaient voir les lueurs diffuses d'un campement, peut-être même d'une ville.

Teasdale commença à seller son cheval à l'extérieur du cercle de lumière. Il sentit un métal froid lui effleurer la joue, puis entendit la voix de Darius Cole derrière lui.

— Tu vas où comme ça, fiston ?

Teasdale tourna la tête vers son épaule. Le canon de l'arme s'enfonça davantage dans sa joue.

— En ville, répondit-il.

— Qu'est-ce que tu crois que tu vas faire en ville ?

— Boire et dormir un peu. Je serai de retour avant que z'ayez ouvert un œil, chef.

— Et si y'a un détachement qui nous tombe dessus pendant que t'es en ville, qui sera là pour monter la garde ? T'y'as pensé à ça ? Sans moi, tu serais mort ce matin. T'as p't-être pas appris ça parce que t'as jamais fait la guerre, mais quand quelqu'un te sauve la vie, après t'es redevable. Alors non, Tootsey, je crois pas que tu t'en vas en ville.

Cole baissa son fusil. Teasdale resta immobile, le dos tourné.

— Quand est-ce que je vous serai plus redevable, chef ?

— Quand t'auras sauvé la vie de tous ceux qui ont sauvé la tienne, lança-t-il avant de retourner près du feu.

.

Charles Teasdale avait une spécialité, celle d'allumer et d'alimenter les feux, tant les réchauds de camps que les incendies destructeurs. Il savait où placer le tison pour que la flambée se propage rapidement, quelles structures allaient s'effondrer en premier, dans quelle direction fuir pour éviter de mourir asphyxié.

Même dans une ville comme Aurora, composée essentiellement de bâtiments de briques, il savait repérer les matériaux inflammables à l'intérieur des bouges et des quincailleries. Il parcourait les rues le soir, alors que les maisons étaient éclairées de l'intérieur, et situait celles qui étaient décorées de tapisseries imbibées de colle, de rideaux de mousseline et de mobilier en bois de rose. Il élaborait une stratégie, qu'il transmettait ensuite à ses camarades en traçant des plans dans le sable avec le bout d'une branche d'acacia ou, dans les endroits trop arides, avec le bout de son fusil.

Le feu était sa force et sa faiblesse. Avant le pillage, il était le plus calme, le plus concentré. Son plaisir dépendait de l'application exacte de sa science. Après, c'était lui qu'il fallait surveiller, tirer par le bras pour le forcer à fuir quand la lueur du brasier se reflétait dans ses yeux. Qui se défaisait de l'emprise des autres pour continuer de contempler le sinistre. C'était dans ces moments de fascination qu'il tombait entre les mains des autorités. Quand il était en transe, la bouche béante, le visage hagard et rougi par la chaleur et la beauté des flammes. L'ironie voulut que pour le délivrer, ses camarades durent à plusieurs reprises mettre le feu au toit des prisons de fortune où il était enfermé.

Plus il se faisait prendre puis libérer par ses camarades, plus il était en dette avec la bande. Plus il s'endettait moralement, moins il faisait d'effort pour fuir et moins il résistait à ses arrestations. Les autres commençaient à en avoir marre, à plaider auprès de Cole pour qu'on cessât de le secourir, et sans doute que Teasdale eût été d'accord. Mais Cole n'arrivait pas à sonder les yeux sans fond de ce Caspar Tootsey.

Et puis le pyromane connaissait les repaires, positions et tactiques de la bande. Darius Cole avait fait la guerre. Tant de fois on lui avait répété de garder ses ennemis à l'œil.

.

Septembre 1871

Ils revinrent camper au lac Mono, à l'endroit exact qu'ils avaient choisi quatre ans plus tôt. Ils n'étaient plus que neuf mercenaires à chevaucher aux côtés de Darius Cole. Les remords et la bonne conscience, la rapacité et les crises de confiance avaient gangrené la bande. Malgré les dissensions, Teasdale continuait de faire figure d'éternel marginal. Personne n'avait cherché à s'allier à lui avant de foutre le camp. La cavalerie fantôme devait se contenter d'attaquer des villages secondaires et des ranchs isolés, peu habités et mal armés. Elle devait distancer ses méfaits, se faire oublier de plus en plus longtemps entre deux raids pour survivre.

Les hommes se préparaient à attaquer de nouveau Aurora, qui était en déclin. Les mines du secteur fermaient les unes après les autres. Les maisons et commerces étaient abandonnés par ceux qui les avaient construits de leurs mains. Il restait juste assez de gens à Aurora pour que la cavalerie fantôme pût prétendre enfoncer le dernier clou dans le cercueil de la plus yankee des villes du Nevada.

Une ligne de soleil orange était encore visible à l'ouest du lac. Les hommes, plongés dans la pénombre, nettoyaient leurs armes, d'autres jouaient de l'harmonica. Teasdale s'affairait à gratter de la poudre à canon contre la roche pour allumer un feu. Cole posa sa selle sur une bûche, s'assit dessus et se frotta les mains.

— Alors Tootsey, ça fait quoi, sept mois depuis la dernière fête ? J'espère que tu te souviens comment faire.

Teasdale continuait de gratter sa roche sans parler. Une étincelle se forma, il bondit en arrière et le feu prit à ses pieds, à l'endroit voulu. Pour toute réponse, il leva les yeux par-dessus les flammes en direction du chef.

— Tu te souviens aussi comment te faire prendre, je suppose, ajouta Cole.

Un joueur d'harmonica s'interrompit en plein refrain. Un silence mortuaire tomba, avec le crépitement du feu pour ponctuer le malaise. Teasdale s'assit en Indien sur le sol, s'étira le cou pour jouer avec la corde de son Colt Navy.

— Allons, chef, sois pas injuste, finit-il par articuler.

Cole pouffa.

— Injuste ? Non, mais dites-moi ce qui me retient de le descendre sur place, celui-là.

— P't-être que tu te sens redevable. Pour toutes les fois où j'ai risqué ma vie pour toi. Y'a personne ici qu'a jamais pris autant de risques que moi.

Cole le regarda droit dans les yeux.

— Sale vermine, murmura-t-il en hochant la tête puis en crachant dans le feu alors que les derniers rayons de soleil disparaissaient derrière la Sierra Nevada.

.

Le lendemain, ils entrèrent à Aurora en tentant de scruter les visages des habitants qui les observaient pour essayer d'y déceler des traits familiers. La plate-forme de l'échafaud était toujours là, mais la potence avait disparu. Elle avait peut-être brûlé dans un incendie, elle aussi. Ou bien elle avait fini par servir de bois de chauffage.

Tout se passa comme prévu, excepté que Teasdale ne fut pas capturé. Il n'y avait plus d'autorité à Aurora pour s'en charger. Ce fut le dernier raid de Teasdale.

Aujourd'hui les criminels encore en vie qui ont fait partie de la cavalerie fantôme sévissent séparément, de façon sporadique. Les mêmes méfaits sont commis, les mêmes plaies réapparaissent. Les mêmes crimes, perpétrés par d'anciens ou par d'autres. La cavalerie vit encore, mais elle est réellement devenue fantôme.

Une fois on a vu un bébé mort entre deux barils vides.
Elle m'a dit : « Tu vois, c'est ça la différence entre moi
et les putes. »

CHERRY CREEK

Février 1874

À Cherry Creek, la maison de madame Pumkin était le seul bâtiment depuis lequel il n'y avait pas de vue sur les monts encore enneigés du Cherry Creek Range. C'était un tripot à deux étages, avec des fenêtres à chaque mur. Celles qui donnaient sur l'arrière avaient toutes été placardées. Personne en ville ne savait précisément pourquoi, mais chacun avait sa propre théorie.

Madame Pumkin avait à l'origine donné son nom à l'établissement. Avec le temps, les habitués l'avaient renommé le Bordel de la folle parce qu'il était le théâtre des accès de fureur d'une des filles. On ne savait trop ce qui déclenchait ses attaques. La folle se mettait à râler, comme pourchassée par un démon, les bras ballants, le visage en larmes. Alors les autres filles l'enfermaient dans une des chambres jusqu'à ce qu'elle reprît ses esprits. Ses hurlements étaient saisissants et avaient le pouvoir de refroidir les ardeurs de la plupart des clients, même ceux qui en temps normal avaient besoin d'entendre les filles crier. Au pire de ses attaques, elle frappait contre les murs avec ses poings et ses pieds, interrompant les conversations au rez-de-chaussée. On discutait de la nouvelle broche d'une telle, de la calvitie d'un tel, on rigolait des derniers accidents burlesques des ivrognes de métier. Coups de feu, jappements des chiens et braiments des mules, annonces des marchands ambulants, rien ne pouvait les déconcentrer sauf les éclats de terreur de la folle.

Madame Pumkin l'avait elle-même arrachée à son village natal quelque part aux confins du Mexique pour l'amener dans cette contrée non moins perdue. Elle disait qu'il était trop tard pour la recracher au désert, comme un capitaine qui refuserait de jeter à l'eau un passager désagréable. Beaucoup soupçonnaient que, derrière ses airs de tenancière au service impeccable, madame Pumkin enviait la folle d'avoir trouvé le moyen de faire peur aux hommes.

.

La ville était animée ce jour-là, les rues bondées. Des files à l'extérieur des commerces zigzaguaient pour contourner les excréments d'animaux. Les hommes attendaient les uns derrière les autres devant la porte du Bordel de la folle. Le Révérend Aaron se trouvait dans le dernier quart de la file, un livre sacré dans une main. Une querelle éclata entre deux mineurs. C'était écrit dans le ciel, aussi prévisible que la fin d'un roman à quatre sous. L'un poussa l'autre, ce qui entraîna une cascade de « oh là ! ». Les pistolets sortirent de leur étui.

— Comme des enfants, commenta l'homme derrière lui. Y'aura jamais un homme d'église de trop dans cette ville, c'est moi qui vous le dis.

— J'imagine que c'est votre façon de me souhaiter la bienvenue.

— Pour sûr que vous êtes le bienvenu, Révérend.

— Même si, de toute évidence, je suis en file devant un bordel. C'est vraiment le genre de ministre de Dieu que vous souhaitez pour votre ville ?

Le Révérend n'attendit pas de réponse avant de se retourner et de se remettre le nez dans son livre. Quand ce fut à son tour d'accéder à l'entrée, il demanda à voir la fille qu'avait choisie Charles Teasdale la veille.

— Je patienterai s'il le faut, précisa-t-il.

— Celle d'hier, pour être honnête, il l'a pas vraiment choisie, dit l'homme derrière le comptoir.

C'était la troisième fois qu'il se présentait au Bordel de la folle avec la même demande.

— Donc si je comprends bien, les filles choisies par monsieur Teasdale sont payées en double. Une première fois pour coucher avec lui, puis une seconde fois avec vous, avait ironisé une fille debout au bar qui n'avait pas eu la chance d'être appelée.

Charles Teasdale avait la cote auprès des femmes, même s'il avait une barbe mal entretenue et des oreilles boursoufflées. Il oubliait de se couper les ongles, sauf avant ses combats. Il n'était ni séducteur ni charmeur. Il n'avait que faire de cette beauté qu'il ignorait. C'était une beauté tragique. La beauté est tragique quand elle est superflue.

On pourrait croire que dans la contrée où il évoluait, ce genre de choses n'avait aucune importance puisque les poulettes se gagnaient avec les poings et les pièces sonnantes sur la table et que, tirées par les cheveux ou pressées de forniquer pour survivre, elles n'avaient pas le loisir de sélectionner leurs amants à partir de critères superficiels. Or, elles avaient leurs préférences. Une putain d'expérience savait jauger les clients au premier coup d'œil. Elle détectait celui qui la pousserait contre le mur et lui ordonnerait d'accomplir les pires obscénités. Celui à qui elle crierait des insultes du haut des marches alors qu'il sortirait par la porte de devant : « Fumier ! Salopard ! » Et il y avait celui dont elle pouvait tomber amoureuse, qui était doux et fort. Il lui chuchoterait des compliments et des mots d'amour et elle le regarderait partir la larme à l'œil, sans savoir qu'en sortant, il sourirait pour lui-même en se disant « pauvre idiote ». Et puis il y avait celui qui lui promettrait mariage et enfants puis ne reviendrait plus pendant des mois. Quand elle le reverrait, elle l'invectiverait : « Fumier ! Salopard ! » Peu importe l'homme, les mêmes insultes finissaient par être proférées.

Mais pour ceux qui lisent ces lignes et qui ne vivent pas dans ce monde, de tels détails ont une importance capitale. Oui, Charles Teasdale était beau, mais il aurait été plus heureux laid.

.

Le Révérend se retrouva dans une petite chambre à l'arrière dont les fenêtres étaient placardées. Un lit à cordes semblait vouloir s'effondrer au milieu de la pièce poussiéreuse. Une commode de bois gris sans vernis, contre laquelle on pouvait se planter des échardes, complétait l'ensemble rugueux du mobilier. Au-dessus du lit, un tableau représentant les Alpes françaises oscillait chaque fois que la porte claquait.

La jeune femme pâle en chemise, corset et culottes blancs serrait un châle de laine fine devant sa gorge. Il avait interrogé des tonnes de filles du même genre auparavant, elles qui savaient ce que les hommes tentaient de dissimuler. On ne leur cachait rien, car elles n'étaient pas considérées comme des témoins. C'était leur boulot d'encaisser la laideur secrète des hommes sans la leur tousser au visage. Le Révérend tendait l'oreille comme un crachoir en or, et en prime, elles avaient le loisir d'obtenir l'absolution.

Elle lui raconta comment Teasdale avait titubé jusqu'en haut des marches de la maison et s'était effondré sur une table près du bar. La jeune fille avait délaissé le client qu'elle était en train de courtiser et s'était précipitée dans sa direction. Elle s'était placée sous lui, l'avait enserré dans ses bras en lui murmurant des mots en français. Il avait les pommettes tuméfiées et saignait des sourcils. Tout en le berçant, elle avait supplié la patronne de la laisser monter avec lui gratuitement pour le soigner et le dorloter.

— Vous saviez qu'il venait de gagner quatre cents dollars ? Qu'il venait de remporter un combat de boxe ? demanda le Révérend.

Elle fit non de la tête, regarda ses mains sur ses cuisses, se gratta l'arc du pouce.

— Je croyais que c'était un ivrogne qui venait de se chamailler. Il a même pas payé. Pas de pourboire, pas de cadeau, rien.

Le Révérend marcha à travers la pièce, les mains dans le dos, comme si les murs et les meubles formaient une équation et qu'il en cherchait le résultat. Il se retourna, contempla le tableau des Alpes au-dessus du lit.

— Ça y ressemble, n'est-ce pas ?

— À quoi ? s'étonna la fille.

— Aux montagnes, là dehors, dit-il en montrant de la tête le carré de planches clouées.

— Quelles montagnes ?

J'imagine que je serai à ma place en enfer, mais pas pour les raisons que vous croyez.

Septembre 1860

Dans la nature, toutes les choses qui se combattent sont égales à leur façon. Quand on observe le désert, on voit que chaque point est susceptible de devenir sujet. Le désert, c'est l'infini des points focaux. On y ajoute une colonie humaine et elle deviendra d'emblée le centre du paysage. C'était l'effet que produisait Virginia City. On avait l'impression d'être au cœur de l'univers.

Charles Teasdale s'était rendu une première fois à Virginia dans l'année suivant la découverte du gisement Comstock. À cette époque, il n'y avait pas encore de lampes dans la taverne. Que des chandelles qui fondaient, dégoulinaient et finissaient en pyramides de cire au milieu des tables. En fait, ce n'était pas encore des tables. Que des planches posées sur des barils. La caisse d'un chariot en bois, qui avait été tiré jusqu'en haut du ravin par des mules avant de rendre l'âme, faisait office de comptoir. Le propriétaire servait l'alcool avec une louche. Du haut de ses onze ans, Teasdale avait assisté à un match de boxe livré entre deux inconnus en pleine rue. L'un des combattants s'était étouffé avec son propre sang, avait craché des caillots, puis insisté pour continuer jusqu'à la mort.

.

Août 1875

Quinze ans plus tard, tout avait changé. Les baraques avaient été remplacées par des bâtiments en briques, et celles en terre battue avaient fait place à des édifices en bois de trois, quatre étages. Les mineurs se fondaient dans la masse des hommes d'affaires et autres spéculateurs vêtus de queues-de-pie et coiffés de chapeaux melon. Le genre d'hommes qui fumaient des cigares dans les salons et avaient troqué le poing américain contre des joncs en or. Vue des sommets environnants, la ville était devenue un quadrillage infini de rues. Un échiquier à hauteur divine, constellé de cheminées, de cordes à linge et de poteaux de télégraphe.

Tout près de Virginia, les camps de Gold Hill et de Silver avaient aussi été érigés autour du gisement. Depuis les débuts, les rivalités entre les trois villes s'étaient souvent transformées en affrontements de boxe. À la fin de la guerre civile, Virginia était devenue la plaque tournante du monde de la boxe de tout l'Ouest américain. Le ring était un endroit où les dés n'étaient pas pipés, où les chances étaient égales dans les faits plus que dans les principes. « Que le meilleur gagne », disait-on, et le gagnant était toujours le meilleur, puisque le seul encore debout.

Parfois les combats tournaient en mêlée générale, mais tous y prenaient part de plein gré. Chaque coup porté était une cause plutôt qu'une conséquence, un acte de communion plutôt qu'un acte de défense. Dans ce consensus jamais l'ordre public n'était réellement dérangé, sauf lorsqu'il y avait des soupçons de tricherie, de combats arrangés. Alors oui, les spectateurs devenaient des soldats en marche pour leur révolution. La bagarre générale se transformait en raz-de-marée avec une direction, mû par la même colère qu'un comité de vigilance qui, torches en main, s'apprête à défoncer la porte du commissariat pour se faire justice.

.

La découverte d'un grand talent est toujours bouleversante, surtout lorsqu'il consiste à détruire un autre homme de ses mains nues. Ceux qui ont déjà pratiqué le combat savent que l'instinct ne suffit pas. L'art de se battre s'apprend.

Charles Teasdale devait bien avoir été initié par quelqu'un quelque part, mais à le regarder aller, on pouvait croire le contraire. L'essentiel de sa technique résidait dans la feinte et l'esquive plus que dans la puissance, mais on aurait dit qu'il était né ainsi, les

poings serrés. Il laissait la nette impression que sa maî-
trise avait peu à voir avec le fruit d'un entraînement,
ni même d'une filiation. Même ceux qui dédaignaient
les sports violents ne pouvaient s'empêcher de voir, le
temps d'un clin d'œil, les affinités entre cette danse de
la destruction et une conversation avec Dieu. Si, dans
la tête de Teasdale, Dieu il y avait.

Les mineurs américains prenaient pour lui parce
que sous ses poils noirs il avait la peau laiteuse. Ils se
retrouvaient dans cette blancheur, eux qui passaient
leurs journées sous la terre, loin des rayons du soleil.
Aussi dans le fait qu'il parlait peu. Et quand il ouvrait la
bouche, ils comprenaient son langage cru, sans accent
et dénué des fioritures tant méprisées dont usaient les
gens éduqués. Ils se reconnaissaient dans ce que Teasdale n'avait pas ou ne faisait pas.

Autour de sa taille, il portait un foulard gris et jaune.
Les mineurs y voyaient les couleurs de l'or et de l'argent.
Pour les nordistes, elles évoquaient les paysages arides
du Nevada, tandis que pour les sudistes, elles rappelaient
les rebelles de la Confédération. Quand on demandait à
Teasdale pourquoi il avait choisi ces couleurs, il haussait
les épaules. « Parce que j'suis daltonien. »

.

Depuis près d'un an, le Révérend assistait à tous ses
combats, à Virginia comme dans n'importe quel trou

perdu. Il se tenait debout dans la foule, le plus près possible de la corde, les bras croisés sur sa poitrine. Il mâchait son tabac sans bouger, faisait la moue lorsque le son étouffé d'un coup ravageur se faisait entendre, mais il ne s'exclamait jamais et n'applaudissait qu'avec retenue. Malgré sa discrétion, ses livres de prières attiraient l'attention. À force de toujours se tenir du même côté, parmi les partisans de Teasdale, on finissait par le remarquer.

— Alors Révérend, que pense Dieu de toute cette violence ? lui demandait parfois un spectateur planté à ses côtés en attendant l'arrivée des combattants.

— Et vous, vous croyez qu'Il en pense quoi, de toute cette violence ? se contentait-il de répondre.

Teasdale mena son plus mémorable combat le six août mille huit cent soixante-quinze. Sous les cris de la foule qui ne s'entendait plus crier, il se releva alors qu'on le croyait battu. Torse nu sous des bretelles maculées de sueur, de graisse et de sang, la barbe dégoulinante, il enchaîna deux crochets sous le menton de son adversaire, qui atterrit inconscient dans les bras de ses partisans. Après sa victoire, il se rendit au comptoir de la taverne et commanda une bouteille au barman. Un garçon mexicain passait la serpillière à l'endroit où le combat s'était déroulé, épongeant les traces de fluides que le plancher de bois n'avait pas absorbées. Le Révérend était déjà assis à une table, au milieu de la pièce. Teasdale tenait une compresse d'eau froide contre sa joue et une autre sur son nez. Il se retourna et appuya son dos contre le comptoir. Il aperçut le Révérend et lui fit un signe de la tête. Le Révérend lui répondit de la même façon. Un reporter du *Gold Hill Daily News* s'approcha de Teasdale et l'interrogea sur son style de combat.

— Je laisse l'autre s'épuiser, résuma-t-il.

Le reporter lui demanda ensuite, après avoir nettoyé les postillons de sang qui recouvraient son carnet, à quel genre de guerrier il se comparait. Il haussa les épaules.

— Y'en a qui disent que je me bats comme une femme.

Cette déclaration fit la une le lendemain.

.

Octobre 1875

Le vingt-cinq octobre mille huit cent soixante-quinze en fin d'après-midi, les partisans de Charles Teasdale s'attendaient à le voir connaître son heure de gloire. Il ne s'était jamais battu contre un des champions de l'Est, ni même contre un des champions autoproclamés de l'Ouest, mais il s'apprêtait à affronter un Anglais du nom de Lyman Brettle. Le simple fait que son adversaire fut un fier sujet de la reine Victoria avait suffi à rassembler les parieurs derrière lui, américains comme irlandais. Seuls les Mexicains n'y voyaient pas d'enjeu, eux qui n'étaient intéressés que par les combats de volailles.

Les piquets entourés de cordes étaient plantés sur le terrain à l'arrière d'un pâté de bâtiments. Les spectateurs commençaient à s'agglutiner autour du ring. Le Révérend Aaron, qui n'aimait pas jouer du coude, s'était placé parmi les partisans de l'Anglais, peu nombreux de leur côté de l'arène. Des habitués le toisaient par-dessus les cordes et chuchotaient entre eux. Les deux aspirants arrivèrent en même temps et la foule se scinda pour laisser l'espace libre. Ils jetèrent leur chapeau dans le ring avant de passer sous les cordes. Teasdale perdit le tirage au sort et se retrouva face au soleil couchant. Son adversaire allait et venait dans un halo de lumière. Aveuglé, Teasdale se prit un poing entre les deux yeux alors que le combat venait tout juste de commencer.

Pendant près de deux heures, les partisans de Teasdale grimacèrent, tant de voir leur favori manger des coups que de constater que la folie et le courage ne suffisaient pas contre un professionnel qui bénéficiait des conseils d'un entraîneur privé. Sur son visage le sang paraissait brun, recouvert de la poussière qu'il soulevait chaque fois qu'il s'effondrait au sol.

Pour la troisième fois, Teasdale peina à se relever. Sa défaite semblait inévitable quand un coup de feu retentit dans la foule. « Ce combat est arrangé », cria quelqu'un. La foule gronda. L'arbitre protesta. D'autres coups de feu retentirent. Le marshal municipal entra dans le ring et annonça que le match était annulé. Ses adjoints commencèrent à disperser la foule. Les hommes s'éloignaient en rageant et en crachant par-dessus leur épaule. Le Révérend resta immobile, les bras croisés. Le marshal lui fit signe de déguerpir alors que l'arbitre l'attrapait par l'épaule. « Il était pas arrangé, ce combat. Regardez dans quel état il est », plaida-t-il en pointant Teasdale à moitié mort. Il se tenait un genou dans le sable et une main contre la corde, tandis qu'un filet de sang dégoulinait du menton jusqu'au sol.

L'arbitre et le marshal passèrent les bras de Teasdale autour de leur cou pour le traîner jusqu'à l'hôpital St Mary's. Deux adjoints les accompagnèrent, canons sortis.

.

Le Révérend entra dans un café et s'assit près d'une fenêtre qui donnait sur le ring déserté. Il mangeait une tarte à la rhubarbe lorsque trois hommes se pointèrent autour de sa table.

— Si c'est pas celui qui était dans le coup.

Il déposa sa fourchette, s'essuya la bouche.

— J'imagine que vous parlez de la défaite de Charles Teasdale aux mains de Lyman Brettle. Franchement, je ne vois pas ce qui vous fait croire que le combat était arrangé.

— C'est ça, cause toujours. Nous on croyait que les prêtres, ça trichait pas.

Le Révérend regarda chacun des hommes, l'un après l'autre.

— Non seulement les prêtres dignes de ce nom ne trichent pas, mais ils ne jouent pas non plus. Je n'avais parié sur personne.

— C'est ce que vous dites, mais y'a pas un combat dans la vallée de Washoe où on vous a pas vu. C'est la première fois qu'on vous retrouve du côté de l'adversaire et comme par hasard, c'est l'Anglais qui gagne.

Le Révérend prit son gobelet de fer-blanc, but une gorgée et le posa devant lui.

— Ce n'est pas parce que quelque chose se déroule sous mes yeux que je le cautionne.

— N'empêche que c'est bizarre, vous trouvez pas ?

Le Révérend soupira.

— De toutes les choses dont vous êtes témoins par ici, c'est ce qui est bizarre qui vous dérange le plus ?

.

Passé une heure du matin, Teasdale entra dans une taverne. Il avait le visage rongé de points de suture, des parties de sa barbe avaient été rasées près de sa mâchoire. Il commanda une bouteille de whisky, s'installa au fond de la salle et ferma les paupières. Quand il les ouvrit, le tenancier était devant lui, les poings sur les hanches, le tablier repoussé dans le dos comme une cape.

— On sert pas les boxeurs corrompus ici. Va te trouver un autre endroit où pieuter.

Teasdale attrapa son chapeau, sa bouteille, et se dirigea vers la sortie sans rien dire. Sous le cadre de porte, il se retourna, but une gorgée au goulot et la recracha devant lui.

— M'sieurs, dames, dit-il avant de soulever son chapeau et de s'éloigner dans la rue.

Il passa la nuit à errer d'une taverne à l'autre. Dans l'une d'entre elles, il put sommeiller pendant une heure avant que deux clients qui portaient des cartouchières croisées en bandoulière ne le missent à la porte sous les regards passifs des employés. Il croyait avoir tenté sa chance dans tous les tripots, toutes les tavernes et toutes les maisons de jeu de la ville quand il essuya son dernier refus.

— Vous comprenez, les autres clients sont très en colère. Je veux pas de problème, lui avait expliqué le tenancier.

— Me reste plus qu'à me faire un feu de camp, avait conclu Teasdale. Je peux repartir avec une bouteille au moins ?

Teasdale dut tenir son chapeau en errant dans la rue. Le vent soufflait depuis le mont Davidson. On l'avait baptisé Washoe Zephyr, comme s'il se fût agi d'un animal prédateur qui rôdait, ou encore d'un dieu qui régnait sur la vallée. Il arracha le bouchon de la bouteille avec ses dents et après s'être envoyé une courte rasade, plaça son pouce dans le goulot. Il avança contre les rafales de sable et s'arrêta au milieu de la rue. Les premiers rayons commençaient à percer. Il se mouilla un doigt comme pour évaluer la direction du vent, rigola tout seul avant de se prendre une autre lampée. À cinq heures du matin, lui qui ne dormait jamais dans un lit entra à la pension de Kate Shea et demanda à louer une chambre au dernier étage avec vue sur la rue. De tous les commerçants de Virginia, c'était peut-être mademoiselle Shea qui aurait dû lui refuser l'entrée, car sept minutes plus tard, le toit de la pension brûlait. Quand les flammes gagnèrent la maison d'opéra, Teasdale marchait lentement, à contresens des pompiers volontaires qui accouraient en faisant carillonner leurs cloches. Il escalada la colline la plus basse et s'assit sur le sol, les genoux entre les mains. Il vida la bouteille en regardant Virginia City se consumer. Les incendies diurnes avaient toujours été ses favoris. Les flammes orange qui lèchent l'azur du matin. La fumée noire qui s'élève en pilier unissant ciel et terre. Les incendies de jour étaient les plus obscènes.

Charles Abner Teasdale Jr. Voilà ma signature. J'ajoute le junior pour mon propre plaisir. J'ai jamais été le junior de personne.

Novembre 1875

Lorsqu'il fut informé de la capture de Charles Teasdale à Panamint, le lieutenant-gouverneur de l'État du Nevada et par le fait même directeur de la prison de Carson City laissa échapper un profond soupir. « Ça y est, les problèmes commencent », avait-il déclaré en privé.

Les fondateurs de Carson City avaient travaillé dur pour faire de leur coin de pays la capitale du Nevada. Ils avaient planté des peupliers le long des rues pour verdir la ville. Le propriétaire du Warm Springs Hotel s'était proposé pour héberger les premiers détenus. L'hôtel était devenu la prison d'État et son tenancier, le directeur.

Au fil des ans, des murs d'enceinte de plus en plus hauts et épais avaient été érigés autour de la prison, avec de grosses pierres jaunes extraites d'une carrière à l'intérieur des limites du pénitencier. Les détenus avaient eux-mêmes pioché le grès qui servait à mieux les enfermer. Malgré tout, Carson City avait échoué à se rendre incontournable et de plus en plus d'ambitieux songeaient à déplacer le siège de la capitale à Virginia City, plus effervescente et populeuse. Ainsi, lorsqu'il apprit qu'un incendie avait rasé la métropole, Jewett W. Adams ne put s'empêcher d'esquisser un sourire avant de se désoler à haute voix pour tous ces Virginiens mis à la rue et dont les négoces venaient de partir en fumée.

Il avait été élu au poste de lieutenant-gouverneur de l'État du Nevada. En public, il devait se réjouir de la capture de Charles Teasdale, l'incendiaire de Virginia, tout en sachant qu'il allait être un fardeau. Les électeurs de Virginia exigeraient qu'il soit pendu, alors qu'il allait vraisemblablement purger une peine de prison à vie. Seuls ceux qui étaient reconnus coupables de meurtre au premier degré pouvaient être condamnés à mort. Ceux qui demandaient vengeance n'avaient qu'à former un comité de vigilance, à attraper le criminel et à le lyncher avant que les autorités ne se chargeassent de le coffrer. Or, les lynchages renvoyaient l'image d'une justice faible et d'hommes politiques incapables. S'il voulait un jour être élu au poste de gouverneur de l'État, Jewett W. Adams devait trouver le moyen de faire exécuter Teasdale en toute légalité.

Le Révérend Aaron savait tout cela parce qu'il était l'unique confident de la maîtresse d'Adams, une jeune chanteuse allemande qui logeait dans un hôtel respectable. Adams ne voulait pas être vu en compagnie de cette femme, alors tout le temps que les tourtereaux partageaient, ils le passaient confinés à la chambre. Il refusait de la voir s'abaisser à travailler et lui interdisait toutes visites. De toute façon, elle ne connaissait personne. « Les hôtels de cette ville deviennent des prisons et ses habitants sont tes prisonniers », lui avait-elle reproché un jour.

.

Adams suivit le geôlier dans le couloir qui menait à la cellule commune où les nouveaux détenus étaient entassés en attendant d'être admis dans le bâtiment principal. Il dut réprimer un haut-le-cœur tant l'odeur de sueur et d'urine était prenante. Les quelques rayons de lumière qui filtraient au-dessus de la tête des huit prisonniers agglutinés ne permettaient pas de distinguer leurs visages. Certains murmuraient des prières, d'autres leur criaient de se taire. Dans la pénombre, la forme du directeur se découpait sans qu'on pût distinguer ses traits, mais un des hommes reconnut sa raie de chevelure ainsi que sa moustache blanche et pleine qui lui tombait de chaque côté du menton. Il piqua son voisin du coude.

— C'est le directeur, dit-il.

Le geôlier ouvrit la grille.

— Charles Teasdale, appela-t-il.

Teasdale se leva et avança avec lourdeur, au rythme que marchent les hommes dont on entrave les pieds

pour mieux leur ordonner d'avancer plus vite. Le geôlier referma la grille derrière lui. Il fut conduit dans
la cour de l'établissement alors qu'elle était vide.
Par-delà le mur d'enceinte, les sommets de la Sierra
Nevada étaient saupoudrés de blanc. Il fut déshabillé
et assis sur une chaise. On lui rasa les cheveux et la
barbe, traitement généralisé à l'ensemble des détenus
pour contrôler l'épidémie de poux qui infestaient les
oreillers. On lui versa le contenu d'un seau d'eau sur la
tête. Il frissonna pendant quelques minutes avant qu'on
lui lançât une serviette, puis son uniforme. Il enfila les
pantalons, agrémentés de larges bandes blanches et
gris foncé à la verticale, une chemise aux rayures hori-
zontales, puis un gilet boutonné sans manches, lui aussi
rayé. L'habit du parfait gentleman, mais adapté pour
que les fugitifs fussent tout de suite repérables parmi
les bonnes gens. Teasdale fut traîné à travers le plus
vieux bâtiment dans un couloir éclairé de lampes vis-
sées dans les murs à intervalles réguliers. « Y'a pas une
chandelle dans toute cette foutue baraque », lança-t-il
avant de se faire pousser dans le dos.

Il entra dans une salle presque vide où se trouvaient
un bureau en acajou et quelques chaises. La décoration ne semblait pas avoir changé depuis l'époque où la
pièce faisait office de salon de thé pour les pensionnaires de l'hôtel. Les murs étaient recouverts d'une tapisserie sauge et le plancher d'un tapis au style persan.
On pouvait sans peine imaginer les divans et les tables

basses de jadis sur lesquelles reposaient des bibelots et des services en porcelaine de Chine. Les rideaux étaient lourds et ornés de glands. Adams les écarta pour faire entrer la lumière et Teasdale vit que même ces fenêtres-là étaient garnies de barreaux.

Il fut assis sur une chaise en face du bureau, les menottes croisées sur le ventre. Adams attrapa une pile d'avis avec la photo d'hommes recherchés pour meurtre. Il approcha chaque feuille du visage de Teasdale, tentant de dénicher un tueur pour lequel le faire passer. Mais même imberbe, Teasdale avait des traits peu communs, avec un nez bien défini et des yeux démesurés. La précision des photographies empêchait toute confusion.

Adams sortit une autre pile d'un tiroir, celle-là contenant des avis de recherche plus anciens, agrémentés pour la plupart de croquis plutôt que de clichés. Il recommença l'exercice, en prenant le temps de scruter chaque dessin. Il s'arrêta quelques instants sur l'avis de Caspar Tootsey, puis agita la tête. Il passa à travers le reste de la pile, allant de plus en plus vite, gagné par l'exaspération.

— Bon sang, y'a bien quelqu'un sur cette terre à qui cet homme ressemble.

Teasdale haussa les épaules.

— Pas que j'sache, non.

.

La porte se referma derrière l'avocat. Il portait un complet alezan, un chapeau melon et une cravate noire. Teasdale, dans son costume trois-pièces à rayures, était assis contre le mur, accroupi sur les talons, les bras tendus par-dessus ses genoux comme s'il cherchait son équilibre. Une lampe au tube noirci était posée près de lui sur le sol. Sa faible lumière arrondissait les coins de la pièce et grossissait les ombres. Les mots « Charles » et « Teasdale » avaient été grattés dans la chaux du mur un peu partout.

— Vous permettez ? dit l'avocat en pointant le lit.

Il s'assit, sortit sa montre de poche, l'ouvrit puis la rangea.

— On m'a fait venir de Salt Lake City pour assurer votre défense. Les cas comme le vôtre sont ma spécialité.

— Ça veut dire quoi, les cas comme le mien ?

— Ça veut dire... Les cas d'accusés que tout le monde déteste.

— Vraiment, fit Teasdale. Vous pouvez me sortir d'ici alors ?

— Ça dépend de ce que vous leur avez raconté depuis votre arrivée.

— Je leur ai rien dit.

— Vous n'avez pas nié, ni avoué ?

— J'ai rien dit.

— C'est bien. C'est très bien. Maintenant, je n'irai pas par quatre chemins. Êtes-vous innocent, monsieur Teasdale ?

Il agita la tête.

— Merci de votre franchise, dit l'avocat. Quoique ce ne soit pas tous les hommes qui admettent avoir tué qui le font par franchise.

— J'ai rien à cacher. J'aimerais mieux mourir que passer le restant de mes jours ici.

— Avez-vous déjà tué quelqu'un ?

Ses paupières se fermèrent puis se rouvrirent lentement, comme s'il était pris d'une soudaine lassitude. Il étendit ses jambes, se gratta la pomme d'Adam. L'irritation du rasage était toujours visible, tout comme l'empreinte rouge de la corde de son Colt Navy sur les côtés de son cou. Il croisa les bras.

— J'ai fait partie de la cavalerie fantôme jusqu'en soixante et onze.

L'avocat observa son client en clignant des yeux, sans rien dire.

— À part ça, c'était de la légitime défense. C'était eux ou moi.

L'avocat retira son veston, se leva en se caressant la moustache.

— Y a-t-il des gens qui savent que vous avez tué ces... personnes dont vous parlez ?

— À Hamilton, y'en avait.

— Ils savent que c'était pour vous défendre ?

— Mieux que ça. Ils pensent que c'était pour les défendre eux.

— Très bien. Maintenant, avez-vous des ennemis ?

Y a-t-il des gens qui vous en veulent en dehors de Virginia City ?

— J'sais pas. J'suis pas dans leur tête.

— Mais il y a des gens qui auraient des raisons de vous en vouloir ?

Il acquiesça en regardant le vide.

— Où ?

Il haussa les épaules.

— Partout.

L'avocat revint s'asseoir sur le lit, croisa les bras.

— Voilà qui ne va pas nous aider.

Teasdale jaugea l'avocat en plissant les yeux et décida qu'il était le dernier des rebuts.

— Je croyais que c'était vot' spécialité. Il détourna le regard. Et puis qu'est-ce ça peut vous faire à vous ? J'vous paie même pas.

— Il y a quelqu'un qui me paie, mais je n'ai pas le droit de vous dire qui. Ça fait partie du contrat.

Alors il fixa l'avocat avec des yeux ronds.

— J'ai pas de famille et j'ai pas d'amis, m'sieur l'avocat. Si y'a quelqu'un qui vous paie pour me sauver de la pendaison, c'est sûrement pour mieux me tuer de ses mains après.

L'avocat soupira.

— Alors j'imagine que vous n'avez pas souvent l'habitude d'aller à l'église, monsieur Teasdale ?

.

Janvier 1876

Le procès de Charles Teasdale devant jury dura deux journées entières. Le second jour, le Révérend Aaron fut appelé à la barre des témoins. Pour l'occasion, il s'était abstenu de chiquer du tabac, bien que la plupart des jurés eussent un cigare au bec et qu'un nuage de fumée flottât au milieu de la salle.

— Vous dites que vous étiez en présence de l'accusé pendant la nuit du vingt-six octobre. Racontez-nous, l'interrogea le procureur.

— Après avoir été jeté de toutes les tavernes, d'après ce qu'il m'a lui-même raconté, Charles Teasdale s'est rendu à l'église presbytérienne, où je me trouvais. Il ne songeait même pas à se venger de l'injustice dont il avait été victime ce jour-là. Il m'a supplié de l'aider à arrêter de boire et à se trouver un vrai travail. Vous voyez, il n'a jamais eu de père, jamais personne n'a pu lui transmettre le savoir nécessaire à un métier ou à un négoce. Il a appris à vivre dans la rue et dans les tavernes, mais il peut encore être sauvé. Il m'a supplié de lui montrer la voie. Je l'ai invité à prier. L'homme que vous accusez était en communion avec le Seigneur au moment où l'incendie a été déclenché. Ceux qui ont cru l'avoir vu dans la pension de Kate Shea se sont trompés. De toute façon, tous ceux qui connaissent cet homme savent qu'il ne dort jamais dans les pensions ni dans les hôtels, alors...

— Pourtant Kate Shea affirme non seulement avoir loué une chambre à Charles Teasdale, mais avoir vu sa signature dans son registre. C'est sa parole contre la vôtre.

— Alors qu'on me montre ce registre. Mais laissez-moi deviner : j'imagine qu'il est parti en fumée comme le reste de la ville. Je suis un ministre de Dieu et elle, une femme de mauvaise vie qui a la réputation de ne jamais refuser aucun pensionnaire. Qui croirez-vous ? Qui selon vous oserait se parjurer sur les Saintes Écritures ?

Charles Teasdale fut acquitté.

À la lumière des témoignages, les doutes sur sa culpabilité étaient plus que raisonnables, conclut le jury. Il fut escorté à l'extérieur de la ville une semaine plus tard en pleine nuit pour éviter que des citoyens mécontents s'emparassent de lui.

Pendant des mois, Jewett W. Adams continua de feuilleter des avis de recherche, le soir avant de s'endormir. Chaque fois qu'il tombait sur celui de Caspar Tootsey, il s'y attardait un peu plus longtemps que sur les autres. Puis, il soupirait et éteignait sa lampe. Il finit tout de même par se faire élire gouverneur de l'État du Nevada.

C'est la faute de mon père si je meurs parce qu'un père j'en avais pas. Le seul que j'ai eu c'est Sam Ambrose et Sam Ambrose il a jamais existé.

ELDORADO CANYON

Février 1876

Eldorado Canyon aurait pu être une ville minière comme les autres. Harcelée par les pics et les pioches dès sa naissance, abandonnée dès les premiers signes de tarissement. Mais elle avait un petit quelque chose de plus, parsemée des signes que laissent derrière eux les gens déraisonnables. Ceux pour qui le destin est un ennemi à provoquer.

C'était tôt le matin, juste après que les fêtards s'endormirent et juste avant que les lève-tôt se réveillassent. Le Révérend Aaron arrivait du campement et se dirigeait vers le fleuve. Il tirait son cheval par la bride sur la route de terre et de cailloux. Il passa devant une grange abandonnée, une énorme bâtisse de planches, de la hauteur de quatre étages, avec un toit en pente. Il ne restait plus que les murs et le toit. Toutes les portes avaient disparu. À travers, on pouvait voir les monticules rocheux rouges et gris et, plus loin derrière, les baraques des mineurs.

Tout en haut, depuis la petite fenêtre vide sur la façade, un bébé puma était pendu par le cou. Ce n'était qu'un chat sauvage, mais le Révérend en eut la chair de poule, précisément parce que ce n'était qu'un chat. Qui pouvait bien en vouloir à un chat au point d'escalader une construction en ruine et de fabriquer une telle potence ? Peut-être le Révérend avait-il entendu les miaulements d'un animal la nuit précédente, mais cela n'avait pas retenu son attention. Et puis qui peut prétendre distinguer le cri d'un chat qui se bat de celui d'un chat qui se fait pendre ?

.

Ni Charles Teasdale ni le Révérend Aaron n'avaient d'endroit précis où aller. Tous deux se croyaient libres, mais tous deux étaient à l'affût des mêmes destinations minières. Ils se perdaient pendant des semaines, puis le hasard les ramenait côte à côte au bar d'un tripot, ou en file pour un bain public.

Le Révérend entra dans le café pendant l'heure de pointe du midi. De l'extérieur on pouvait entendre le brouhaha des mineurs, des bandits à temps partiel et autres réfugiés. C'était une longue cabane avec un toit de paille soutenu par des troncs inégaux. On n'y servait pas de nourriture. À Eldorado, la liqueur de maïs et le brandy bon marché tenaient lieu de repas principal.

Dans le coin opposé à l'entrée, Charles Teasdale sommeillait, la tête renversée contre le mur et la bouche ouverte, avec sa selle posée sur l'autre chaise pour seule compagne. Son chapeau était coincé entre le mur et l'arrière de sa tête. Des pousses de cheveux avaient commencé à lui recouvrir le crâne. Autour, des hommes aux chapeaux mous, certains torses nus dans leurs bretelles, buvaient et jouaient aux cartes. Un homme portant des jambières de peau de chèvre avait enlevé ses bottes et se limait les ongles d'orteil. Un autre asticotait son fusil, une longue carabine avec des encoches qui montraient le nombre d'hommes qu'il avait tués. Des êtres vivants quelconques qui avaient grandi loin des soins d'hygiène et de l'amour maternel.

Jadis dans ce hameau, des soldats de l'armée avaient été postés pour assurer la sécurité des mineurs, avant d'être rappelés pour participer à la guerre. Parmi les civils se trouvaient d'ailleurs de nombreux déserteurs. Ceux qui étaient restés avaient dû apprendre à se défendre contre les attaques répétées des Paiutes. Fuir une guerre pour se terrer dans une autre. Teasdale ne se faisait pas embêter dans un endroit pareil, entouré d'hommes qui connaissaient eux aussi la couleur exacte du sable lorsqu'il est imbibé de sang. Qui pouvaient tous concourir pour le titre d'homme le plus libre entre Santa Cruz et Santa Fe. Des êtres sans attaches, à l'exception des fantômes de ceux qu'ils avaient tués.

En début d'après-midi, Teasdale se leva, attrapa sa selle et sortit. Le Révérend le retrouva quelques heures plus tard dans la maison de jeu. Tout au long de la soirée, il regarda Teasdale s'enfiler les verres et passer d'une partie de pharaon à l'autre, perdant puis regagnant sa mise. Plus tard, Teasdale s'éclipsa pendant une heure, probablement pour faire un tour à la maison close, puis revint et joua une dernière partie avant de se commander une bouteille de whisky et de se tirer une chaise isolée, qu'il plaça dos au Révérend. Il but une gorgée. Le Révérend feignait de lire son livre de prières. Teasdale but une autre gorgée, le Révérend tourna une page. Le manège se poursuivit jusqu'à ce que Teasdale se levât et marchât en direction du Révérend. Il posa ses deux poings devant lui sur la table et s'appuya dessus.

— Vous avez fini de me regarder dormir ? dit-il à voix basse afin que les autres joueurs n'entendissent pas.

— Vous croyez que je vous regarde ?

— Je peux pas dormir si vous restez ici.

— Eh bien, allez ailleurs.

— Je suis arrivé le premier.

— Et alors ? Faites comme tout le monde et prenez-vous une chambre.

Teasdale agrippa la barre horizontale de la chaise devant lui et fit balancer son poids dessus.

— On va conclure un marché, vous et moi. À l'avenir, partout où on se croise, le premier qui arrive a le droit de rester et l'autre doit s'en aller.

— Mais ça ne me fait rien que vous soyez au même endroit que moi. C'est votre problème, pas le mien.

— Z'arrêtez pas de me suivre partout où je vais. Je pourrais m'arranger pour que ça devienne un problème pour vous aussi.

— Je suis un homme de Dieu et vous êtes un hors-la-loi. Personne ne prendra votre défense.

— Z'êtes même pas un vrai prêtre. Je vous ai jamais vu en train de prêcher.

— Et moi je ne vous ai jamais vu prospecter.

— Z'avez du cran pour un type qui porte pas d'arme.

— Je n'ai pas besoin d'arme, contrairement à vous.

— Le jour où j'en aurai assez de vous sentir à mes trousses, p't-être bien que z'en aurez besoin.

Le Révérend déposa son livre et croisa les bras.

— Je vous ai sauvé la vie et c'est comme ça que vous me remerciez ?

— Je vous avais rien demandé.

— Mais vous êtes en vie et vous êtes libre. Et moi non plus, je ne vous ai rien demandé. Vous faites ce que vous voulez, mais moi je ne bouge pas d'ici.

Teasdale tourna les talons et posa sa selle en travers de son épaule. Il se retourna en dévisageant le Révérend, puis attrapa son chapeau et sa bouteille. Il sortit

à reculons, sans quitter le prêtre des yeux. Ils ne se croi-
sèrent pas pendant trois semaines.

Y'a des fruits sans noyau alors il doit bien y avoir des hommes sans âme.

Février 1876

Jadis à cet endroit, il n'y avait rien. Que des hommes à pied et à moitié nus. Ensuite, il y a eu des hommes montés sur des chevaux et les hommes nus sont eux aussi montés sur des chevaux. Et puis les hommes sur les chevaux se sont armés de canons portatifs, alors les hommes nus sur des chevaux se sont eux aussi dotés de canons portatifs. Et voilà qu'à chaque détour, aux hanches de chaque gamin, on trouvait des revolvers ct des derringers produits à la chaîne quelque part au Connecticut, et les hommes nus n'avaient plus le choix de se vêtir pour pouvoir eux aussi porter des armes à feu sur leurs hanches.

La vallée de Moapa était l'un des rares endroits où il n'y avait plus d'Indiens, mais il n'y avait pas plus de Blancs pour autant. Le Révérend Aaron traversait la vallée lorsqu'il fut accueilli sur un ranch minuscule aux animaux faméliques. Un domaine formé d'une maison et d'une grange, caché dans les vallons, posé là comme un objet que quelqu'un eût perdu sur son chemin.

L'éleveur, qui s'appelait Hossefross, n'était pas sorti de chez lui depuis deux ans. Il avait fait le voyage jusque-là avec sa femme dans l'espoir d'y fonder une famille, alors que l'appel de l'Ouest relevait moins du rêve que de l'urgence. L'Ouest avait une date d'expiration. Il fallait faire le grand saut avant qu'il ne fût trop tard. Sa femme était morte de la petite vérole trois semaines après leur arrivée. Depuis, il vivait en reclus et vendait son bétail à ceux qui venaient à lui.

Forcé d'obéir aux règles de l'hospitalité, Hossefross posa une lampe et des napperons au crochet sur la table puis servit un plat de ragoût comme repas du soir. Les deux hommes mangèrent en silence. Le Révérend se disait que même s'il l'avait voulu, il n'aurait pas su quoi prêcher. L'homélie était plus facile avec les femmes, ou les couples parce qu'il y avait au moins une femme pour le prier de lui enseigner quelque chose, ce à quoi le Révérend répondait qu'il n'avait rien à apprendre à des gens qui accueillaient leur prochain avec tant de générosité.

Ils en étaient à leurs dernières bouchées quand ils entendirent le bruit d'un cavalier approcher. Hossefross sortit en claquant la porte, faisant voler le rideau de dentelle choisi par sa défunte. Dehors se trouvait Charles Teasdale, qui venait à son tour bénéficier de l'asile que constituait le ranch. Hossefross avala bruyamment sa bouchée en regardant le nouveau venu descendre de sa monture. Il scruta le fusil à canon long attaché à sa selle, sa ceinture de cartouches, le Colt Navy qui se baladait sur sa poitrine. Teasdale souleva son chapeau d'une main puis le replaça sur sa tête, cachant mal son exaspération de voir le Révérend apparaître derrière l'hôte. Il le salua d'un signe de tête.

— Vous connaissez ce jeune homme ? dit Hossefross en se retournant vers le Révérend.

— Le Révérend Aaron m'a sauvé la vie une fois, coupa Teasdale, ce qui eut pour effet immédiat de rallumer la confiance dans les yeux de Hossefross.

Les deux voyageurs s'assirent à table, face à face. Hossefross posa un troisième bol devant Teasdale. Bientôt, il n'y eut plus que lui qui mastiquait, les yeux baissés sur son ragoût.

— Alors, comment ça s'est passé, quand vous lui avez sauvé la vie ? demanda Hossefross.

Le Révérend déchira un morceau de la miche de pain au centre de la table et épongea l'intérieur de son bol.

— Je n'ai pas fait grand-chose, à vrai dire. J'ai convaincu des gens de ne pas le faire tuer. J'ai fait mon devoir de ministre de Dieu. Le rôle d'un pasteur ne se limite pas à sauver des âmes. Il faut parfois commencer par sauver des vies.

— Des fois, y'a pas d'âme à sauver, même quand les gens sont vivants. Z'êtes pas le premier à m'avoir évité la pendaison.

Au mot « pendaison », Hossefross détourna le regard.

— Y'a aussi mes anciens compagnons de la cavalerie fantôme qui m'ont évité la corde, poursuivit Teasdale. Je leur dois ma vie pas une, mais huit fois. En principe, j'aurais dû rester avec eux pour toujours, ou au moins jusqu'à ce que je puisse régler ma dette et sauver leur vie à mon tour.

— Et vous l'avez fait ? demanda le Révérend.

Teasdale déposa sa cuiller. Il regarda le Révérend en se balançant sur sa chaise, en équilibre sur les pattes arrière.

— Non. J'ai perdu patience. Je les ai tous tués.

Le Révérend soutint son regard sans rien dire. Dehors, une mule se mit à braire. Hossefross inspira, se leva et entreprit d'empiler les bols. Ses mains tremblaient, la vaisselle tintait et s'entrechoquait. Il tourna le dos aux deux hommes et déposa le tout dans un seau près de l'évier.

— Ne le prenez pas mal, parvint-il à articuler, mais je dois vous dire qu'il y a rien à voler ici.

— Vous inquiétez pas, monsieur Hossefross. On va dormir dehors, à la belle étoile. Ça ne change rien pour vous, n'est-ce pas, monsieur Teasdale ?

Il ramena les pattes avant de sa chaise sur le sol.

— Vous me connaissez trop bien, Révérend.

.

Les deux hommes campèrent à l'extérieur, autour d'un feu, loin du corral, mais personne ne ferma l'œil de la nuit. Ils pouvaient voir vaciller, à travers les fenêtres de l'unique pièce de la maison, la lumière blanche de la lampe à huile que Hossefross traînait partout avec lui.

Pendant la nuit, un coup de feu retentit. Ils trouvèrent Hossefross derrière la maison, au milieu de son bétail, le bas d'une jambe en sang. Il s'était tiré dans le pied avec sa carabine à percussion. « J'avais mal au petit orteil. J'en avais assez d'avoir mal au petit orteil », répétait-il en sanglotant. Teasdale aida le Révérend à atteler une charrette. Il n'y avait pas de médecin à Overton, la halte la plus proche, alors ils conduisirent Hossefross jusqu'à la frontière de l'Utah où, selon les dires, on pouvait trouver un bordel hébergeant une avorteuse aux dons de guérison. C'était une rumeur. Il y avait bel et bien un bordel, mais pas d'avorteuse.

Quand ils arrivèrent, le soleil se levait. La silhouette noire du Révérend emplissait l'avant de la charrette. Celle de Teasdale, sur son propre cheval, progressait à ses côtés. Leurs chapeaux se découpaient contre l'horizon rosé. Il y avait le chahut des roues contre la rocaille et les plaintes de Hossefross et rien d'autre. Ils ramenèrent une putain au ranch pour qu'elle prît soin du blessé. Elle n'était pas très appliquée. Elle avait hâte d'en finir et de retourner au bordel, peut-être parce qu'entre deux boulots merdiques, on préfère celui qu'on connaît le mieux.

*On a tous grandi dans les trous que les compagnies
minières ont laissés. Avec leur fortune, ils se sont payé
des fêtes et des putes sans compter, et voilà, ensuite
on est nés. Ils sont repartis avec notre héritage, et nous,
on se fait un devoir de le réclamer. Chaque fois qu'on
braque une banque, qu'on détourne une diligence, c'est
une partie de notre legs qu'on revendique.*

Octobre 1871

Le quatorzième jour du mois d'octobre de l'an mille huit cent soixante et onze, les sept derniers membres de la cavalerie fantôme établirent leur campement dans une clairière de la vallée à l'est de Hamilton. Clairière, c'était une façon de parler pour dire qu'à cet endroit il y avait moins d'armoise et de buissons piquants qu'aux alentours. Ils chassèrent le lièvre tout l'après-midi et à la nuit tombée, ils allumèrent un feu pour cuire leurs prises. Toute la soirée, ils élaborèrent un plan pour attaquer un convoi de marchandises qui devait se rendre à Hamilton, au nord de l'éperon rocheux.

Charles Teasdale monta la garde pendant que les autres dormaient. La lune était absente et le ciel si noir qu'on ne voyait rien au-delà du cercle de lumière du feu de camp. Au plus sombre de la nuit, Teasdale se leva et se plaça entre le feu et les hommes, tous cordés du même côté, à l'abri du vent qui soufflait vers le nord-est. Darius Cole reposait au centre, une main sur l'abdomen, près de son revolver. Teasdale aurait pu rester là, dos au feu, et leur envoyer chacun une balle dans la tête. Il aurait eu l'avantage de discerner chacun de leurs mouvements, éclairés par les flammes, alors que lui leur serait apparu à contre-jour. Certains auraient sans doute sursauté au bruit des premiers coups de feu, hébétés pendant un instant de voir la masse sombre de leur assassin se découper contre le rougeoiement du feu, se croyant en plein cauchemar. Mais il décida plutôt de se placer derrière eux pour les égorger avec son couteau Bowie. Il commença par la gauche. Ezra Whitaker, le dernier complètement à droite, se réveilla alors que Teasdale achevait son voisin. Il bondit à quatre pattes sur son couchage et sortit son revolver. Teasdale se jeta sur lui et l'arme tomba plus loin derrière Whitaker. Les deux hommes étaient accroupis, Teasdale avec son couteau brandi dans une main, Whitaker qui reculait à petits pas pour ramasser le fusil. Quand il se pencha, Teasdale se rua dans sa direction. Ils se débattirent au sol. Whitaker tenta de l'étrangler avec la chaîne qui tenait le Colt autour de son cou. Une balle fut tirée dans la nuit. Whitaker s'effondra.

Teasdale resta agenouillé, le temps de reprendre son souffle. Le feu continuait de crépiter, sa lumière chaude valsait sur les corps inertes. Teasdale ramassa son couteau et l'essuya sur son pantalon avant de jeter un dernier coup d'œil au cadavre de Whitaker, à l'écart des autres. Le seul homme qui avait eu un sursaut d'éveil entre le sommeil et la mort.

Même débarrassé de ceux qui lui interdisaient de fermer l'œil, il ne put dormir du reste de la nuit. À l'aube, il empila les cadavres deux par cheval, attacha les montures l'une derrière l'autre. Il se dirigea à Hamilton, siège du comté, où il avait de bonnes chances de trouver le shérif. Il entra par la rue principale, sous le regard des curieux qui scrutaient la procession funéraire. Une femme porta une main à sa bouche. Un homme enleva son chapeau et s'essuya le front. Teasdale attacha son cheval à une barre, les autres piaffant derrière. Les corps posés sur la dernière monture semblaient en voie de glisser. Il les replaça en équilibre en travers de la selle et marcha jusqu'au commissariat. Il en ressortit accompagné du shérif, qui examina chacune des dépouilles. Teasdale reçut un total de sept cents dollars, dont cinq cents venaient de la prime pour la capture de Darius Cole.

Avec l'argent, il put errer pendant quatre mois sans rien faire sauf boire, dormir, puis boire encore. Quand il n'eut plus d'argent, il se mit à mendier, et quand il eut épuisé la charité des habitants de Hamilton, il changea de ville et se mit à emprunter, puis changea de ville encore. Il continua ainsi, jusqu'au jour où l'un de ses créanciers entreprit de le rosser, ce qui donna lieu à l'une des plus belles bagarres jamais observées dans le secteur. Alors qu'il vomissait ses tripes dans une chaudière en métal à l'arrière d'un tripot, on lui offrit de se battre contre le champion en titre du comté de Lander, qui se cherchait justement un adversaire facile.

Charles Teasdale cessa de voler et de mendier. Ce n'était pas des métiers qu'on pouvait pratiquer toute une vie. La boxe non plus. Mais personne ne savait ce que Teasdale en avait à faire, du reste de sa vie.

.

Mars 1876

Le Révérend traversa Hamilton sans descendre de son cheval, puis continua d'escalader la butte vers le nord en direction de Treasure City, greffée à flanc de montagne. Devant lui, un convoi de marchandises transportées à dos de mules se rendait au même endroit. Les mules s'essoufflaient, s'entêtaient à prendre des pauses, à brouter les petites pousses vertes qui arrivaient à percer la terre entre les roches.

Les bâtiments de Treasure City se succédaient, avec leurs façades en bois noircies sur le versant ouest. Certains semblaient abandonnés, n'avaient plus de toit ou étaient envahis par les buissons d'armoise. Les pics bruns et gris du mont Hamilton s'imposaient à l'ouest, comme les vagues successives d'un vieux raz-de-marée rocheux. Au sud, le sillon de la route serpentait et rapetissait jusqu'à disparaître.

Perché au-dessus d'une saillie de colline particulièrement abrupte, un homme était accroupi, les fesses contre les talons. Le Révérend s'en approcha et bien que cet homme lui présentât son dos, il reconnut Charles Teasdale à ses éperons, à sa chemise de flanelle unie et à sa veste trop courte.

— Allez-y, faites ce que vous êtes venu faire, dit Teasdale sans se retourner.

— Je suis venu admirer la vue.

— C'est ça, pouffa Teasdale.

Le Révérend souleva la queue de son manteau et s'assit en Indien sur le sol.

— Vous croyiez que j'étais venu faire quoi ?

Teasdale ne répondit pas. Il cracha devant lui et sa salive se perdit dans le vide.

— Y'a rien ici. Z'avez aucune raison d'être là.

— Vous non plus. Peut-être bien que je suis là pour la même raison que vous. Peut-être bien que je suis un voleur, moi aussi. Puisque vous êtes convaincu que je ne suis pas un prêtre.

— Au début j'ai cru que z'étiez un promoteur de l'Est qui venait renifler les nouveaux talents. Z'êtes pas un promoteur. J'sais pas qui vous paie. J'sais pas ce que vous voulez. Mais vous pouvez me tuer, ça m'est égal.

— Vous mentez. Si vous n'aviez pas peur de mourir, vous n'auriez aucune difficulté à dormir, même en ma présence.

Teasdale regarda par-dessus son épaule, du coin de l'œil, puis se détourna.

— Vous avez déjà pensé à vos dernières paroles ? poursuivit le Révérend.

Teasdale haussa les épaules.

— Vraiment, si je ne vous avais pas sorti de la prison de Carson, vous n'auriez pas prévu un petit mot ? Une pensée pour un être cher ?

— Ç'a jamais été mon genre.

— Vous voyez, Charles, même le plus minable des pickpockets ne peut s'empêcher de profiter de son moment de gloire, juste avant qu'on lui descende le sac sur la tête. La plupart du temps, les gens dans la foule n'arrêtent pas de crier des insultes aux condamnés qui, finalement, ne parlent à personne, sauf peut-être à Dieu. Mais pour vous, la foule se serait tue. Les gens auraient voulu entendre vos dernières paroles. Et vous n'auriez rien dit. Nous avons ce point en commun, vous et moi. Je suis un prédicateur, les gens s'attendent à ce que je les sermonne. Et quand ils s'accrochent à ma redingote et me supplient de commenter le vide de leur vie, je ne dis rien.

Teasdale se retourna et dévisagea le Révérend.

— Bon sang, vous êtes qui ?

— Je ne suis pas là pour vous hanter, Charles, mais pour vous sauver.

Teasdale se détourna et se mit à sangloter. Il cala sa tête entre ses genoux.

— Pourquoi ? finit-il par articuler.

— Parce que je crois qu'en temps normal vous n'avez peur de rien. Je crois que vous êtes capable de dormir dans une fusillade. C'est un don extraordinaire.

Je ne suis pas devin, mais je peux vous garantir une chose : la prochaine fois que vous vous retrouverez sur une potence, la foule se taira. Et peut-être qu'à ce moment-là, vous vous souviendrez de moi.

Le Révérend se releva, monta sur son cheval et redescendit vers la route alors que Teasdale le suivait de ses yeux rougis.

Si je reviens tout le temps dans cet État pourri où on veut ma mort, c'est que je me crois invincible. Et ça fait juste empirer avec le temps. Pour que je m'abstienne d'y retourner pour la millième fois, y'aurait fallu que j'y meure la première fois.

PRESCOTT

Août 1870

En plein cœur de l'Arizona, la ville de Prescott faisait figure d'oasis, avec ses hautes herbes et sa forêt de pins ponderosa.

« Ça m'étonne que t'y sois jamais allé », s'était moqué Larry Udall du temps que Teasdale faisait partie de la cavalerie fantôme. « Y'a pas un Mexicain dans le coin. Que des gentils Blancs qui vont à l'église et tout, à part quelques nègres pour cirer les bottes », continuait-il.

« Y'a du bois partout. Tu verras pas une maison en briques là-bas, même pas celle du gouverneur. Et comme pour faire exprès, z'ont mis des piquets de bois comme clôtures autour des maisons à étages, pareil que dans le Midwest. Et dans leurs caves ils entreposent des barils de poudre, pareil que si les balles avaient pas encore été inventées. Tu foutrais le feu à cette ville rien qu'à la regarder. »

.

Août 1876

Charles Teasdale et le Révérend Aaron avaient l'habitude de chevaucher côte à côte lorsqu'ils se rendaient au même endroit, mais ils ne dînaient jamais ensemble, comme pour se rappeler qu'ultimement, ils allaient dans des directions opposées.

Teasdale progressait vers le sud de ville en ville sans rien changer à ses rituels de fin de soirée, excepté qu'il passait de plus en plus de temps à pratiquer sa signature. En chemin vers Hiko, il avoua au Révérend que l'idée de choisir ses dernières paroles, qu'il avait trouvée puérile au départ, avait mûri dans son esprit.

« Ce que j'ai à dire avant de mourir, ça regarde personne. Par contre c'est vrai que ça pourrait être une bonne idée de choisir mes dernières pensées. Puisque j'irai certainement pas au ciel, alors mes dernières pensées risquent d'être mes dernières pensées. Faudrait pas que j'rate mon coup. Imaginez si la dernière image qui me vient avant de mourir c'est... J'sais pas... Un porc en train de se faire zigouiller. Ou la fille la plus laide avec qui j'ai couché. »

À Barclay, il entra dans une mercerie et pour la première fois de sa vie, ressortit avec une chemise de drap blanc sur le dos. Il n'y avait toujours pas de chaîne de montre à sa veste et son vieux Colt Navy se balançait toujours sur sa poitrine, mais dans les cantines il se faisait servir plus vite et dans les bordels on lui offrait des filles plus jeunes.

Un jour il descendit tellement au sud qu'il franchit la frontière du Nevada. Il fit son entrée sur le territoire de l'Arizona avec une nouvelle identité, celle de Charley Monday Jr., abandonnant ses initiales autrefois chéries. Il enfreignit ainsi la seule règle qu'il s'était toujours imposée. Il prétendit venir d'une famille de pionniers de l'Oregon. On le prenait pour un joueur professionnel, impression qu'il n'osait pas toujours corriger, comme si de s'affirmer boxeur professionnel équivalait à tester le destin. Il avait été tant d'autres choses qu'il n'était pas encore certain de ne plus vouloir être.

.

Le Révérend Aaron entra à Fort Date Creek, un ancien poste militaire reconverti en auberge. C'était un arrêt de choix pour les grands voyageurs et les pouilleux, car ceux qui ne voulaient pas payer pour une chambre pouvaient camper dans l'enceinte du fort à moindre prix.

L'odeur des chandelles flottait dans la salle à manger, mêlée à celle du jambon rôti. Les murs blanchis à la chaux paraissaient jaunes sous l'éclairage exclusif d'un lustre de bougies suspendu aux poutres du plafond. La pièce était remplie par deux tables longues en bois verni, sans nappe. Teasdale était assis dans le fond de la salle. Le Révérend le salua d'un signe de tête. Il prit place à l'autre table, près de l'entrée, prenant note des deux hommes assis au centre qui le regardaient avec suspicion sous leurs grands chapeaux de feutre mou. Le Révérend avait la tête penchée sur le menu quand il reconnut le tintement caractéristique des éperons de Teasdale qui approchait. Ce dernier déposa son plat, s'assit face à lui, passa ses jambes par-dessus le banc et recommença à manger. Comme s'il eût finalement décidé qu'il n'y avait rien de mal à être vu en compagnie du prêtre.

Le serveur vint prendre la commande du Révérend. Pendant ce temps, Teasdale repoussa son plat, sortit ses feuilles et sa plume de sa besace. Le serveur s'éloigna. Les deux hommes aux grands chapeaux mangeaient en silence. Le Révérend regarda dans leur direction et l'un des hommes dans la direction du Révérend. Il soutint son regard, en se disant que Teasdale se ferait un plaisir de lui sauter dessus. Mais Teasdale semblait indifférent à l'appel du dur à cuire.

— On m'a dit que si je gagnais à Prescott, je pourrais me battre à Cerbat dans une taverne où y'a pas de ring, mais où y'a une scène de théâtre. Z'imaginez ça, un combat vu d'un seul côté ? Si c'est ça l'avenir, dit-il en hochant la tête.

Il se mit à gribouiller sur sa feuille. Le Révérend remarqua qu'il avait gardé les bouts de papier sur lesquels il s'était fait la main du temps qu'il signait encore *Charles Teasdale*.

— Ce n'est pas très prudent tout ça, conclut le Révérend en montrant la boîte de métal du menton.

— Ça sert à rien de courir partout si y'a personne pour me courir après.

Le serveur déposa un plat fumant devant le Révérend. Il commença à manger en observant Teasdale continuer de remplir la feuille de signatures plus ou moins identiques. Il fixait le dessus de sa tête penchée. Il ne l'avait pas vu tête nue depuis que sa chevelure avait retrouvé une longueur décente.

— Dites...

Il lui fallut quelques secondes avant de poursuivre. Il renifla.

— Si j'arrive à plus jamais rien voler et à plus jamais foutre le feu nulle part... Vous croyez que j'ai des chances de pas mourir pendu ?

— Il y a une façon de mourir qui vous plairait plus que celle-là ?

— Avoir le choix, j'aimerais mieux mourir sur le ring. J'aimerais mieux mourir sur le ring demain que pendu dans cent ans.

Le Révérend acquiesça, but une gorgée d'eau et reposa le gobelet.

— Alors c'est simple, il faut préserver votre nouvelle réputation. Pour que personne ne veuille vous tuer à l'extérieur du ring.

Teasdale esquissa un sourire.

— C'est Larry Udall qui aurait été déçu.

— Larry qui ?

— Larry Udall. Un des types de la cavalerie fantôme. Celui que j'ai égorgé en troisième.

.

Quand le Révérend entra à Prescott, un match de baseball était en cours. L'équipe locale affrontait celle des militaires de Fort Whipple. Les joueurs, vêtus de blanc avec des chaussettes montantes jusqu'en dessous des genoux, attendaient immobiles, la main sur le cœur, alors que la fanfare de cuivres et de tambours annonçait le début de la partie. Derrière se découpait la pointe almandin de la butte Thumb, comme le goulot d'une bouteille géante au-dessus de l'allée regroupant toutes les tavernes de cette ville bien planifiée.

Des employés de la scierie et des politiciens en herbe étaient rassemblés près du terrain. Certains respiraient dans leur foulard quand un joueur soulevait la poussière en glissant près d'eux. Des dames endimanchées s'éventaient et prenaient deux fois plus de place que les hommes à cause de leurs faux-culs et de leurs traînes qui balayaient le sable derrière elles. Un rire solitaire et quinteux retentit au cœur de l'attroupement, alors que les spectateurs étaient pour la plupart sérieux et attentifs. Rien n'était moins drôle qu'un match de baseball. Le Révérend se hissa sur la pointe des pieds et vit que Teasdale était l'auteur de cet éclat. Jamais auparavant il n'avait entendu le rire de Teasdale.

Un point fut marqué par l'équipe locale.

« Allez, bravo ! » cria-t-il en applaudissant plus fort que tout le monde, avant de se remettre à ricaner tout seul. Lorsqu'il s'éloigna de la foule en maugréant

« c'est n'importe quoi », le Révérend put voir que sous sa veste, il portait une chemise blanche.

.

Le soir, Charley Silverfist Monday affronta Crazy Euphenor Bagby à l'intérieur d'un tripot de la rue Montezuma.

Le Révérend était assis à califourchon sur une chaise près du ring, la veste déboutonnée, les jambes écartées et les mains en appui sur les genoux. Toutes les lampes avaient été concentrées au-dessus du ring. Derrière, on pouvait à peine distinguer le contour des visages dans la pénombre. Un nuage de fumée de cigare flottait autour des boxeurs. Le Révérend mâchait son tabac au ralenti, peu importait les coups portés, peu importait les esquives magistrales qu'enfilait Teasdale ou les arguments massue qu'il encaissait, comme si le spectacle qui se déroulait sous ses yeux était une peinture figée. Il y avait bel et bien un avenir pour ce Charley Monday, cet homme respectable qui n'intéressait pas vraiment le Révérend, mais qui servirait de tremplin à l'immortalité de Charles Teasdale. Cet homme capable d'entrer à Prescott sans y mettre le feu.

.

Le lendemain matin, le Révérend interrogea la fille de joie que Teasdale s'était payée après sa victoire. C'était une femme à la peau très blanche et à la chevelure très noire, qui parlait avec un accent étranger, impossible à identifier. Elle venait sans doute d'un de ces minuscules royaumes qui se faisaient envahir à répétition sans que personne en parlât.

« Il m'a laissé ça, dit-elle en lui tendant un morceau de papier sur lequel était apposé l'autographe de Charley Monday. Dans mon pays, poursuivit-elle, je suis jamais allée à l'école. Je lui ai demandé de m'apprendre à écrire mon nom. Il m'a répondu : ça sert à rien de savoir signer son nom si y'a personne pour le retenir. »

Il y en a qui sont morts en masse pendant la guerre et qui reposent dans des cimetières nationaux. Certains disent que ce sont des héros, mais ils connaissent même pas leurs noms. Je préfère avoir une tombe avec mon nom dessus même si ça fait que les foules vont venir cracher dessus.

Octobre 1876

À Greaterville, on pouvait sans représailles souffler de la fumée de tabac dans le visage des *señoritas*, entrer dans les tavernes sans descendre de son cheval et tambouriner à la porte des auberges en plein milieu de la nuit. La vie y était rythmée par les conflits entre mineurs américains et mexicains. Les coups de pioche entre les deux yeux d'un voisin ayant eu le malheur de chanter dans la mauvaise langue. Les coups de feu vengeurs tirés dans le dos de celui qui avait osé médire dans le dos de l'autre.

Dans cette contrée les hommes mouraient jeunes, alors que les cactus devenaient centenaires. Les grands *saguaros* à trois branches, plantés comme des jalons, s'imposaient en tant qu'espèce dominante là où la nature savait tenir les hommes en respect. Plus d'un chrétien était mort blessé par les épines de ces plantes. À travers les vallons, des Mexicains trapus transportaient à dos d'âne des sacs de toile remplis d'eau, destinés à abreuver les mineurs. Jamais ces hommes n'étaient ennuyés par les Apaches, car ceux-ci

pouvaient très bien se débrouiller sans eau. L'entraînement traditionnel dans certaines de leurs tribus exigeait
des jeunes garçons qu'ils fussent capables de courir des
miles avec la bouche pleine de liquide sans en avaler
une goutte. Non, malgré sa rareté, l'eau n'avait que peu
de valeur pour les Apaches de cette contrée. Ce qui les
intéressait, c'était l'alcool. Une nuit, deux muletiers qui
transportaient du whisky et du mescal depuis Tucson
gagnèrent la ville les pieds en sang en criant en espagnol qu'ils venaient d'être attaqués par des Apaches.
Un détachement de volontaires fut organisé et partit
au lever du jour pour capturer les Indiens. Même le
tenancier de la taverne à qui la cargaison volée était
destinée retira son tablier et sortit une carabine à percussion de dessous le comptoir. Des hommes en état
d'ivresse qui préparaient leur artillerie pour s'en prendre à des sauvages tout aussi soûls qu'eux.

.

Le Révérend se trouvait dans une cantine fréquen-
tée uniquement par des Mexicains, une cave en terre
battue avec une couverture de laine comme porte et
un trou carré dans le haut du mur pour seule fenêtre.
En été, c'était un endroit recherché pour sa fraîcheur.
En hiver, il fallait une volonté de fer pour s'y prélas-
ser, même en gardant son manteau sur le dos. Pour la
première fois, on y discutait d'autres choses que de la
fourberie des Américains.

— On peut jamais se fier aux Apaches, racontait-on en espagnol. Si vous voyez un Apache seul et désarmé, dites-vous que c'est un piège. Si vous suivez leur trace et qu'elle mène dans un défilé étroit, c'est un piège. Si leur trace mène sur un terrain à découvert, c'est un piège.

— Dans la lutte contre les sauvages, il faut agir en sauvage. Il faut développer leur flair. Prendre l'habitude d'enterrer ses excréments et cesser de rire pour rien. Les Indiens ne rient que lorsqu'ils sont soûls, ajoutait un autre.

— Le problème, c'est qu'y a plus personne qui veut payer. Quand j'étais jeune, dans le Sud y'avait des gouverneurs qui donnaient une bourse bien remplie à ceux qui rapportaient des scalps de sauvages encore chauds, sans poser de questions. Aujourd'hui, on nous paie pour abattre les chiens errants et c'est tout.

— Ça c'est l'autre problème. Y'a que les chiens qui sont capables d'entendre les Apaches arriver avant une attaque.

— Tuer des Indiens de nos jours, c'est une perte de temps. Y'a plus de récompense. C'est un peu comme aller au petit coin.

— Et vous, *padre*, qu'est-ce vous en pensez, des sauvages ?

Le Révérend feignit de ne pas entendre, mais devant les regards insistants, il se recula sur sa chaise et observa le plafond à la recherche d'une réponse, puis d'une façon de traduire sa pensée en espagnol.

— Je pense que ceux qui ont fait la guerre ne s'en remettront jamais et les autres ne se remettront jamais de ne pas l'avoir faite.

Les hommes acquiescèrent sous leurs Stetson ou leurs sombreros en fixant le vide et revinrent à leur conversation.

.

Les cavaliers rentrèrent bredouilles à Greaterville après trois jours et les conflits recommencèrent à se multiplier après le huitième jour. La compagnie minière décida donc d'organiser un combat à mains nues entre un Américain et un Mexicain pour canaliser la hargne et calmer les envies d'homicides.

Le match fut disputé à l'extérieur, dans le terrain circulaire qui formait une agora naturelle au centre de la bourgade. Un chapiteau avait été érigé pour se protéger du soleil d'après-midi plus que des précipitations improbables. Le Révérend assista au match, noyé dans la foule de mineurs et de commerçants qui avaient fermé boutique. Le combat dura quatre heures, jusqu'à ce que le Mexicain ne pût plus se relever et que l'Américain fût proclamé vainqueur. La foule se dispersa comme une marée après le déluge autour des pieux et de la corde du ring. Ne restait plus que Charles Teasdale de l'autre côté, qui semblait avoir repéré le Révérend en premier. Les deux hommes se saluèrent du chapeau.

Le lendemain, le Révérend apprit que Charley Monday avait reçu une offre de deux cents dollars de la part de la compagnie minière pour affronter le vainqueur américain dans un futur combat, dès que ce dernier serait sur pied.

.

Le Révérend dormait d'un sommeil léger lorsque les deux premiers coups de feu se firent entendre. Il descendit du lit superposé, faisant grincer la structure de laiton. Dans le lit du bas, le mineur qui dormait tout habillé, sans drap ni couverture, semblait imperturbable. Une odeur d'alcool et de vomi flottait dans le dortoir. Avec ses vêtements et son chapeau sur les bras, le Révérend enjamba deux hommes en combinaisons roses qui ronflaient près de la porte tels des poulets déplumés, affalés sur le sol comme si une faucheuse les avait soulevés et laissés tomber. Il se rhabillait dans le corridor quand le troisième coup de feu retentit et que d'autres dormeurs affluèrent vers le rez-de-chaussée. Des hommes munis de torches avançaient vers une taverne plus loin sur la rue. Les flammes orange se découpaient contre le dégradé de bleus qui annonçait le petit matin. Un attroupement s'était formé autour de la taverne. Le tenancier était au centre et ne cessait de répéter : « Ils vont payer pour les dommages, ils vont pas s'en tirer comme ça ». Le Révérend approcha un cercle d'hommes vêtus de peau de daim et les interrogea sur ce qui s'était passé.

« Paddy et moi on était à la taverne, juste là. On discutait tranquillement quand un type est entré et s'est planté devant le grand Wilbur, qui buvait seul. Le type a porté la main à sa ceinture et on a entendu un cliquetis venant du côté de Wilbur. On sait pas comment ça s'est passé parce que tout le monde s'est précipité vers la sortie. J'imagine qu'on le saura jamais. Les deux sont en train d'agoniser. Z'ont perdu trop de sang. Ça sent la mort, là-dedans. »

Le Révérend remarqua Teasdale qui se tenait contre la rambarde du magasin général, à l'écart de la foule.

— Et l'homme là-bas, il faisait quoi ? demanda-t-il en le pointant.

— Lui, il a rien à voir là-dedans. Il dormait. Ma foi, on peut pas feindre de dormir comme ça, avec la bave qui coule. Mais bon, il est sorti comme tout le monde. Il doit pas être plus fou que l'reste.

— Quelqu'un l'a réveillé ou il s'est réveillé tout seul ? demanda le Révérend.

L'homme le dévisagea avant de répondre.

— Pour sûr qu'il s'est réveillé tout seul. Y'avait des hommes qui se flinguaient là-dedans. Z'auriez voulu quoi, qu'il attende qu'on lui tire la barbe ?

Le Révérend le remercia et s'éloigna du cercle. Il resta immobile quelques secondes à observer Teasdale de loin qui prenait des gorgées à sa bouteille, une hanche appuyée contre la galerie et l'air de trouver le temps long. Pendant que le Révérend s'éloignait, les hommes en peau de daim poursuivirent la conversation qu'ils avaient sans doute entamée à l'intérieur, à savoir pourquoi personne n'était jamais mort de déshydratation alors que tout le monde ne buvait que du whisky et du mescal.

·

Décembre 1876

Le match opposant Charley Monday au mineur américain vainqueur eut lieu quatre jours avant Noël. Un Noël à l'odeur de *chili con carne*, sans distribution de cadeaux pour personne. Des Indiens papagos qui allaient de village en village pour vendre des articles de poterie et des paniers tissés patientaient devant la taverne en espérant trouver des acheteurs, tendaient leur marchandise au-dessus de leurs têtes, offraient de danser en échange de quelques sous. Le Révérend et Teasdale ne s'étaient pas croisés depuis la fusillade, trois mois plus tôt. Depuis, Teasdale avait disputé et remporté deux autres matchs ailleurs en Arizona et au Nouveau-Mexique.

Pendant le combat de Noël, le Révérend demeura enroulé dans une couverture à l'intérieur de la *cantina* à écouter le babillage espagnol des autres buveurs. De là il put entendre les cris de déception des mineurs qui voyaient leur combattant faiblir au fur et à mesure que le match avançait. Teasdale pénétra dans la *cantina* avec un drapeau américain autour des épaules, qu'il détacha et mit rapidement en boule. Il croisa le regard du Révérend, qui le salua comme à l'habitude, mais Teasdale détourna le regard. Il se commanda une bouteille et s'assit dos au Révérend, les bras croisés.

— À voir votre teint de pêche, je dirais que vous l'avez eu facile, déclara le Révérend.

Teasdale but une gorgée.

— Z'étiez où tout ce temps ? Z'avez trouvé d'autres gens à sauver, je suppose, lança-t-il par-dessus son épaule.

— Ça vous ferait plaisir de savoir que vous n'êtes pas seul à pouvoir être sauvé ?

— Je me moque de vous. Z'avez jamais sauvé personne, moi inclus, dit-il avant de se détourner davantage.

— Pourtant je vous ai bel et bien sauvé de la pendaison.

— Ouais. Cette fois-là peut-être.

Le Révérend referma son livre.

— On dirait bien que vous m'en voulez, monsieur Monday.

Teasdale haussa les épaules.

— Pourquoi je vous en voudrais ?

Le Révérend sourit.

— Pour la même raison que vous vous battez avec

des gens que vous ne connaissez pas. Parce que vous détestez tout le monde et personne.

Teasdale repéra un crachoir en bronze placé sous la table voisine et l'attira avec ses pieds avant de cracher dedans.

— Jusqu'à aujourd'hui j'étais content de jamais vous avoir tiré dessus.

Le Révérend fit tomber la couverture de ses épaules, se leva, marcha jusqu'à sa table. Il s'apprêtait à approcher la chaise quand Teasdale posa ses pieds dessus pour l'en empêcher. Il mit ses mains sur la table et se pencha vers lui.

— Dites-moi, monsieur Monday, ça vous est vraiment arrivé de continuer de dormir pendant une fusillade ? dit-il doucement pour que personne d'autre n'entendît.

— J'en sais rien. Quand je dors, je dors.

Le Révérend hocha la tête et se recula.

— Vraiment, je n'arrive pas à dire si ça vous ennuie d'avoir une réputation ou si vous le faites exprès.

— Je vois pas le rapport, dit-il en s'essuyant le nez avec un bout de drapeau. Z'êtes vraiment le plus timbré de tous les prêtres que j'aie jamais croisés.

Le Révérend sourit et lui tendit la main.

— Et vous, vous êtes sans doute le plus timbré des boxeurs professionnels.

Teasdale fixa la main, hésita, puis la serra en regardant ailleurs. Dans un geste de bénédiction, le

Révérend posa son autre main sur la sienne.

— Qu'est-ce que vous cherchez, Charley Monday ? dit-il solennellement.

— Je veux me battre. Et vous ?

Le Révérend le libéra, attrapa son chapeau, ses livres, et quitta la *cantina*. Il ne revit jamais Teasdale vivant. Il n'en voyait plus l'intérêt. Des boxeurs de talent, il y en avait déjà des tonnes dans l'Est.

« *Jamais je vais épouser un hors-la-loi, peu importe la loi en question* », que ma mère disait. Eh bien, j'espère que t'es fière, parce qu'aujourd'hui ton fils est un bandit et dans quelques heures y sera pendu.

PIOCHE

Juin 1880

Le reste de l'histoire de Charles Teasdale constitue un mystère piqué de quelques indices. On sait qu'un dénommé Charley Monday perdit lamentablement son combat à Harrisburg en soixante-dix-sept et qu'il faillit en gagner un autre à Natchez en soixante-dix-huit.

Sans doute Teasdale continua-t-il sa marche vers l'Est, attiré par le mythe des villes aux mille tavernes, par la promesse d'affrontements médiatisés et d'entraînements en gymnase. Peut-être devint-il l'un de ces pugilistes secondaires, dont le nom n'était connu de personne et qu'on livrait en pâture aux boxeurs plus lourds et mieux entourés afin de les faire progresser dans la hiérarchie des gladiateurs aux mains nues, tandis qu'il croupissait dans les bas-fonds du palmarès. Peut-être changea-t-il de nom encore et encore, devenant ainsi impossible à retracer.

À coup sûr, l'Est ne lui plut pas, car pour mourir, il revint parmi les inconnus familiers de son grand nulle part. Sur sa tombe, les gens de Bullionville firent écrire son nom d'origine. Du moins, le nom le plus lointain qu'on lui connaissait.

.

Décembre 1880

Le palais de justice de Pioche était un édifice de briques rouges à l'allure plutôt modeste, mais dont le coût de construction d'un million de dollars ne laissait aucun doute sur l'importance des pots de vin qui avaient été échangés. Le monument idéal pour héberger le procès des meurtriers de Charles Teasdale.

Le coroner avait été menacé de mort. Le jury était composé presque entièrement de commerçants de la région. Les témoins sortaient tout droit d'une troupe de théâtre de San Francisco. Même l'avocat de la défense avait été soudoyé pour en faire le moins possible. Le procès le plus corrompu de l'histoire du Nevada était prêt à s'ouvrir. Des bancs d'église avaient été ajoutés dans la salle d'audience pour contenir l'afflux de spectateurs. La plupart durent rester debout. Certains étaient venus d'aussi loin que Virginia City pour baiser la main des accusés, d'autres pour leur cracher dessus. La place était si bondée que malgré le temps frais, la porte et les fenêtres furent gardées ouvertes. Après la première journée, il fut interdit de fumer le cigare à l'intérieur de la salle. Le procès fut d'autant plus divertissant que l'un des deux accusés avait avoué sa culpabilité alors que l'autre clamait son innocence.

— Mon frère a tout perdu dans l'incendie de Virginia. La justice a déjà eu l'occasion de faire son travail et elle l'a pas fait. Alors j'ai donné à ce salaud de Teasdale ce qu'il méritait, dit le premier.

— Ton frère est mort pendant la guerre, pauvre imbécile ! rétorqua le second avant que le juge ne le fît taire en frappant son maillet contre le socle.

Le Révérend Aaron participa à toutes les audiences de cette mascarade. Plus les couches de perfidie s'ajoutaient les unes sur les autres pour que la culpabilité des deux accusés fût établie, moins le Révérend y croyait. Il assistait à une trahison. Au spectacle d'une communauté en train de créer son propre mythe. Après l'annonce du verdict, un journaliste de Virginia City lui demanda ce que Dieu pensait de ce procès.

Jamais le silence du Révérend ne fut plus éloquent.

.

Le matin de l'exécution, le Révérend se proposa pour offrir son soutien spirituel aux accusés. Il monta au second étage du palais de justice et le shérif lui ouvrit la porte de l'unique cellule. Les premiers rayons de soleil qui perçaient à travers la fenêtre reproduisaient la forme des barreaux sur les murs blancs. Le plancher de lattes de bois mou craqua sous ses pas. Les condamnés sanglotèrent, débitèrent tout ce qui leur venait en tête, allant des supplications aux injures en passant par les prières. Quand ils se furent tous deux calmés, le Révérend demanda à celui qui s'était dit coupable pourquoi il avait choisi le mensonge et la mort plutôt que la vérité et la vie.

— Ils nous auraient pendus de toute façon. Aussi bien mourir célèbre, dit-il en s'essuyant le nez avec le revers de sa manche.

Cet homme aurait souhaité que son nom soit mentionné ici.

CARNET II

LES TRENTE MARIAGES
QUE N'A PAS VÉCUS PEARL GUTHRIE

PEACHTREE, 1881

ST LOUIS, 1874

SHAWNEETOWN, 1874 À 1876

GUTHRIE, 1877

KANSAS CITY, 1877

TOPEKA, 1877 À 1882

FREDERICK, 1877

DODGE CITY, 1877

MONUMENT, 1877-1878

AUBREY, 1878

Des fois, y'a pas de différence entre avancer tout le temps et tourner en rond. Comme tout le monde, je suis là parce que j'ai voulu vivre mille vies en une, mais j'ai fini par vivre mille fois la même.

PEACHTREE

Février 1881

Dans les escarpements des canyons de la rivière Paria, au milieu du désert de falaises rouges, il n'y avait pas de routes, mais tous les chemins menaient au même point. Une grande masure en pierre à deux étages avec une façade recouverte de stuc blanc, unique construction humaine sur des miles à la ronde. Cet endroit n'avait pas de nom et n'était répertorié sur aucune carte. Tout le monde l'appelait le Peachtree.

À l'entrée, une vieille métisse au visage fripé par un siècle de soleil montait la garde. Elle répondait au nom de Guadalupe, et tout ce qui sortait de sa bouche était répété en plusieurs langues : espagnol, anglais, puis un dialecte indien que le Révérend n'avait jamais pu identifier. Même quand vous lui précisiez laquelle de ces langues vous compreniez, elle s'entêtait à traduire dans les deux autres, comme si elle ne s'adressait pas exclusivement à vous, mais à l'ensemble de sa clientèle, c'est-à-dire la terre entière.

Quand vous passiez la porte et que vous enleviez votre chapeau, alors vous saisissiez où vous étiez, ou plutôt, l'endroit se saisissait de vous. Partout, sur chaque table, sur chaque marche de l'escalier, était assise une fille. Sur chaque chaise, un homme avec au moins une demoiselle sur chacun de ses genoux. Il n'y avait pas assez de chambres pour tous, mais la plupart des clients se contentaient d'être submergés par l'abondance de la grande salle. C'était un endroit où les hommes devaient faire la cour en plus de payer, car c'étaient les femmes qui élisaient les rares chalands qui avaient le privilège de profiter de l'intimité d'une chambre. Il arrivait qu'un heureux élu tombât quelques minutes après son sacre sous les balles d'un rival éméché. Plus d'une fille était morte tuée dans un accès de jalousie et de misère de celui qui la convoitait, avant même d'avoir pu rejoindre l'escalier. Mais il était facile pour une femme qui le voulait d'y rester en vie. Il suffisait de ne choisir aucun homme et de se laisser aimer également par tous. De ne pas céder aux promesses de richesse et de bonheur perpétuels que murmuraient les clients pour s'acheter une nuit à l'étage. De rester au rez-de-chaussée, là où l'on n'avait pas grand-chose à espérer, mais où l'on pouvait gagner sa vie sans trop s'abîmer.

Pearl Guthrie était l'une de ces femmes qui ne regardaient jamais en direction de l'étage supérieur. Elle n'avait d'yeux que pour les pages de ses bouquins.

Jamais elle n'allait vers les clients. Ils devaient venir à elle, et alors elle leur faisait sentir à quel point ils la dérangeaient avant de refermer son livre. Elle vivait chichement, mais elle vivait.

.

Un soir, le Matador entra au Peachtree, retira son chapeau d'une main et le plaça devant son visage pendant que, du bout des doigts il lissait les poils de sa moustache. Il replaça son chapeau sur sa tête et parcourut des yeux la salle avec le calme de ceux qui ne dédaignent pas être vus en train de ne rien faire sauf observer.

Il s'approcha du comptoir, se commanda un café et demanda à parler à la veuve de Russian Bill. Le serveur indiqua du menton le fond de la salle. « Elle s'appelle Pearl », dit-il. Elle était assise seule à une table, son visage éclairé par une chandelle en fin de vie. Elle serrait un châle autour de ses épaules. Trois ou quatre fois par année, la température du dehors s'approchait du point de congélation. Alors les filles, pour la plupart vêtues d'une chemisette sans manches ajustée sur leur corset pour en épouser la forme, avaient la chair de poule dans leur décolleté de dentelle.

Le Matador fouilla dans la poche de sa veste et déposa d'autres pièces sur le comptoir.

— Un café pour elle aussi.

Il marcha jusqu'à sa table, talonnant le serveur et

contournant les filles qui manquaient de le frapper en gesticulant.

— Je dois vous parler.

Avec le bruit assourdissant, il dut s'y prendre à deux fois pour qu'elle l'entendît.

— Faites, dit-elle sans lever les yeux de son livre.

Il se tira une chaise et s'assit devant elle.

— Un homme viendra vous voir, un prêtre. Il voudra tout savoir sur votre défunt mari, dit-il dans un anglais maîtrisé mais où perçait un fort accent espagnol.

Elle referma son livre.

— Il est mort comment ?

Le Matador se pencha vers elle pour mieux discerner ce qu'elle disait, puis se recula.

— Vous ignoriez que votre mari était mort ?

— Ce n'était pas vraiment mon mari.

— Il a été pendu à Shakespeare, au Nouveau-Mexique, par un comité de vigilance.

— Évidemment, dit-elle.

Elle entoura la tasse de ses mains, plus pour les réchauffer que dans l'intention d'en boire le contenu. Le Matador respecta son silence pendant quelques secondes avant d'enchaîner.

— Donc un homme viendra vous voir. Vous serez tentée de lui parler, il voudra payer, mais vous devriez refuser de discuter avec lui.

— C'est quoi ce prêtre, un agent de la Pinkerton ?

— En quelque sorte, mais il ne travaille pour personne.

— Que veut-il savoir sur Bill, puisqu'il est mort ?

— Tout. C'est un menteur, vous ne pouvez pas lui faire confiance.

— Alors si c'est un menteur, comme vous le dites, ce prêtre n'aura pas besoin de moi puisqu'il n'a pas besoin de connaître la vérité.

— Au contraire, il a besoin de savoir pour mieux mentir. Pour mieux travestir la vérité sur votre époux.

Elle haussa les épaules.

— Bill était lui-même un menteur. Peut-être bien que c'est ce qu'il mérite.

Le Matador secoua la tête.

— Il ne vous le dira pas, mais il veut encenser sa mémoire.

Pearl tapota sa tasse. Elle aurait voulu demander à son interlocuteur qui il était, pourquoi il tenait tant à l'aviser ainsi, mais au Peachtree il était interdit de poser ce genre de questions aux clients.

— Ça ne me dérangerait pas que la mémoire de Bill soit encensée. En tout cas, ça ne me gêne pas autant que vous, semble-t-il.

— Vous ne seriez pas ici si vous aviez fait un mariage heureux, n'est-ce pas ? Et puis, je sais ce qui s'est passé à Santa Fe.

Pearl fronça les sourcils, puis regarda l'étranger.

— Il ne s'est rien passé à Santa Fe.

— Très bien. Ne lui dites pas.

— Pourquoi je vous croirais, vous, et pas lui ?

— Parce que moi je ne vous demande rien. Je vous rends service.

— Si cet homme veut me payer pour que je parle, alors vous devrez me payer plus cher pour que je me taise.

Le Matador la dévisagea.

— Vous dites ça parce que vous êtes une vraie *puta*, ou parce que vous êtes une vraie épouse ? Peut-être qu'au fond vous aimiez bien votre mari et que ça ferait votre affaire que le mensonge triomphe de la vérité.

— Ah, monsieur, si vous saviez. La vérité n'a aucune espèce d'importance quand tout ce qu'on a pour se divertir, ce sont les histoires des autres.

.

Juin 1881

Ce n'était pas la première fois que le Révérend Aaron entrait au Peachtree, mais comme partout ailleurs, il avait toujours choisi ses filles en fonction de ce qu'elles pouvaient lui raconter. Pour la première fois, il devait la choisir pour ce qu'elle savait faire.

Il n'était pas encore dix heures du matin. La moitié des tables étaient entassées dans le fond de la salle. Le reste du sol était recouvert de paillasses avec des filles endormies, certaines à moitié nues. Une lève-tôt jouait en solitaire avec un paquet de cartes. Pearl était assise près de la fenêtre, dos au Révérend. Il l'avait déjà rencontrée à Topeka, quatre ans plus tôt, mais il ne la reconnut pas tout de suite. Elle avait une épaule découverte, portant sa chemise à la mexicaine. Une tresse recouvrait sa nuque. Le dos droit, la posture d'une enfant bien élevée. Pas de fleur derrière l'oreille. Rien de superflu, excepté une pile vertigineuse de livres devant elle. Nul besoin d'être prêtre pour constater qu'elle voulait être ailleurs, dans le dehors ensoleillé qui lui éclairait le côté du visage et révélait ses yeux bouffis. Malgré cela, elle avait sa place dans le décor, comme un détenu qui met de la vie dans une prison en tentant de s'échapper.

Elle avait fui un village de pleureuses, fatiguée de n'être entourée que de femmes. Et tout ça pour finir dans une maison close, peuplée entièrement de femmes qui, lorsqu'elles n'étaient pas soûles, passaient leurs journées à pleurer. Mais que voulez-vous qu'une femme qui avait été mariée à trente reprises avant d'avoir vingt et un ans fît d'autre ?

Le Révérend sut qu'en plus d'avoir trouvé celle qu'il cherchait, il avait trouvé la main qui lui manquait. Il avait besoin d'une fille qui sût écrire. Il jeta donc son dévolu sur celle qui savait lire.

Une des premières choses qu'elle lui dit en remarquant ses moignons fut :

— Je me souviens de vous, mais pas de vos mains. Pourtant je suis certaine que vous en aviez.

— C'est parce qu'elles n'avaient rien de spécial.

Elles avaient le même aspect que celles d'un médecin qui, le jour, accouche les femmes et accueille les nouveau-nés, et le soir, dissèque les cadavres fraîchement déterrés pour parfaire ses connaissances en anatomie, se retint-il d'ajouter.

Ma mère, des fois je lui demandais : « Pourquoi on
part encore ? » Elle me disait : « Ici c'est dangereux. »
Je lui répondais qu'ailleurs aussi c'était dangereux.
Elle m'écoutait jamais. J'avais toujours raison.
Un jour elle m'a répondu : « C'est pour te donner
la meilleure des vies. » Elle y croyait, c'est ça le pire.

Mai 1874

C'était une époque où l'on baptisait les filles Jewel, Rose et Mercy, puis les couvrait de dentelles et de fleurs. Où les dames tentaient de ressembler aux oiseaux et de minimiser leur appartenance à la longue et inélégante lignée des macaques. On les gratifiait de cadeaux venus de loin, tels ces fruits exotiques ayant survécu au voyage depuis la Californie et dont on devait arracher la pelure avant de les manger. De petites merveilles à la peau fine et fragile, qui devaient être consommées avec délicatesse. Vous les perciez et le jus vous arrosait l'œil. Et alors les dames rigolaient, heureuses de déguster un fruit à leur image.

Elle s'appelait Pearl Guthrie et n'avait pas encore quatorze ans. Elle n'avait jamais mis le pied hors du comté de Gallatin et des alentours de Shawneetown, sa ville natale. Elle s'apprêtait à passer l'été près de St Louis, chez sa cousine, dont le mari attendait à l'extérieur dans son buggy. Pearl embrassa sa mère, qui pleurait comme si sa fille partait à la guerre. Puis la mère chassa cette idée absurde de son esprit pour parvenir à forcer un sourire.

— Reviens vite, toi.

Elle aurait pu ajouter : « Ne fais pas comme les hommes, qui ne reviennent que lorsqu'on n'a plus besoin d'eux. »

Les filles ne partaient pas à la guerre. Même lorsqu'elles se mettaient à aimer les hommes qui eux aimaient la guerre. C'est pour cela qu'on les baptisait Jewel, Rose, Mercy et Pearl.

.

À St Louis, Pearl fit un tour de calèche qui dura une heure, sans passer deux fois au même endroit. Elle mangea du nougat et des fruits confits. Elle entendit de la musique jouée par des instruments dont elle ignorait l'existence. D'immenses violons que l'on devait tenir debout et de longs pianos qui auraient pu servir de tables à banquet.

À St Louis, elle se fit confectionner une robe comme elle n'en avait jamais eu avant. Un corsage et une jupe de soie couleur crème avec de la broderie grimpante brune et verte. Une robe trop pâle pour toute forme de labeur, conçue pour être portée lors des pique-niques, malgré le risque de bavures d'herbes. À St Louis, elle vit des rats ramper le long des fenêtres, des têtes de Sioux dans des bocaux de whisky au marché. Une foire avec des magiciens et des mentalistes. Elle participa à une séance d'hypnose de foule. L'endormeur aligna les curieux l'un derrière l'autre et comme un domino humain, chaque participant s'effondra sur ses genoux dès que le magicien passa sa main devant son visage. Chaque participant sauf Pearl, qui fut troublée à jamais par l'expérience. Quand tout le monde autour de vous s'effondre, mâles inclus, et que vous êtes la seule debout, vous avez manqué quelque chose. La magie existe, mais elle vous a exclue. Vous ne faites pas partie de ces mortels couchés les uns sur les autres comme des cadavres jetés dans une fosse. Vous êtes un être d'exception.

À St Louis, les femmes de tous âges souffraient régulièrement d'évanouissements. Toutes, elles traînaient sur elles un petit sachet de poudre qu'elles pouvaient renifler afin de se revigorer en cas de faiblesse. Pearl en rapporta une caisse à la maison. Trois ans plus tard, la poudre ne lui avait toujours pas servi. Elle attendait encore de tomber sur quelque chose qui parviendrait à l'émouvoir assez pour lui faire perdre connaissance.

J'ignore si dans l'Est, ils nous pendent devant les gamins. Ici, des enfants, j'en vois jamais. Sauf depuis la potence, quand on s'apprête à m'exécuter. Je me suis souvent demandé s'ils étaient vraiment là.

Mai 1874

Ailleurs, les cheminées de briques rouges poussaient, se découpaient contre le ciel gris des grandes villes. Les paysans se transformaient en ouvriers, attirés par les lumières de l'industrie, perçant un voile toujours plus épais de fumée de charbon. Ailleurs, les pâturages se multipliaient et divisaient la terre infinie en propriétés clôturées. Les sillons creusés par le passage des pionniers étaient devenus des routes. Plus il y avait de points de convergence, plus il y avait de gens pour converger, comme si derrière chaque mont se cachait une Mecque avec un pouvoir d'attraction sur les pèlerins. Premier arrivé, premier servi. L'histoire ne passerait pas deux fois.

Et pendant ce temps, plus personne ne se rendait dans le sud de l'Illinois, près de la rivière Ohio. Une contrée trop jeune pour avoir marqué les esprits et déjà trop vieille pour qu'on souhaitât s'y enraciner.

Shawneetown avait déjà été une métropole, la ville la plus importante de l'État naissant de l'Illinois. Par temps de déluge, lorsque la rivière montait jusqu'à l'inonder au grand complet, il n'était pas rare de voir les bateaux à vapeur, voguant en plein milieu de la rue principale, faire de Shawneetown une nouvelle Venise.

À cette époque, les Guthrie pouvaient apercevoir plusieurs fois par jour un attelage de mules passer devant la maison pour se rendre au port, tirant les chariots de cargaisons extraites des mines salines du coin. Ils laissaient sur leur passage une traînée de sel, des miettes d'abondance pour souligner le chemin entre une source qui semblait intarissable et un marché impatient.

Cette époque était révolue.

D'abord, il y eut la fièvre de l'or. Déjà en mille huit cent cinquante et un, peu d'hommes étaient encore présents pour faire des enfants aux femmes du coin. Piqués un à un, ils avaient déserté les mines de sel pour mieux se marcher sur les pieds dans les rivières à pépites de Californie. Ainsi, Pearl Guthrie pouvait s'estimer heureuse d'avoir été conçue. Le père Guthrie était un des sceptiques qui avaient résisté à l'appel de l'or. C'était sans doute de lui que Pearl avait hérité sa propension à ne pas désirer ce que bien d'autres convoitaient, mais en réalité, elle n'en savait rien. Elle ne l'avait jamais connu. En soixante et un, quelques mois avant qu'elle ne vît le jour, la guerre civile fut déclenchée. À la fièvre meurtrière, le père Guthrie ne put résister. Ni les frères de Pearl d'ailleurs, qui successivement rejoignirent les rangs de la 18e infanterie et de la 6e cavalerie. Un père et trois grands frères. Le fractionnement des figures paternelles et le décuplement des abandons. À la fin de la guerre, Pearl était assez vieille pour comprendre la différence entre les hommes et les femmes. Seulement, les estropiés qui se mirent à refluer en soixante-cinq, ce n'était plus des hommes.

Elle aurait pu être heureuse à Shawneetown, si seulement elle n'avait pas été la plus jolie, car la plus jeune. Si seulement elle n'avait pas été entourée d'élèves plus vieux qu'elle à l'école, n'avait pas grimpé les niveaux à grandes enjambées et commencé à s'abreuver de romans à l'eau de rose avant l'âge prescrit. Si seulement on ne lui avait pas fait croire qu'elle méritait mieux qu'un manchot aux pieds plats ou un déserteur bègue de trente ans son aîné.

.

Septembre 1876

Chaque dernier vendredi du mois, Pearl Guthrie demandait à être photographiée devant les colonnes de la banque de Shawneetown. Dans une ville sans avenir, il n'y avait rien de plus beau que les monuments du passé.

Le photographe de Shawneetown, un vétéran âgé et sans talent, faisait partie des habitants les plus aisés de la ville. En l'absence de jeunes représentants du sexe masculin, la pellicule était le dernier repaire où la beauté des demoiselles se trouvait encore une raison d'être.

Dans les premiers mois suivant son retour de St Louis, l'impatience d'être jolie tirait Pearl du lit avant l'aube. Elle revêtait sa robe crème et allait regarder le soleil se lever. En matinée, elle se rendait en ville pour faire des courses sans importance, mais surtout, pour se pavaner. Puis vers midi, elle allait quérir le photographe avant que le vide s'installât au creux de ses viscères et que la mélancolie ne gâchât le portrait. Elle posait sur les marches de la banque avec une ombrelle ouverte sur son épaule puis le photographe installait son tripode, se penchait sur l'appareil et rabattait le voile noir sur sa tête, sa main droite tendue à l'extérieur, tremblante, mais prête à lancer le mécanisme à tout moment. Même aveuglée par le soleil ou le flash, Pearl devint experte dans l'art de garder les yeux ouverts.

Elle rentrait chez elle en fin d'après-midi et trouvait sa mère en train de lire le *Shawneetown Mercury*, espérant tomber sur la preuve qu'un de ses fils, voire son mari, était toujours en vie. Chaque jour, la mère Guthrie arrivait à réinterpréter une mauvaise nouvelle en cadeau du ciel. « Merci, Seigneur. Un voleur de grand chemin originaire de l'Illinois libéré à San Quentin après huit ans d'emprisonnement. Faites, Seigneur, que ce soit mon Ruben qui a changé de nom. » De toutes les habitudes pathétiques qu'entretenait sa mère, aucune n'exaspérait Pearl davantage.

Un jour, alors qu'elle nettoyait la cuisine, sa mère lui apprit que le photographe de Shawneetown était mort.

Elle déposa le linge, marcha jusqu'à la table et déchira la page de journal. Le lendemain, un vendredi, elle enfila sa robe noire au lieu de la crème. Elle se rendit en ville pour les funérailles. À aucun moment elle ne put examiner son reflet pour retoucher sa coiffure. Les miroirs avaient tous été recouverts de tissus opaques pour éviter qu'on y entrevît l'esprit du défunt. À l'arrière de la horde, elle n'arrivait à distinguer que le rebord du cercueil de bois. La pièce où était exposé le corps contenait difficilement l'attroupement de voiles sombres. Le défunt était un vieillard, mais les jeunes filles pleuraient aussi. Un homme de moins en ville, c'était comme une femme de plus. Le photographe était mort et il n'y avait personne pour immortaliser le drame.

Quand j'étais jeune et qu'on habitait encore avec Sam Ambrose, ma mère et lui organisaient des fêtes et invitaient les gens des alentours pour qu'ils viennent danser et chanter jusque tard dans la nuit. Ils mettaient leurs châles et leurs manteaux sur un banc. Ça me faisait une montagne de duvet. Je montais dessus et je m'endormais, bercé par les rires et le violon qui grince. Plus tard, quand ma mère et moi on s'est mis à bouger, on dormait toujours dans des endroits bruyants. Souvent, elle m'interdisait de monter dans la chambre à l'étage, alors j'ai pris l'habitude de dormir sous les tables, dans la pièce où les vachers et les bons à rien faisaient nuit blanche. De toute façon, à l'âge de dix ans, j'avais déjà honte de suivre ma mère partout et de pas être déjà un homme. Alors la chambre, j'avais plus rien à y faire. Aurait fallu me payer pour que je monte. Les chambres, c'est pour les femmes. J'en ai jamais eu besoin.

Mars 1877

À l'extérieur des limites de Shawneetown culminait
une grande maison à étages, entourée de chênes. La
demeure avait par le passé été jolie, peinte en blanc
et en jaune, mais le verdâtre avait grugé l'auvent et
la toiture. Une enseigne se balançait et grinçait au
gré des bourrasques avec le mot *IN* inscrit dessus, le
second « N » ayant disparu en même temps que les
belles années d'achalandage. La maison des Guthrie
avait été une auberge fourmillante de pensionnaires,
à l'époque où il y avait encore un transbordeur à ce
niveau de la rivière et des hommes pour donner la fes-
sée aux enfants.

Mais en mille huit cent soixante-dix-sept, ce
n'était plus qu'une taverne où les sept mêmes habitués venaient chercher l'ivresse loin de la ville, où
leurs femmes ne pouvaient se rendre à pied pour les
tirer par l'oreille. En faisant abstraction du délabre-
ment des lieux, la taverne des Guthrie offrait un décor
semblable à ceux des tavernes qu'on retrouvait dans le

centre-ville, avec de la tapisserie à relief dans la moitié supérieure des murs, parce que c'était au goût du jour et parce que la partie inférieure était sujette aux dégâts d'eau. Sur les tables étaient posées des lampes qui projetaient un rayon restreint, des îlots de lumière indépendants qui faisaient chatoyer ce qu'il restait de la dorure du papier peint. Autour des tables rondes, les chaises étaient en petit nombre. Quand une patte se brisait, on y remédiait en jetant la chaise dans la rivière l'été ou dans le feu l'hiver. Personne ne ressentait le besoin de remplacer des sièges destinés à demeurer vides. Au-dessus vivaient la mère et sa fille, réduites au rôle ingrat de tenancières.

« Que dirait ton père s'il nous voyait ? » se plaignait souvent la mère. Alors la fille serrait les mâchoires. « Un homme ne devrait pas demander à une femme de tenir sa place quand il n'occupe pas la sienne », se retenait-elle de répondre.

Il aurait été faux de croire que Pearl Guthrie était indifférente aux qu'en-dira-t-on. Pour preuve, des années plus tard, elle avouera ceci au Révérend Aaron :

« Tu fais des miles et des miles, tu te retrouves à l'autre bout du monde, mais au fond, tout ce que tu fais, tu le fais en fonction des ragots qui se rendront à la maison. De la même façon que tu peux coucher avec un homme afin d'en blesser un autre. J'imagine que pour vous, messieurs, c'est l'équivalent de tirer sur un fils de pute qui te rappelle un autre fils de pute qui t'a échappé. »

Seulement, à l'époque où elle n'était encore qu'une pucelle portant des robes à faux-culs dans une région en déclin, jamais elle n'aurait osé tenir ce langage.

•

L'auberge des Guthrie avait été bâtie sur un terrain en pente qui plongeait dans la rivière. La taverne se trouvait au sous-sol et pour y entrer, les clients devaient contourner la maison et se rendre à l'arrière, face au cours d'eau. La route donnait sur une rangée de fenêtres, celles des chambres inoccupées. Sachant que même la mère Guthrie n'y mettait plus les pieds, certains en ville racontaient que ces pièces étaient hantées. Le fait que la mère gardait fermés les rideaux du rez-de-chaussée et ouverts ceux de l'étage y était peut-être pour quelque chose.

La maison des Guthrie n'avait nul besoin des commérages pour qu'on s'y sentît mal à l'aise. La plupart des soirs, la mère officiait elle-même au remplissage des verres dans la taverne, mais elle n'était pas le genre de serveuse à écouter les complaintes des buveurs. Le moindre effluve de nostalgie provoquait chez elle des larmes comme l'auraient fait des vapeurs d'oignons à d'autres, et alors elle laissait la taverne entre les mains de sa fille pour se réfugier dans sa chambre, juste au-dessus.

On pouvait entendre ses sanglots à travers le plafond.

Le deuxième jour de mars était un de ces soirs-là. Un homme referma la porte de la taverne derrière lui, un courant d'air frais s'engouffra jusqu'au fond de la salle. Les clients se retournèrent pour l'observer alors qu'il secouait son chapeau. C'était Charles Teasdale.

Il retira son manteau et le jeta sur une chaise devant lui. Il avait quelque chose de métallique sur la poitrine. Il fallut quelques secondes à Pearl pour réaliser qu'il s'agissait d'une arme à feu, tant l'accoutrement était inhabituel. Le revolver qu'il portait en pendentif brillait tel un bijou à la lueur d'une lampe. Depuis longtemps, plus personne ne se baladait armé dans les alentours de Shawneetown. Debout, à l'extrémité du comptoir, elle continuait d'éplucher une pomme de terre, ses yeux allant et venant entre le tubercule et Teasdale. Il se dirigea vers le comptoir et se commanda un whisky. Au-dessus de leurs têtes, la mère Guthrie poussa un gémissement, court et douloureux. L'homme leva les yeux en direction du plafond.

— Non, c'est pas toujours joyeux par ici, dit un ivrogne au haut-de-forme démesuré, assis à une table derrière lui. Mais au moins ici, on a pas besoin de faire semblant de rien.

Le nouveau venu se retourna, leva son verre en direction du vieux et but d'une traite. Il se tourna ensuite vers Pearl et baissa les yeux.

— Je vais en prendre une bouteille.

Son ton était posé, sa voix douce et caverneuse, presque timide. Une voix qui annulait l'effet menaçant du Colt. Il retourna s'asseoir à sa table. Le vieux au haut-de-forme le suivit des yeux alors qu'il passa près de lui et se retourna pour le regarder se servir un deuxième verre.

— Dites-moi, vous venez d'où exactement ?

Il fixa son verre avant de répondre.

— J'arrive de Harrisburg.

— Ah bon. J'aurais parié que vous veniez de l'Ouest.

— C'est pas très clair d'où je viens. Mais ce qui est certain, c'est que d'où je viens, les gens vous demandent pas d'où vous venez.

— Ça c'est bien vrai. Là-bas, c'est pas comme ici. Dans les minières on peut s'amener et dire qu'on est le petit-neveu de Washington ou le descendant du Christ, personne vous posera de questions. C'est pas comme ici, ça non, c'est moi qui vous le dis, clama-t-il en levant le doigt pour affirmer son expertise en la matière.

Le vieux prit une gorgée de son verre puis s'essuya la moustache avec le revers de sa manche.

— Là-bas, le passé a pas d'importance, continua-t-il. On peut toujours repartir à zéro. Si les gens posent pas de questions, c'est p't-être aussi qu'ils veulent pas qu'on leur en pose. Enfin, p't-être qu'ils le pensent pour eux-mêmes, que le passé a pas d'importance. Je crois pas qu'ils le pensent pour les autres.

Il se détourna et appuya ses coudes sur la table. Teasdale fixa le derrière du haut-de-forme comme d'autres auraient roulé des yeux.

— De toute façon, qui voudrait mesurer l'importance de ses ancêtres dans un campement peuplé de rejetons de bordel ? lança Teasdale.

Le vieux jeta un coup d'œil par-dessus son épaule, croyant avoir gagné un interlocuteur de bonne foi.

— Et faut pas oublier les sauvages, renchérit-il en hochant la tête, convaincu. N'importe qui qu'est bâtard ici est un prince là-bas, à côté d'un Indien. Moi jamais j'emmènerais une femme là où y'a des sauvages, poursuivait le vieux. Savez ce qu'ils font aux Blanches là-bas ? Ça prend un homme assez fort pour défendre sa femme contre ces guerriers du diable-là, et ça prend surtout un homme qu'est assez fort pour tuer sa femme avant qu'elle se fasse enlever. Moi je l'aime bien ma femme, mais pas à ce point-là.

Teasdale fouilla dans sa besace et en extirpa une feuille, un porte-plume et un coffret. Il en sortit une plume métallique qu'il posa devant lui. Pearl sentait qu'il était dangereux de lui accorder trop d'attention. Elle évita de croiser son regard et observa plutôt ses mains. Des jointures gonflées qu'on pouvait entendre craquer rien qu'à les regarder. Des doigts tachés d'encre, des ongles fraîchement coupés. Elle avait toujours cru qu'elle reconnaîtrait l'homme qui lui était destiné par ses mains. Elle en rigolerait plus tard, alors qu'elle se retrouverait avec le Révérend Aaron, qui aurait les deux mains coupées.

.

Peu avant une heure du matin, Pearl agita une clochette.

— Dix minutes, messieurs.

Un des habitués grommela des paroles inaudibles. Le vieux cala le reste de sa bouteille. Teasdale se remit sur ses pieds.

— Y'a un endroit ouvert toute la nuit, que'que part en ville ? demanda-t-il en attrapant son manteau d'une main et sa bouteille de l'autre.

— Nous sommes l'établissement qui ferme le plus tard dans tout le canton, répliqua Pearl non sans une pointe de fierté entrepreneuriale.

L'homme parcourut la salle de ses yeux immenses, la bouche légèrement béante. Au-dessus, les sanglots de la mère avaient fait place à des ronflements.

— Si vous voulez, nous avons une chambre à l'étage. C'est moins cher qu'en ville, suggéra Pearl.

Les habitués échangèrent un regard. Personne n'avait été hébergé chez les Guthrie depuis soixante-treize. L'homme se frotta l'arête du nez et lâcha un soupir.

— Jamais de ma vie j'ai payé pour dormir et c'est pas aujourd'hui que je vais commencer, dit-il sans lever le ton.

Bien sûr ! se dit Pearl. Autant un dandy de l'Est devait être inadapté dans le monde sans foi ni loi de l'Ouest, autant l'inverse était vrai. Cet adepte des grands espaces devait dormir à la belle étoile ou profiter de l'hospitalité des gens qu'il croisait sur son chemin.

— Vous vous y connaissez en chevaux ?

Il acquiesça avec scepticisme.

— On a un cheval à faire tuer. La chambre sera gratuite si demain vous restez pour nous aider.

Pearl agita la main en direction des clients qui se dirigeaient vers la sortie. L'homme réfléchit en se mordant l'intérieur de la joue.

— Alors je vais prendre une dernière bouteille pour la nuit.

.

Suivie de Teasdale, Pearl monta les deux étages avec une lampe dans une main et une cruche d'eau dans l'autre. Ils traversèrent le corridor, jusqu'à un mur rempli par tant d'ornements qu'on voyait à peine la tapisserie derrière. Des cadres rectangulaires, d'autres ovales, au milieu desquels apparaissaient des photos de jeunes soldats, avec leur képi et leur sabre à la hanche. Quelques peintures de paysages bucoliques. Une photo de Pearl devant la banque de Shawneetown, la dernière prise avant la mort du photographe.

Dans la chambre au bout du couloir, elle déposa la cruche à l'intérieur d'une bassine sur la commode près du lit, puis la lampe sur le sol. Teasdale se tenait sous le cadre de porte avec une seconde lampe dans une main et sa bouteille de whisky dans l'autre. Une chaise au siège en paille tissée comblait le coin vide de la chambre, une paire de pantalons de tartan renversée sur le dossier, unique élément témoignant d'une présence qui s'en était allée ailleurs. Il passa un doigt sur le tissu et le frotta contre son pouce pour y déloger la poussière.

— Avec vue sur la rivière, dit Pearl en écartant les rideaux, deux pans de voilages lourds aux couches multiples.

— Y'a vraiment des gens qui demandent ça, avoir une vue sur la rivière ?

Pearl haussa les épaules.

— C'est la chambre de mon frère Ruben. Quand ma mère va bien, c'est la pièce la mieux entretenue de l'étage. Alors si c'est possible pour vous de ne rien déplacer... Ma mère, elle est... Enfin, vous l'avez entendue.

En signe d'approbation, l'homme se contenta d'acquiescer du menton. Il lança son chapeau sur la chaise et se coucha sur le lit, les deux mains derrière la tête, les jambes croisées. Pearl fixa le dessous de ses bottes avec leurs traces de boue séchée, le talon gauche en contact direct avec la couverture. La bonne ménagère en elle avait envie de crier au scandale. La fille ingrate avait envie de crier victoire. Elle lui souhaita bonne nuit, saisit la lampe et agrippa la poignée de la porte.

— J'ai une question. Qu'est-ce qui arrive si votre frère Ruben revient pendant la nuit ? Il voit un inconnu dans son lit et il me tire dessus. À moins que je lui tire dessus en premier, ce qui serait mon droit. Sauf que j'ai aucun moyen de savoir que c'est lui, alors y'se pourrait que je tue quelqu'un d'autre qui aurait pas du tout l'intention de me tirer dessus, comme vous ou vot' mère par exemple.

Pearl blêmit. Elle sentit sa main devenir moite contre la poignée et les battements de son propre cœur lui monter dans les oreilles. La menace qu'elle avait niée jusque-là venait de la happer de plein fouet. Elle n'osait pas se retourner et pourtant la pire chose à faire était sans doute de tourner le dos à cet homme. Puis elle entendit un rire étouffé. Il se moquait d'elle. Elle soupira.

— Ne vous inquiétez pas, monsieur. Mon frère ne va jamais revenir.

.

Elle tremblait encore lorsqu'elle descendit au rez-de-chaussée. Elle entra dans la chambre où dormait sa mère et s'agenouilla devant un coffre près de la porte. Elle grimaça en ouvrant le meuble, bien qu'en décibels les ronflements de la mère dépassaient tous les bruits qu'il pouvait émettre. Dans le coffre elle dégota un vieux pistolet qui avait appartenu à son père et un sac de jute tendu par un objet aux formes arrondies. Elle referma le coffre et se retira sur la pointe des pieds. Une fois dans sa chambre, elle secoua le pistolet pour vérifier s'il était armé, le cacha sous son oreiller.

Elle repoussa les pans du sac de jute et vit apparaître le trésor des Guthrie : une pépite d'or de neuf kilos que son frère Ruben avait rapportée à la maison dans les années cinquante avant de s'en retourner on ne savait où. Une roche grosse comme une aubergine, avec des angles qui auraient pu être meurtriers. Depuis toujours, elle restait cachée au fond du coffre, attendant le jour où les femmes Guthrie ne pourraient plus subvenir à leurs besoins. Parfois, la mère la sortait de son enveloppe et la posait sur la table pour la contempler et lui rappeler que jadis, elle avait eu un fils qui ne l'avait pas abandonnée. Dans ces moments, Pearl se disait que sa mère aurait préféré crever de faim plutôt que de vendre le caillou chéri. Elle cacha la pépite au pied de son lit, sous ses couvertures, et resta étendue pendant près d'une heure sans fermer l'œil. Il y avait un homme armé dans sa maison. Il y avait un homme dans sa maison. Elle sentait la forme solide du pistolet à travers l'oreiller.

Entre deux ronflements et deux sifflements du vent, le plafond craquait. Teasdale ne dormait pas non plus. Puis ce fut au tour de l'escalier de craquer. Elle retint son souffle quand les bruits de pas vibrèrent devant sa porte. Elle observa la porte de sa chambre, la chaînette qui servait de verrou, la poignée dont elle connaissait d'avance le bruissement exact. Puis les pas s'éloignèrent et une porte plus loin s'ouvrit.

Elle se leva, ralluma sa lampe et sortit. Elle grelotta un moment dans le corridor. L'homme était parti. Elle monta à l'étage pour voir s'il avait volé quelque chose. La lampe était toujours allumée sur le chevet. La couverture était froissée, mais le lit n'avait pas été défait. Aucune trace de la bouteille de whisky ni de la besace. Seul le coffret que l'homme avait sorti dans la taverne avait été oublié sur la commode. Pearl coinça la boîte sous son bras et dévala l'escalier avec l'intention de rattraper l'inconnu avant qu'il ne fût trop loin. Elle regretta son geste de générosité impulsive quand ses chaussons entrèrent en contact avec l'herbe glacée. Elle sautilla jusqu'à l'arrière de la maison et vit que le cheval de l'homme était toujours attaché à l'entrée de la taverne.

Elle se figea, la blancheur de sa robe de nuit incandescente dans la noirceur. Sa respiration s'accéléra et elle baissa les yeux vers le coffret dans sa main. L'homme était probablement allé au petit coin et elle se retrouvait à devoir justifier le fait que la boîte était en sa possession. Elle aurait sans doute opté pour l'honnêteté s'il n'avait pas arboré son arme à feu comme les bois d'un panache. Ou si elle avait su comment se servir de la sienne. Lui vint alors l'idée d'aller porter le coffret dans la taverne pour pouvoir prétendre qu'il l'avait égaré là. Elle entra, le déposa sur une table et se tira une chaise. Elle tenta de s'assoupir, le visage calé dans le creux de son bras, mais elle savait que rien ne parviendrait à l'apaiser.

Elle monta dans la maison et se dirigea à l'étage d'un pas assuré. La porte de la chambre était entrouverte, elle n'eut même pas à chasser de ses pensées la possibilité que l'homme lui tirât dessus. Elle le trouva assis par terre, le dos contre le lit, la bouteille entre les cuisses. Il fumait un cigarillo, utilisant le pot de chambre comme cendrier.

— Je vous ai menti. Il n'y a pas de cheval à faire tuer demain.

Il sursauta à peine.

— Je vous ai dit que vous n'auriez rien à débourser pour rester ici et je vais tenir ma parole, continua Pearl. Y'a un autre moyen de me dédommager.

Il fronça les sourcils. Elle déglutit.

— Emmenez-moi dans l'Ouest.

Un sourire se creusa dans la barbe de Teasdale. Il tira une bouffée de son cigarillo.

— Y'a pas d'Ouest, petite. Z'êtes pas bien ici ?

Elle agita la tête.

— Ici il n'y a pas d'hommes. Et ceux qu'il y a sont partis travailler dans le Missouri la moitié de l'année et dans le Mississippi l'autre moitié.

— Alors pourquoi z'allez pas dans le Missouri ou dans le Mississippi ? Ou à New York ? À Paris ?

— Parce que dans l'Ouest il n'y a que des hommes, pas de femmes.

Il pinça son cigarillo entre ses lèvres et tira sa besace de dessous le lit. Il en sortit quelques piécettes et les tendit sans se lever.

— Ça devrait couvrir les frais pour la nuit.

Elle soupira et croisa les bras sur sa poitrine.

— Je n'ai pas besoin d'argent. J'ai seulement besoin d'être accompagnée.

L'homme se frotta les yeux, se gratta la barbe au niveau du cou.

— Si c'est trop dangereux pour y aller seule, c'est trop dangereux pour y aller accompagnée. Z'avez pas entendu ce que le vieux racontait tout à l'heure ?

— Je me fiche du danger, je vous parle de convenance.

— Alors faudra trouver un compagnon plus convenable que moi.

— Il n'y aura personne d'autre après vous.

Teasdale haussa les épaules, se détourna pour continuer à fumer en paix.

— Retourne au lit, petite.

— Je vous paierai s'il le faut.

— Dans l'Ouest, les femmes, elles paient pas. C'sont les hommes qui les paient.

Il cloua un regard d'acier dans les yeux de la jeune femme, puis secoua la tête en fixant ses genoux. Un coup de vent agita les branches des arbres, qui grattèrent les carreaux.

— Pour aller dans l'Ouest, il faut faire à la manière de l'Ouest, continua-t-il. Vous prenez l'argent que je vous dois pour la nuit, et pour le voyage, ce sera à vous de me dédommager. Comme le font les femmes dans l'Ouest.

Elle resta pétrifiée pendant quelques secondes, l'image du marché qu'il lui proposait prenant forme dans sa tête. Elle reprit sa lampe, puis tourna les talons.

— Bonne nuit, monsieur. Je n'aurais pas dû vous déranger. Je suis désolée.

.

Elle s'enferma dans sa chambre, resta immobile, les bras serrés contre sa poitrine, puis empoigna sa couverture à deux mains et se la fourra sur le visage pour que personne ne l'entendît sangloter. Aucune larme ne vint mouiller le tissu.

Sur le matelas nu gisaient la pépite d'or et le pistolet. Elle opta pour l'objet dont elle savait se servir. Elle remonta à l'étage et frappa à la porte une seconde fois. D'une main tremblante, elle tendit à l'homme la pépite.

— Voilà ce que j'ai à vous offrir pour le voyage.

Teasdale considéra la pépite le temps d'un battement de paupière, puis dévisagea Pearl dans sa chemise de nuit, prude et indécente à la fois. Il sourit.

— J'veux pas de vot' pépite. Par contre, mon offre tient toujours.

Elle ramena la pépite contre elle, l'étreignit comme un enfant s'agrippe à une poupée.

— S'il n'y a vraiment rien d'autre que je puisse vous donner en échange, alors j'accepte. Je ferai ce que vous voulez, pourvu que vous ne le disiez à personne. Ma réputation doit être intacte.

— Z'inquiétez pas pour vot' réputation. J'ai déjà oublié vot' nom de toute façon.

— Je pourrais connaître le vôtre, monsieur ?

Il se leva, détacha sa ceinture de cartouches et la jeta sur le lit. Pearl serra la pépite de plus belle, les aspérités de la roche lui égratignant le ventre à travers le tissu de sa robe sacrificielle.

— Charley Monday.

L'homme avança vers elle, s'arrêta si prêt que seule la pépite les séparait.

— J'exige un premier versement ce soir, puis la totalité à destination.

Il attrapa Pearl par le collet puis l'embrassa à pleine bouche, comme s'il lui prenait quelque chose mais ne donnait rien. Dans son baiser arraché qui goûtait les relents d'alcool et de tabac, il n'y avait de cadeau que dans le fait de ne pas en demander plus.

— À demain, articula-t-il en la regardant de haut, sans reculer.

Pearl referma la porte derrière elle et se réfugia dans sa chambre, le cœur battant. Elle prépara sa valise et mit ses vêtements de voyage. Elle replaça la pépite de

Ruben dans son sac de jute avec l'intention d'aller la porter à sa mère au petit matin, juste avant de lui dire adieu. Elle se recoucha habillée, sans espoir d'effleurer le sommeil.

Des minutes, peut-être des heures passèrent. Le plafond craqua à nouveau, puis l'escalier. Elle se précipita hors de la chambre et trouva Teasdale dans la cuisine, près de la porte arrière, avec son manteau sur le bras, son chapeau sur la tête et ses bottes dans une main, comme s'il les avait enlevées avec l'objectif raté de ne pas l'alerter. Il sortit, chaussa ses bottes et commença à détacher son cheval.

— Oh hé ! Laissez-moi prendre mon bagage et préparer ma monture, l'arrêta Pearl.

Il suspendit son geste.

— Je sais pas où je vais, mais une chose est sûre : je m'en retourne pas dans l'Ouest.

Entre le moment où l'homme enjamba son cheval et celui où il commença à avancer, Pearl se mit à crier. Plus tard, elle ne se souviendrait pas du détail des insultes qu'elle lui lança, mais elle se rappellerait avoir couru derrière lui sur le chemin et avoir continué de hurler alors qu'il s'éloignait. En se retournant sur son cheval, l'homme lui répondit : « Continue, petite. C'est comme ça qu'elles crient les filles dans l'Ouest. »

.

La mère Guthrie se leva vers les dix heures, comme à son habitude. Elle semblait n'avoir rien entendu. Pearl vérifia et contre-vérifia : l'homme au pendentif n'avait rien volé. Elle aurait pu se convaincre que le hors-la-loi Charley Monday n'avait jamais été là, dans sa maison. Rien n'avait changé.

Pearl, elle, se mit à changer. Elle se levait plus tard le matin. Ignorait sa mère pendant des journées entières. Les deux femmes mangeaient chaque soir dans un silence ponctué par les tic-tac de la pendule. Elle ouvrait les rideaux dans toutes les pièces de la maison, que sa mère refermait derrière elle, et qu'elle rouvrait ensuite. Des clients de la taverne se disaient inquiets pour la petite, qui avait abandonné son masque de sourires forcés.

Un après-midi, Pearl trouva sa mère en train de lire le *Shawnee Herald* à voix haute.

— Un homme d'Omaha rentre chez lui après avoir fait fortune à Denver, récita la mère sans rien ajouter, satisfaite.

Pearl se leva lentement, attrapa le papier maudit, le déchira sans émotion.

— Mais qu'est-ce qui te prend, ma chérie ?

La jeune femme jeta la feuille dans le poêle.

— Je ne suis pas comme toi, déclara-t-elle.

Le manège se répéta chaque jour pendant une semaine.

— Le tueur était de haute taille et sous son chapeau, certains témoins ont pu remarquer que ses favoris étaient roux. Comme mon Ruben.

La mère, voyant sa fille approcher, froissa le journal et le cacha contre son sein. Pearl contourna la table et tenta de le lui arracher des mains. Des lanières de papier se détachèrent, mais l'essentiel resta collé au corsage de plus en plus noirci de la mère. Pearl continuait de tirer, une page se déchira et la jeune femme tomba assise sur une chaise derrière. Dans sa main était resté un bout du journal sur lequel se trouvait une petite annonce disant : « Institutrice recherchée à Alpine, Colorado ».

Le lendemain, Pearl ne tenta pas de détruire le journal de sa mère, elle entreprit même de le lire elle aussi. Dans son impatience, elle envoya une réponse à chaque offre d'emploi pour jeune fille sur laquelle elle posait les yeux, pourvu que le lieu de travail se trouvât « dans l'Ouest ».

Deux mois plus tard, elle quittait sa mère et Shawneetown pour toujours, emportant avec elle la pépite d'or. À l'origine, il s'agissait d'un emprunt. Elle se disait qu'une fois mariée, elle enverrait à la maison le triple de ce que valait la pépite. Elle traîna la roche sur des miles et des années sans ressentir le début d'une épine de culpabilité. Jusqu'aux portes du Peachtree, elle se battit pour mener sa quête en contournant les pièges du péché. Elle avait juré à sa mère que la pépite ne lui servirait qu'en dernier recours, comme billet de retour. L'or lui avait fait perdre ses hommes. Il avait intérêt à lui ramener sa fille.

Mais Pearl était déterminée à ne jamais revenir. Avant même que la pierre ne fût placée au fond de sa valise, le vol avait été commis et son échec inscrit dans le roc.

.

Des années plus tard, elle entendrait parler d'un Indien dont la tribu avait été massacrée par les Espagnols, les enfants élevés par des missionnaires. L'un d'eux avait été nommé « Chien qui mord » par sa tribu. Les missionnaires n'avaient rien voulu entendre et l'avaient forcé à prendre un nom chrétien. Ensuite ils furent scandalisés quand l'enfant leur planta ses dents dans la main. « Quelle sauvagerie ! Quelle bestialité ! » avaient-ils déploré. Encore à ce jour, cette histoire rappelle à Pearl Guthrie la nuit où elle a hébergé un hors-la-loi armé. Quand elle en a assez et qu'elle voudrait être ailleurs, elle repense à cette nuit-là. La fois où elle a dormi avec un pistolet sous son oreiller. Quelques plumes entre le canon et sa tempe.

C'est pas ma tendance à bouger constamment qui fait de moi un nomade. C'est celle à jamais revenir.

Juin 1877

Dans l'Ouest, les gens étaient généreux, les hommes braves et la menace identifiée. C'est ce que Pearl Guthrie se disait à l'époque où elle rêvait encore d'une maison au fond des bois où elle pourrait repriser près du feu les vêtements de celui qui serait son mari. Aujourd'hui, elle se demande à quoi rêvent les femmes qui reprisent les vêtements de leur mari près du feu dans leur maison au fond des bois.

Personne ne pouvait dire avec exactitude où se terminait l'Est et où commençait l'Ouest. Cinquante ans plus tôt, la rivière Mississippi servait de limite séparant la civilisation des terres sauvages, mais il y avait longtemps que cette frontière avait été franchie. Pour le Révérend Aaron, l'Ouest commençait sur le pont de la rivière Sweetwater, où il avait un jour remarqué que les cours d'eau coulaient tous en direction du Pacifique. Pour la plupart des gens à qui Pearl posa la question, l'Est se terminait à Kansas City.

La première lettre d'embauche qui s'était rendue à elle venait d'un banquier qui cherchait une gouvernante pour ses enfants. Elle avait sauté sur l'occasion, oubliant toutes les autres propositions auxquelles elle avait répondu. À Kansas City, elle habita dans la demeure familiale, une maison à étages en briques, avec des corniches peintes en blanc, des tapis qui sentaient le cigare et de grands miroirs dans chaque pièce pour signifier que la vanité des dames était bienvenue. Les seuls soucis de ses résidents étaient de bien paraître, de se protéger du bruit extérieur et de déterminer qui utiliserait le cocher et la voiture en premier pour faire ses courses. Elle garde peu de souvenirs de son expérience, à part peut-être ces soirées mondaines courues par les jeunes entrepreneurs bien mis, dont ne lui parvenait que la musique de chambre alors qu'elle était enfermée au dernier étage avec les enfants d'autrui. Elle dispensait des leçons d'arithmétique au milieu d'une bibliothèque aussi fournie qu'une pinède, les livres rangés les uns contre les autres et accessibles uniquement par échelle. Partout, le manque d'espace et l'empilage. Rien à voir avec l'horizontalité des grands espaces.

Ceci n'est pas l'Ouest, se disait-elle chaque jour.

Elle aspirait à devenir l'unique parure, la seule fleur à cueillir au milieu de l'aridité totale. Elle cherchait une terre aussi vierge qu'elle. Un endroit si dissolu que d'y rester en vie serait un défi. Quand enfin elle serait occupée par la peur des Comanches, la peur des Apaches, la peur des malandrins, des blessures qui s'infectent et des fusils qui s'enraient, alors elle serait délivrée de son incapacité à se soustraire à elle-même.

Après seulement trois semaines comme gouvernante, elle remit sa démission. Dans le train qui était censé l'emmener plus loin, plus creux, plus près du but, elle eut une pensée pour sa mère. Elle ne lui avait pas écrit depuis son départ car pour l'instant, il n'y avait rien à écrire. La vieille ne reçut jamais de nouvelles de sa fille. En revanche, elle dut bien recevoir des centaines de missives tardives, toutes adressées à Pearl, venant d'embaucheurs potentiels qui n'obtiendraient jamais de réponse eux non plus.

Fréquenter toujours les mêmes putes revient à les regarder vieillir.

Avril 1882

En règle générale, les jeunes femmes baissaient les yeux lorsqu'elles croisaient un homme, sauf s'il s'agissait d'un prêtre. Alors elles marchaient vers lui, le saluaient et le priaient de ne pas partir si tôt, comme elles l'eussent fait pour un membre de leur famille. Elles s'entretenaient avec lui, l'assaillaient de questions. Quant aux filles publiques, elles agissaient de façon contraire. Elles abordaient les hommes comme si elles étaient des leurs, sauf les prêtres, qu'elles fuyaient comme la maladie.

« Je n'ai jamais aimé les prêtres, et les prédicateurs encore moins », avoua beaucoup plus tard Pearl Guthrie. «Vous, Révérend, je vous ai tout de suite détesté. Mais pas pour les mêmes raisons que les autres. »

Juillet 1877

L'atelier du tailleur Zottman était une pièce d'une austère simplicité. À part le poêle noir, les tables de travail et les rouleaux de tissu, tout était blanc du plancher au plafond. Quand Pearl enfilait la tunique blanche qui lui servait de tablier par-dessus sa robe et qu'elle se regardait dans le miroir, elle avait l'impression de se fondre dans le décor. Souvent, lorsqu'elles se changeaient derrière le paravent, les dames se plaignaient.

— Bon sang, il fait froid chez vous !

— C'est que vous n'êtes pas habituée au blanc, madame. Le blanc refroidit, répondait le tailleur.

— C'est un peu dénudé, vous ne trouvez pas ?

— Je l'ai voulu ainsi pour attirer la clientèle masculine qui, contrairement à vous, se tourne de plus en plus vers le prêt-à-porter, expliquait-il.

.

Pearl découpait un morceau de tissu sur le plan de travail lorsque la clochette de l'entrée retentit. Le Révérend Aaron entra avec un pantalon sur le bras. Il salua Pearl et pointa ses jambes. Le pantalon qu'il portait faisait des vagues autour de ses chevilles.

— Il est trop long. J'aurais besoin d'un ajustement.

— Je suis désolée, monsieur. Il faudra attendre le retour du tailleur.

— Vous êtes autorisée à tailler le tissu, mais pas à ajuster l'ourlet d'un pantalon ? s'étonna le Révérend.

— C'est ainsi que l'atelier de monsieur Zottman fonctionne. Monsieur s'occupe des habits des hommes et moi, de ceux des dames.

— Même lorsqu'il s'absente ?

Pearl acquiesça. Le Révérend l'observa en mâchant son tabac, un tic qui détonnait avec son apparence de pasteur à la tournure impeccable.

— Je vous donne deux dollars pour que vous le fassiez sur-le-champ. Je ne dirai pas un mot à votre patron. Je quitte Topeka ce soir.

La jeune fille s'empourpra, bégaya.

— C'est que, voyez-vous, je ne suis pas très habile avec les habits masculins. Je peux tout faire pour les dames, du premier jupon au dernier corsage. Mais avec les pantalons, eh bien...

Le Révérend la fixa sans rien dire, ce qui la fit rougir de plus belle.

— Je vous donne deux dollars même si vous manquez votre coup.

— Très bien, puisque vous insistez.

Le Révérend monta sur le tabouret pendant que Pearl allait chercher des épingles. Elle s'accroupit devant le tabouret, dans une position qui rappelait celle de l'esclave aux pieds du maître. Certains clients se tenaient le dos rond, mal à l'aise sur leur piédestal. D'autres demeuraient le dos droit, avec l'air d'avoir mérité leur podium. Le Révérend ajustait sa redingote en se scrutant dans le miroir ovale.

— Je sais ce que vous pensez, dit-il en la regardant replier un bord après l'autre. Je n'aurais pas besoin d'ajustement si j'avais évité le prêt-à-porter. Mais ai-je le choix ? Il y a des endroits où les couturières ne se sont pas encore rendues.

— Quel genre d'endroits ?

— Le genre où vous n'auriez pas de boulot parce qu'il y a deux cents hommes pour chaque femme et que ces quelques femmes passent leurs journées légèrement vêtues.

Elle se redressa et fit pivoter le miroir pour que le Révérend jugeât de la longueur. Il descendit du tabouret et alla se placer derrière le paravent pour retirer le pantalon piqué.

— Vous y allez souvent dans les villes minières ? dit-elle en enlevant une épingle de sa bouche.

— Je passe ma vie dans les villes minières.

— J'imagine que c'est là que vous êtes le plus utile. J'aimerais bien y aller, moi aussi. Je crois que c'est là qu'on aurait le plus besoin de moi. Je veux dire, pas en tant que couturière. En tant que femme de vertu.

Le Révérend émergea de derrière le paravent et lui tendit le pantalon. Elle se dirigea vers la table et commença à coudre l'ourlet. Le Révérend croisa les bras et fit le tour de l'atelier comme s'il se fût agi d'une salle de musée.

— Qu'est-ce qui vous retient ? demanda-t-il.

— Eh bien, ici j'ai un travail. Personne ne m'attend là-bas. Ce ne serait pas très convenable. Enfin, je parle comme si j'avais un endroit précis en tête...

Le Révérend se tourna vers elle.

— Je connais, si vous voulez, commença-t-il entre deux séries de martèlements de la machine à coudre. Je connais une dame respectable qui pourrait vous embaucher pour le reste de la belle saison.

— Pour quel genre de travail ?

— Comme femme à tout faire, je suppose. Je dois justement lui rendre visite prochainement. Je pourrais lui parler de vous.

— Oh Révérend, vous feriez ça ? Je vous en serais si reconnaissante. Dans quelle ville se trouve-t-elle ?

— Dodge City. Ce n'est pas une ville minière, mais vous verrez, c'est encore mieux.

•

Deux après-midi plus tard, alors qu'elle se promenait en tenue du dimanche, Pearl aperçut le Révérend de l'autre côté de la rue, qui disparaissait dans un bâtiment de briques rouges et blanches, sans auvent ni écriteau. Une taverne, conclut-elle. Il avait menti. Il n'avait pas quitté la ville comme promis.

C'était une rue large et achalandée. Pearl dut regarder de chaque côté et prendre un élan pour éviter les carrosses qui retournaient la terre et creusaient leurs sillons. Elle eut à contourner quelques cavaliers en complet, des dames qui tenaient leurs jupes d'une main et leur bonnet fleuri de l'autre, un nègre tirant une brouette. Elle ferma son ombrelle et s'arrêta à la porte. Des voix d'hommes qui parlaient plus fort que nécessaire lui parvenaient, mais elle ne put déceler celle du Révérend. Elle hésita. L'endroit n'était pas fréquentable pour une dame et ce n'était pas parce qu'elle avait tenu un établissement semblable dans le boisé de Shawnee-town qu'elle était immunisée contre les apparences. Elle rouvrit son ombrelle et zigzagua dans la rue en scrutant l'intérieur des vitrines. Elle flâna ainsi jusqu'à ce que, du coin de l'œil, elle vit le Révérend sortir, sa redingote sur un bras. Elle l'appela mais il n'entendit pas.

Elle marcha longtemps derrière lui. Le quartier commença à changer. Les maisons de briques faisaient place à des masures en bois, puis à des taudis avec des vérandas en ruine et des cordes à linge improvisées dans les cadres de porte. Devant, des négresses en robes de calicot vaquaient dans leurs tabliers souillés. Leurs enfants en culottes courtes couraient pieds nus dans la boue, lançaient des cailloux aux chiens et aux poules. Le Révérend bifurqua et entra dans une pension qui semblait aussi rustre que le reste du faubourg.

Il devait être un prédicateur de piètre talent, qui récoltait bien peu de dons, pour se résigner à loger là, se dit Pearl.

Pearl habitait avec le tailleur Zottman et son épouse, au-dessus de l'atelier. Les deux femmes attendaient la visite de madame Quigley, une amie de la famille. Pearl faisait la lecture à voix haute sous une lampe alors que la femme du tailleur festonnait un napperon dans son cerceau de broderie.

Les coups qui résonnèrent contre la porte étaient si forts et rapprochés qu'elles s'empressèrent toutes deux de descendre. Elles ouvrirent sur une madame Quigley haletante et nerveuse.

— Allez vite, fermez cette porte, dit-elle.

— Mais pour l'amour de Dieu, que se passe-t-il ?

— Un char... Elle reprit son souffle. Un chariot a été attaqué par des brigands près d'ici, sur la route d'Oskaloosa.

— Seigneur ! Vite, Pearl, verrouille cette porte. Pauvre madame Quigley. Venez donc vous asseoir.

La nouvelle s'était répandue d'un bout à l'autre de la ville comme les relents de rôtisserie par temps venteux et avait happé madame Quigley sur son passage.

— Oh et mon mari qui est au café ! Comment fera-t-il pour revenir maintenant ? s'inquiéta madame Zottman.

— Vraiment, madame, vous croyez qu'ici nous sommes en danger ? s'étonna Pearl, plus émoustillée qu'apeurée.

— Qu'en sais-je ? J'ignore combien ils étaient.

— Vous croyez que monsieur Zottman est parti avec le détachement pour attraper les voleurs ? demanda Pearl.

Les deux dames se turent et la regardèrent.

— C'est au shérif et à ses adjoints à courir après les brigands. C'est pour ça qu'on les paie, statua la femme du tailleur d'une voix tranchante.

Pearl fit bouillir de l'eau et les deux dames se remémorèrent l'époque où les attaques de diligence étaient coutume en sirotant leur tisane de fin de soirée et en balayant les mouches de leurs éventails. Pearl se demanda si dans le futur cette soirée-ci allait s'ajouter à leur palmarès des aventures passées.

Quand il fut évident qu'il n'y avait aucun danger réel, elle s'excusa, descendit l'escalier et sortit dans la rue. C'est une ville de lâches, se dit-elle. Au diable les apparences.

Elle entra dans la taverne bondée et se mit sur la pointe des pieds pour chercher le Révérend des yeux. Il était seul au comptoir et faisait tourner un verre d'eau-de-vie sous son menton. Elle se faufila jusqu'à lui.

— Vous savez pour l'attaque ?

— Comme tout le monde.

— Alors pourquoi les hommes restent là les bras croisés ?

— Parce que ce n'est pas leur affaire.

— Mais vous, c'est votre affaire. C'est à vous de leur parler, de leur rappeler leur devoir.

— Parce que vous croyez qu'ils m'écouteraient ? Je regrette d'avoir à vous l'apprendre, mais ce sont les femmes qui obéissent aux pasteurs. Et je doute que vous vouliez envoyer des membres de votre sexe se faire massacrer par des bandits.

Il s'enfila un verre et se retourna vers le comptoir. Pearl soupira, replaça une mèche dans sa tresse.

— Je croyais que c'était comme ça seulement chez moi. En fait c'est partout pareil.

Partout les hommes sont petits, se retint-elle d'ajouter. Pour devenir une grande dame, il faut choisir un grand homme. Un grand homme ou personne.

— Vous cherchez un endroit où les hommes sont encore des hommes ? Je vous le répète : allez à Dodge City.

Le Révérend hocha la tête.

— Je vais vous dire pourquoi personne ne s'émeut. Le chariot qui a été attaqué appartenait à une famille de Tennessee Town, le quartier des anciens esclaves. Même le shérif et ses adjoints ne vont pas bouger le petit doigt. Ils vous le diront eux-mêmes : ils en ont déjà assez fait comme ça pour eux pendant la guerre. Maintenant vous feriez mieux de rentrer, mam'zelle. Tout le monde vous regarde.

Après Sam, ma mère a jamais voulu se remarier. J'en ai vu, des amants de ma mère, se balancer au bout d'une corde pendant qu'elle faisait autre chose pour pas regarder. Tout dépendait de si elle avait décidé de s'en foutre ou de continuer à leur en vouloir.

FREDERICK

Août 1877

L'année d'avant, au milieu d'un champ que personne n'avait revendiqué, le patron avait érigé une cabane à deux étages qui servait de point de ravitaillement, de taverne et d'auberge. Mais elle avait été emportée par une tornade. Après cet incident, le patron avait fait exploser un bâton de dynamite pour creuser une cave où son commerce serait à l'abri des tempêtes. Le magasin de Frederick était l'établissement qui puait le plus l'humidité de tout le Kansas et la seule taverne dans laquelle on entrait en descendant d'une échelle plutôt qu'en montant des marches. Le plafond était si bas que les Américains devaient s'y tenir le dos courbé. Comme il n'y avait pas de Mexicains dans ce coin de pays, personne ne s'était tenu la tête haute dans la cave avant l'arrivée de Pearl Guthrie.

Cet été-là, il plut beaucoup. Elle pouvait passer des journées entières dans la taverne à entendre le claquement de l'eau contre les billots au-dessus de sa tête. Quand il ne pleuvait pas, le temps trouvait toujours un coin de ciel où grisonner et quelqu'un s'amenait pour prédire la venue d'une tornade, même si la saison était passée. « Elle se prépare, c'est moi qui vous le dis. » Pour se désennuyer, les fermiers racontaient les anecdotes du quotidien qu'ils venaient fuir. Pearl aurait préféré les entendre parler de ce qui se passait ailleurs. Des villes abandonnées depuis si longtemps que le sable et la poussière s'étaient engouffrés à l'intérieur des bicoques et qu'il était impossible d'y entrer sans laisser de traces de pas. De villes qui n'existaient pas encore, de déserts que l'homme n'avait pas encore foulés, d'étendues grouillant d'une vie hostile à elle-même, disputée parmi les serpents, les scorpions et les plantes carnivores, le gel nocturne et les tempêtes de sable. De villes dont personne n'était capable de prononcer le nom.

Souvent Pearl perdait le fil et entendait la voix du Révérend Aaron, un écho aux intonations de ver d'oreille. « Allez à Dodge City. »

— Vous habiteriez à Dodge City, vous ? demanda-t-elle une fois.

Les buveurs cherchaient une réponse au fond de leur verre.

— Y'a personne qui habite à Dodge City. Ils vous feront croire que si, mais c'est faux. L'hiver tout le monde fout le camp.

.

Quand le soleil se montrait et que Pearl sortait de la noirceur de la cave, la lumière du jour était crue, aveuglante. Les roches grises paraissaient blanches. Alors elle se rendait à l'arrière avec un panier de draps et de serviettes à étendre sur la corde. Il ne fallait pas espérer que le tissu restât propre, avec le sable qui tourbillonnait et s'y agrippait. Mais elle aimait ce moment de solitude pendant lequel elle pouvait sentir le vent agiter les boucles sur sa nuque. Elle aimait l'ombre qu'elle projetait sur la terre, qui accentuait sa taille fine et l'énormité de son chapeau de paille. Quand elle sentait un regard dans son dos, elle guettait du coin de l'œil l'apparition d'une seconde ombre sur le sol. Elle ne se retournait jamais, de peur qu'il n'y eût personne.

Elle commençait à voir sa pépite d'or d'un œil différent. Ce n'était plus une relique inerte qui servait d'ancre à la déprime de sa mère. C'était un bourgeon souterrain qui s'était formé à un rythme imperceptible pour l'homme. Entre le moment où il n'y avait rien et celui où le métal précieux avait atteint sa maturité, des religions étaient nées, des continents découverts, des empires tombés. Des civilisations entières avaient disparu et d'autres avaient vu le jour. C'était un trésor qui avait passé sa vie séculaire au fond d'une grotte, ne contenant que le potentiel de son éclat, mais qui n'avait jamais pu briller, faute d'être éclairé par la lumière du jour. Enfin, peut-être avait-il été filtré des sédiments d'une rivière comme les autres minéraux californiens découverts à la même époque, Pearl n'en savait rien. Elle préférait imaginer la truffe enfouie dans un sol inaccessible et rigidifié par le temps. La pépite avait dû attendre son maître pendant des millénaires avant d'atterrir entre les mains d'un Guthrie.

C'était son gage de liberté, son unique richesse. Si cette ville ne lui fournissait pas ce qu'elle cherchait, elle n'avait qu'à aller voir ailleurs. Grâce à son morceau d'or, Pearl ne serait jamais confinée à un seul endroit, à un seul boulot. Elle se rendrait dans toutes les villes jusqu'à trouver la bonne.

Elle fit une prière pour remercier Ruben, le frère qu'elle n'avait pas connu, d'avoir existé avant elle.

.

Quand le patron s'absentait, Pearl s'occupait de la caisse du magasin et servait les quelques clients. Les fermiers célibataires et fils de bonne famille venaient se poser et boire pour le simple plaisir de la regarder pendant qu'elle lavait les verres sales des beuveries de la veille. Il y avait une jeune veuve qui vendait ses charmes à temps partiel depuis une grange à trois miles de là, mais ce n'était pas une dame qui s'appréciait avec les yeux.

En un mois, Pearl dut administrer quatre gifles, reçut deux demandes en mariage, mais ne rencontra aucun homme qu'elle jugea digne de fiançailles. Comme il n'y avait pas d'autre maison qui vendait de l'alcool aux alentours, les admirateurs repoussés revenaient tous à Frederick. Une fois éconduits, ils ne se tenaient plus au bar pour la dévisager. Ils occupaient les places au fond de la cave et la suivaient du coin de l'œil en écorchant le bois de la table avec leur couteau, la mâchoire serrée et la jambe nerveuse. Souvent ils se tenaient entre eux, unis par leur aigreur commune autour d'une partie de cartes.

« On est pas assez bien pour elle, ça se comprend. Mais les quatre ensemble, elle pourra pas se refuser à nous. »

Pearl avait le dos tourné quand elle entendit ces mots. Elle termina d'astiquer les verres puis monta faire sa valisc. Elle redescendit à la cave et coinça sa lettre de démission entre la caisse enregistreuse et la balance.

Y'en a qui disent que ma mère, c'était une pute. Je vais vous dire, moi je vois aucune différence entre une pute qui se tape tous les hommes et une sainte-nitouche qui se les magasine tous sans en choisir aucun.

Septembre 1877

Quand Pearl Guthrie entra à Dodge City, l'été était fini. Elle avança le long du trottoir de planches en cherchant des yeux La Gondole. La rue était paisible. Les commerces présentaient des fenêtres pour la plupart placardées. Elle recula en pleine rue pour mieux lire les noms peints sur les fausses façades ou collés en lettres géantes sur les vitrines. Et peut-être aussi pour s'éloigner des lieux de mauvaise vie, de crainte de s'y faire aspirer. Elle aimait croire que dans ces établissements, on entrait de son plein gré. Mais dans cette contrée, il ventait fort. On pouvait trébucher et se retrouver à quatre pattes aux pieds de son ennemi juré.

Lorsqu'elle se présenta au portail de La Gondole, elle fut frappée par l'aspect feutré du parloir, la surabondance de moquettes bordeaux, vertes et noires qui recouvraient planchers, escaliers et drapaient certains murs en guise de tapisserie. Ces revêtements semblaient vouloir avaler bruits et liquides que les bardeaux à eux seuls ne pouvaient absorber. Pearl fut accueillie par la patronne, une dame maigre, sobrement vêtue et à la chevelure poivre et sel. Une femme d'affaires aux airs de maîtresse d'école, qui traînait une montre dans une poche et une règle dans l'autre.

— Vous arrivez trop tard, miss Guthrie. La saison est terminée. La moitié des filles sont retournées à Kansas City. Je ne comprends pas que le Révérend Aaron ne vous ait pas mieux informée.

— À vrai dire, madame, plus j'y pense et plus je crois que le Révérend Aaron s'est moqué de moi.

— Vraiment, dit la dame, sans compassion.

— Le Révérend m'avait parlé d'un travail de femme à tout faire.

Elle baissa les yeux.

— Et j'imagine que vous êtes le genre de femme à tout faire qui ne veut pas tout faire, ironisa la dame.

Elles se dévisagèrent en silence, toutes deux embastillées dans leur corsage boutonné jusqu'au cou, étalant avec science les subtilités pudibondes de la mode new-yorkaise. La jeune regardait la vieille en se demandant si un jour cette femme avait, elle aussi, tenu à sa respectabilité comme elle semblait le faire ce jour-là. La vieille regardait la jeune de la tête aux pieds avec un sourcil levé en se disant « dommage ». Pearl s'inclina du bonnet et tourna les talons.

— Vous ne trouverez pas de travail à Dodge à ce temps-ci de l'année, vous savez. Enfin, pas comme femme à tout faire, l'arrêta la patronne.

— Alors j'irai ailleurs.

— Vous allez donc vagabonder ?

Pearl retint son souffle, insultée.

— Certainement pas.

— Je peux vous héberger le temps que vous trouviez autre chose. Je ne peux pas vous payer en basse saison, vous comprenez. Mais je pourrais volontiers vous accueillir, vous fournir le gîte et le couvert, en échange de quelques services d'entretien. Vous savez cuisiner, miss Guthrie ?

.

Responsable de nourrir les filles de La Gondole, Pearl devait respecter leur moindre caprice alimentaire. Une telle dédaignait les carottes cuites, l'autre ne digérait pas l'oignon vert. Toutes renvoyaient leur plat dès qu'elles y flairaient l'ail, disant vouloir éviter que leur haleine ne repoussât les clients. L'une avait élevé son surplus de chair en marque de commerce et exigeait une double ration de pain et de beurre.

Le matin, Pearl recueillait les bouteilles vides, allait à la chasse aux bouchons aux quatre coins de la salle, rebouchait les contenants à moitié pleins. Elle nettoyait les ronds collants sur les tables et balayait les morceaux de verre et les traces de terre laissées par les bottes des clients. Dehors, les premières voix d'hommes ne s'élevaient qu'après neuf heures. Les filles de la maison sortaient du lit à trois heures de l'après-midi. Elle faisait tout et les filles rien. Pearl se couchait à onze heures du soir, alors que la nuit de festivités commençait. Et encore, souvent les filles entraient dans sa chambre et lui secouaient l'épaule. « Il est où le champagne ? » « J'ai un client qui demande du porc séché. » « Mais si, on peut leur préparer des petits plats s'ils dépensent beaucoup. »

« Elle fait semblant de dormir, tu crois ? Regarde-là. Même avec une plume entre les fesses, y'a pas un client qui voudrait d'elle. Elle a quel âge, tu penses ? Je lui en donne douze. Ou peut-être quarante-huit. »

En général, elle obéissait, même passé trois heures du matin. Souvent elle gardait les yeux clos et réprimait une envie de saisir une des filles par le bras et de s'improviser chiromancienne. « Tu mourras de ta propre main comme toutes les autres dans ton genre, c'est écrit dans ta paume. »

Quand elle sortait dans les rues de Dodge, elle s'efforçait de garder la tête haute, d'imiter la démarche des Européennes qu'elle avait observées jadis à St Louis. Mais pour se distinguer de ses collègues, elle devait aussi se montrer modeste, resserrer son châle sur ses épaules, baisser le regard en saluant les gens. Des gestes qu'elle exécutait avec légèreté à Shawnee-town et qui à Dodge révélaient son désir de se cacher. Elle n'avait pourtant pas à rougir de sa situation. Que sa vertu fût intacte dans un endroit comme La

Gondole prouvait sa force de caractère. Mais les hommes bien, ceux qu'elle aurait pu marier, ceux qui n'étaient pas clients de la maison, comment pouvaient-ils avoir la certitude qu'elle n'était pas souillée comme les autres salariées de la place ?

.

Pendant la belle saison, la terre tremblait à Dodge City. Les rues étaient envahies par les troupeaux de bétail qui piétinaient le terrain, un déferlement de sabots qui filaient dans le même sens, comme s'ils accouraient vers l'Arche alors qu'en réalité ils se dirigeaient vers le wagon de train qui les mènerait à l'abattoir.

Chaque nuit, le vacarme des beuglements laissait place à une cacophonie mêlant accordéon, piano, cris de joie et bruits de verre éclaté. Les tavernes et les maisons de jeu étaient pleines à craquer de vachers vêtus du cuir de peau tannée prélevée sur d'autres animaux que ceux avec qui ils avaient passé de longs mois en tête à tête. Des hommes qui n'avaient plus grand-chose d'humain excepté les chansons qu'ils sifflaient pour remplir le silence des plaines et la photo élimée d'une bien-aimée ou d'une actrice qu'ils gardaient pliée dans le fond de leur poche. Des hommes qui se réjouissaient tant de retrouver la civilisation qu'ils s'empressaient de la démolir et qui, comme les bêtes, ne pouvaient être ramenés à l'ordre que par les coups de feu.

C'était un mercredi. Le premier client entra à sept heures. Quand il ouvrit la porte, les derniers rayons du jour balayèrent une portion de la salle. Il portait un chapeau à large bord et des bottes hautes. Les filles descendirent l'escalier, se placèrent l'une après l'autre devant l'homme. Pearl avait l'habitude de rester pour observer le rituel de sélection auquel s'adonnait chaque nouveau client. C'était son petit jeu personnel, dont le but était de deviner sur quelle fille l'homme allait jeter son dévolu.

L'homme retira son chapeau. Sur son visage, une barbe de quelques jours. Pearl avait souvent entendu les filles de la maison se plaindre entre elles de ce genre de pilosité qui laissait des rougeurs sur leur peau. Les filles de la maison étaient des professionnelles : depuis longtemps, elles ne vénéraient plus les signes de virilité sur leurs clients. Elles préféraient les signes de richesse et de faiblesse.

Pearl s'assit dans le haut de l'escalier, tassée sur elle-même dans la pénombre pour ne pas être remarquée. Intouchable, mais exclue. L'homme détacha le premier bouton de sa veste, son cou ruisselant de sueur. Les filles étaient alignées en rang comme une armée de dentelles volantes, mais contrairement aux soldats, elles ne restaient pas immobiles. Elles dessinaient des cercles avec leurs épaules et battaient des cils.

L'homme s'avança et devant chacune, y alla de sa critique. « Trop maigre, trop grosse, trop grande, beaucoup trop maigre, trop soûle, trop brune. » Celle qu'il choisit, il ne lui dit rien. Il indiqua la chambre de son menton. Le seul signe d'approbation qui vint de sa part, ce qui approchait le plus d'un compliment. Le carnaval de la bassesse se termina ainsi. À l'étage, Pearl s'éclipsa pendant que les filles regagnaient leur chambre, puis une fois la voie libre, elle redescendit à sa cuisine.

•

L'homme à la barbe piquante revint le lendemain, à la même heure. Il portait les mêmes vêtements que la veille. On assista à la même chorégraphie. La sueur qui se faufilait, qui traçait des rigoles, et le maquillage qui craquait sur le visage des dames. Leurs bras potelés qui s'agitaient, s'épuisaient à éventer les gorges. Les triangles de dentelle déployés devant leur nez, les boudins qui volaient sur leurs oreilles, mais la chaleur qui avait le dernier mot et le fard qui tombait, aussi inutile que tous ces gestes coquets qui ne faisaient qu'élargir les cernes mouillés sous les bras.

Le client n'avait pas plus de dignité qu'elles, car il lui aurait été facile d'exiger plus, ou plutôt moins. De s'abstenir devant un catalogue de si piètre qualité. Mais peut-être aimait-il avoir sur les mains des croûtes de fard et de saleté lorsqu'il agrippait la marchandise.

Sans rien prononcer, il arrêta son choix sur celle qu'il avait traitée de grosse la veille. Pearl secoua la tête dans le noir. Cet homme n'avait aucune considération pour personne, se dit-elle. Aucun goût particulier. Il consommait les filles comme on brûle et jette une allumette. Le surlendemain, il revint et opta pour celle qu'il avait qualifiée de « beaucoup trop maigre ». Le jour d'ensuite, il repartit avec la « trop grande ». Il choisit une fille différente chaque fois. Le huitième soir, il ne restait plus que deux filles qu'il ne s'était pas encore payées. Il désigna sa compagne de la soirée et Pearl ressentit un pincement de sympathie pour la laissée-pour-compte. Elle se prit à imaginer ce qui se serait passé si elle était allée se placer au bout de la rangée. Elle se vit dans sa robe sombre fermée jusqu'en dessous du menton, sa natte qui lui tombait dans le dos. Elle n'aurait pu être que première ou dernière. Elle aurait été celle qu'il avait toujours attendue. Avec une fille respectable, il aurait été respectueux. Ou bien il serait arrivé à sa hauteur et aurait lâché un « trop habillée » sans plus d'intérêt avant d'attraper sa voisine par le coude. Alors elle serait retournée chaque soir, se serait tenue à l'extrémité du régiment de l'humiliation jusqu'à l'avoir à l'usure. Et, chacun de ses refus aurait été comme une victoire, car contrairement aux autres, elle n'avait nullement besoin d'être l'élue du bordel pour gagner sa vie. Elle avait encore sa pépite d'or au fond de sa valise.

Pendant la nuit, Pearl revit la scène en songe, mais la barbe de l'homme avait poussé et celui-ci se présentait comme étant Charley Monday. Dans son rêve, le bandit s'arrêta devant elle, la regarda droit dans les yeux et dit : « Voilà celle que je prends. » Jusque-là, c'était un rêve agréable. Mais une fois dans la chambre, qui ressemblait à celle de sa maison natale, là où Teasdale avait dormi, il l'attrapa par le bras et la poussa contre le mur. Il la saisit de nouveau et la secoua comme une poupée de chiffon. « Où est ma boîte ? » répétait-il. « Ma boîte, je veux ma boîte, putain. » Teasdale la lâcha, elle resta recroquevillée au pied du mur, se couvrant la tête. « Je ne suis pas une putain », dit-elle d'un filet de voix. Il regarda la chambre, le lit défait, les robes éparpillées, les cadavres de bouteilles et de verres, et il sourit du coin de la bouche. Le rictus qu'elle n'oublierait jamais, celui de la dernière image qu'elle avait retenue de lui avant qu'il ne s'éloignât sur la route de Shawneetown.

« Peut-être bien que t'es pas une putain, mais t'es l'esclave des putains. T'es la putain des autres putains. »

Pearl se réveilla avec la nausée au ventre et le dégoût dans la bouche. Elle fit sa valise dans l'après-midi et remit sa démission avant de savoir si l'homme à la barbe piquante allait revenir pour la dixième fille.

J'ai pas appris grand-chose au cours de ma vie mais je sais que les idées les plus brillantes viennent en marchant et les plus horribles en dormant.

MONUMENT

Octobre 1877

Monument était une ville qu'on aurait pu déposer n'importe où. Elle n'était enracinée dans aucune histoire, assise sur aucune ressource. Elle existait uniquement parce que la compagnie de diligence avait besoin d'un poste de ravitaillement entre Grinnell et Gopher. Celle-ci avait décidé d'y créer une station où les voyageurs auraient le loisir de scinder leur trajet pour se reposer en plein milieu. Monument était donc une destination qui existait sur les billets, mais où personne ne cherchait à se rendre.

Pearl tenait une liste. Au gré des conversations qu'elle captait entre les voyageurs, elle notait le nom des endroits à visiter, de congrégations masculines à émerveiller de sa présence. Elle savait que Monument ne lui apporterait rien de plus, mais elle avait tant de choix qu'elle ne savait par où commencer. Comme tout le monde, elle ne s'y était installée que temporairement, employée comme domestique pour le patron hémophile du café, un rêveur qui préférait connaître l'aventure à travers les épopées vulgaires des migrants. Entre l'arrivée et le départ de chaque diligence, elle vivait dans l'espoir que le fort roulement des visiteurs fît augmenter ses chances de tomber sur son futur époux. Sa jupe commençait à se défraîchir, son teint à foncer. Quand elle entrait quelque part, les gens fronçaient des sourcils, la suivaient d'un regard d'abord curieux. Ses mains fines et sa démarche ne la protégeaient plus contre l'insulte. Une jeune femme seule, ni veuve ni fille publique, sans famille ni époux : la colombe suivait une trajectoire douteuse. Il lui fallait parler pour se blanchir. Pearl commença donc à mentir. Par instinct de survie au début, par habitude à la fin. Elle mentait à son patron, aux clients de l'hôtel, aux galants éconduits. Elle s'inventait un fiancé, un père, un frère.

Pendant cinq mois elle vécut à Monument, épluchant le catalogue d'époux potentiels parmi les voyageurs en se répétant que l'Ouest était grand, le bassin illimité. Elle tenait une autre liste, qu'elle gardait secrète dans sa tête. Celle des candidats. Chaque jour elle en rayait un, parce qu'il avait trop de poils dans les oreilles ou parce qu'il sentait le talc ou se nommait Earl, un prénom qui sonnait trop comme le sien. Chaque prétendant qu'elle rayait creusait un déficit. Elle en ajoutait un, en rayait deux. Chaque rejet était un emprunt qui devait être remis au débiteur, sans quoi il n'y avait plus de liste.

Le doute s'installait. Soit Dieu avait tout calculé pour qu'elle fût libre au moment de rencontrer

« le bon », soit Il était en train de lui refuser ce qu'elle désirait le plus ardemment et qu'Il avait accordé à tant de femmes moins méritantes qu'elle. Alors elle se mit à prier.

Le jour, elle mentait. Le soir, elle priait.

.

Février 1878

Un soir, un prédicateur errant du nom de Fountain entra dans le café. Il posa son regard inquisiteur sur chaque personne, puis une fois que son idée fut arrêtée, il pointa Pearl et lui demanda où se trouvait son mari.

— Je n'en ai pas, répondit-elle pour être conséquente avec son dernier mensonge.

— Alors ta place n'est pas ici. Depuis combien de temps elle est là ? demanda le prédicateur en s'adressant aux hommes de la clientèle.

— Cinq mois, répondit Pearl.

— Voyez ce que vous avez fait, dit le Révérend Fountain, déçu. Pendant cinq mois, vous avez laissé cette femme se corrompre. Vous avez agi en profiteurs plutôt que d'agir en protecteurs.

— Elle est venue de son plein gré, lança le patron.

— Et alors ? Vous avez abusé de sa liberté. Mais en fait elle n'est pas libre, elle est orpheline. Si elle avait été votre fille, votre sœur, vous lui auriez interdit de mettre le pied dans un estaminet rempli de mâles avec de mauvaises intentions pareilles aux vôtres.

Le pasteur monta sur une table.

— En vérité, cette femme, c'est tout ce que vous méritez parce que vous êtes incapables d'être des hommes. Vous fermez les yeux, vous vous bouchez les oreilles. Vous refusez de voir le malheur derrière ses sourires forcés. Au lieu de coucher avec des filles perdues, vous devriez les tirer par les cheveux, les traîner de force jusqu'à leur famille, comme des brebis égarées. Mais non, vous ne les rendez jamais, ni les femmes ni les brebis, parce que vous êtes des voleurs.

— Ça va, on vous a rien demandé, lança un voyageur.

— Vous n'êtes que des bandits, poursuivit le prêcheur. Des va-nu-pieds qui se croient des hommes parce qu'ils avancent sur une mule. Vous vous croyez chrétiens parce que vous assistez aux services une fois par année, mais vous passez le reste du temps dans des tavernes. La seule raison qui devrait vous pousser à entrer ici serait de vouloir y mettre le feu. Vous êtes des parasites.

Pearl vit du coin de l'œil que son patron se rapprochait en douce de la sortie arrière. Elle recula lentement pour le rejoindre. Au moment où elle referma la porte derrière elle, elle vit les hommes s'emparer des jambes du prêcheur. Dehors, Pearl et le tenancier hémophile restèrent assis le dos contre le mur arrière à écouter le retentissement des coups de poing et des bouteilles brisées. Le patron aurait pu la rassurer, ou s'excuser de ne pas l'avoir défendue, mais il ne dit rien. Pearl aurait pu demander pardon pour les dommages dont elle était la cause indirecte, mais elle ne dit rien non plus.

.

Une fois le café vide, ils trouvèrent le pasteur sous une table. Ils le montèrent à l'étage, dans une des chambres. Pearl pansa ses blessures. Elle aurait pu cracher dans ses plaies, mais se retint de le faire.

— Avez-vous des enfants, Révérend Fountain ?

— Oui, j'en ai beaucoup. Ce sont tous mes enfants, articula-t-il les yeux fermés.

— Je voudrais vivre une vie convenable, mais je n'arrive pas à me trouver un mari convenable. J'ai beau prier... Ça ne change rien.

— Tant que tu seras dans une ville de pêcheurs, tu ne seras pas exaucée.

Le Révérend Fountain quitta le café quelques heures plus tard, au cœur de la nuit, comme si rien, pas même l'obscurité totale, ne pouvait lui faire perdre le nord. Elle ne le revit jamais. Certains disent qu'il est mort en martyr à El Paso.

*Quelqu'un a dit un jour qu'y avait de l'or et là on s'est
mis à chercher. Y'en a des rares qui en ont trouvé. Ils
doivent bien savoir qu'ils sont l'exception. Mais non,
ils seront les premiers à prêcher et à dire à tout le monde
que si la vie leur a bien appris quelque chose, c'est qu'il
faut jamais cesser d'y croire. Si moi j'avais une chose à
prêcher, ce serait que la vie enseigne des leçons différentes
à chaque personne et que les pasteurs peuvent donc
se foutre leurs sermons là où je pense.*

Mars 1878

Dans la diligence, il y avait Pearl, un jeune homme à baluchon qui en avait eu assez de marcher et une dame d'âge moyen avec ses deux enfants, un garçon et une fille. Le soleil venait de passer sous la barre de l'horizon. L'ombre des rochers gagnait du terrain, le rosé du ciel s'apprêtait à tirer sa révérence. C'était l'heure où même les criminels sans repentir semblaient avoir les yeux brillants.

Le cocher claqua de la langue pour réveiller les mules et la voiture s'ébranla. Elle avançait sur la route de terre à travers les champs d'herbes hautes et dorées qui paraissaient de plus en plus vertes avec la noirceur naissante. Pearl regarda la ville d'Aubrey s'éloigner. C'était un ancien fort militaire abandonné dont il ne restait que quelques huttes de gazon et bâtiments de pierre utilisés par les employés de la compagnie de diligence, laissés à eux-mêmes sur ce terrain inhabité.

— Qu'est-ce que c'est ? demanda le garçon en pointant dehors.

Un chapiteau blanc et anonyme se dessinait loin de la route. Derrière on pouvait voir la ligne de la rivière Arkansas et encore plus loin les dunes du Sud.

— Ça m'a tout l'air d'un camp religieux, répondit la mère.

Le jeune homme se pencha vers la fenêtre du carrosse.

— C'est plutôt tranquille.

Pearl se pencha à son tour, suivit des yeux le triangle du chapiteau blanc. Elle n'avait jamais participé à un tel camp. Elle n'avait jamais vu la foi se donner en spectacle. Elle cogna contre la paroi de la cabine et demanda au conducteur de s'arrêter. Elle dut s'y prendre par deux fois avant qu'il ne comprît. Il tira sa valise du toit et la posa à ses pieds.

— J'crois pas que c'est une bonne idée, mam'zelle. C'est un terrain hostile, par ici.

— Ne m'attendez pas, dit-elle avant de se retourner et d'avancer vers le chapiteau.

— Et z'allez faire comment pour revenir à Aubrey après ?

Elle ne répondit pas et poursuivit son chemin sans regarder derrière, car c'était ainsi que devait agir une personne qui entendait l'appel divin. Le conducteur, le jeune homme, la femme, et peut-être même les enfants, durent rester quelques minutes à observer sa silhouette rapetisser alors qu'elle s'éloignait, se disant que la pauvre était folle. Se demandant pourquoi le divin ne leur parlait-il pas aussi franchement, à eux aussi.

Quand elle atteignit le camp, le soir était tombé. La tente était éclairée de l'intérieur, unique réverbère au milieu de la nuit. Elle repoussa les pans de toile et trouva une dizaine de personnes assises sur des chaises, des hommes en complets bruns et coiffés de chapeaux noirs à large bord, des femmes enveloppées dans des capes ou des manteaux surmontés de capelines blanches aux oreilles tombantes. Des lampes à kérosène étaient posées çà et là sur le sol. Le prêcheur à l'avant tenait un livre ouvert et semblait en faire la lecture. Il parlait doucement et gesticulait peu.

Elle aurait voulu voir un prédicateur postillonner jusque sur la dernière rangée et des gens pleurer à s'en étouffer. Entendre des amen criés en chœur. Voir un trouble-fête lancer des crapauds dans l'assistance, et le prédicateur l'inviter à l'avant. L'homme, repentant, serait tombé à genoux et aurait imploré le Seigneur avant de se convertir devant tout le monde. Elle aurait voulu entendre un discours enflammé qui allait droit au cœur, mais le prêcheur prononçait un exposé des plus ordinaires, semblable à ce qu'elle avait entendu chaque dimanche à l'église de Shawncetown.

Elle s'assit à l'arrière. Les parois de la tente battaient la cadence du vent. Les fidèles entonnèrent un chant qu'elle avait elle-même plusieurs fois chanté. Elle resta muette, laissant les larmes couler sur ses joues. Des mots et des intonations tant de fois entendus dans une autre vie venaient résonner en terre étrangère. Elle était encore assise au fond quand les gens se levèrent pour aller saluer le pasteur et le féliciter pour son sermon avant de sortir en emportant leurs lampes avec eux. Il ne restait plus qu'une dernière lampe, à l'avant, près du ministre, qui rangeait ses livres. Pearl prononça le mot « Révérend ! » dans la pénombre et le pasteur sursauta. Elle avança jusqu'à la lumière, se jeta à ses pieds, lui demanda son aide. Le Seigneur refusait de l'exaucer, elle ne demandait qu'une chose. Que devait-elle faire pour qu'Il entendît ? « Tu dois prier, mon enfant », répondit le prêcheur.

Le souvenir de sa mère lui revint. Sa mère qui priait et pleurait tous les jours, et pleurait et priait. Et le pasteur, qui lui disait exactement cela : « Prie, mon enfant. » Alors elle se défit des mains du ministre et se fâcha.

— Non ! Ce n'est pas suffisant. Il faut agir. Il faut que je paie, que je saigne. Regardez...

Reniflant, elle fouilla dans son sac et en sortit la pépite d'or. Elle la tendit au-dessus de sa tête, força le prêtre à la prendre.

— C'est tout ce que j'ai. Dieu n'aura plus le choix de m'écouter. Voyant le ministre hésiter, elle ajouta : imaginez toutes les églises que vous pourrez construire avec cette offrande.

Le prêtre prit Pearl par le coude pour qu'elle se remît debout. Il scruta la pierre, la retourna, sa pomme d'Adam saillit lorsqu'il déglutit.

— Le Seigneur t'exaucera, dit-il.

Pearl quitta la tente en essuyant ses larmes, un sourire béat sur le visage.

C'était une erreur. Même un imposteur comme le Révérend Aaron aurait su qu'on ne marchandait pas avec Dieu. Seules les divinités païennes s'abreuvaient de tels sacrifices, et elles n'existaient pas. Le dieu unique n'avait rien à faire des bovins ensanglantés et des herbes calcinées. Dans son absence ou son trop-plein de foi, Pearl Guthrie venait de sceller son destin.

En revanche, à défaut de l'exaucer complètement, Dieu lui envoya Russian Bill.

CARNET III

LES CENT PERSONNES QU'A TUÉES RUSSIAN BILL

CHARLESTON, 1880

PERRYVILLE, 1878

LA POSTA, 1878

O'DERMODY, 1878

VALVERDE, 1878

BIG BEND, 1878

LAKE CITY, 1878

TELLURIDE, 1878

ELIZABETHTOWN, 1879

SILVER CITY, 1879

NEW BABYLON, 1879 À 1881

SARAZIN, 1869 À 1881

SANTA FE, 1880-1881

C'est pas ma faute si la victoire d'un homme implique la défaite d'un autre.

Avril 1880

Russian Bill entra dans une taverne de Charleston en fin de matinée un mardi du mois d'avril de l'an mille huit cent quatre-vingt. Masse noire interposée entre la lumière du dehors et les clients entassés à l'intérieur, il se tenait à contre-jour avec son chapeau dans les mains. Seules ses oreilles laissaient passer le soleil, incandescentes telles des lanternes de cuir tanné dans la pénombre. Avant même d'avoir vu son visage, les clients surent que le nouveau venu avait les oreilles décollées.

— Vous avez de la vodka ? demanda-t-il sans bouger.

— On a du whisky, du mescal et du brandy d'El Paso, répondit le serveur.

Russian Bill s'avança jusqu'au comptoir, ses éperons résonnant à chaque pas, et se commanda un whisky. Il n'avait pas encore trente ans. Peut-être vingt-cinq. Les sourcils en broussaille, mais la moustache parfaitement taillée. Au-dessus du crâne, sa chevelure était séparée par une raie, mais quelques mèches se rebellaient sous l'impulsion de rosettes récalcitrantes. À chaque hanche pendait un revolver dans son étui. Les hommes l'observaient en s'efforçant d'avoir l'air de regarder ailleurs.

Trop jeune pour être un type important. Trop propre pour être un voleur de bétail, se dit le Révérend, qui était assis plus loin sur une chaise sans table. Le genre qui tire au plafond sans en avoir l'autorité et qui, le lendemain, demande à monter aux étages supérieurs pour voir les trous dans le plancher.

— Y'a vraiment nulle part où trouver de la vodka dans ce pays, soupira-t-il en enlevant son veston.

Dessous, il portait une veste croisée en soie damassée et une chemise blanche. Il avait autour du cou une large écharpe rouge en coton brut, signe de son appartenance au monde des vachers. Le Révérend le classa dans la catégorie des aristocrates du Sud, ceux qui traitaient leurs subalternes comme autrefois leurs esclaves, mais qui tenaient leur parole contre vents et marées et se montraient prêts à mourir en duel pour défendre leur honneur ou celui des autres. Il y avait beaucoup d'anciens planteurs ruinés par la guerre parmi les vachers, mais ses vêtements à lui étaient trop bien taillés. Sa diction trop claire, malgré un accent étrange. Il s'exprimait dans un anglais venu de la vieille Europe, tout en pimentant ses phrases d'expressions sudistes. Il roulait ses « r » une fois sur quatre. Dans cet enchevêtrement de contrastes, il était difficile de départager le factice de l'authentique.

Il exigea que ses dépenses fussent notées pour ne pas avoir à payer à répétition. Le serveur lui demanda son nom.

— William Tattenbaum. Ou Russian Bill, si vous préférez. C'est comme ça qu'on m'appelle par ici. J'imagine que c'est plus facile à prononcer pour vous. Et puis, il faut bien me différencier des autres Bill, qui semblent être légion dans le coin.

Le serveur lui versa un whisky puis reboucha la bouteille en le fixant, sans rien dire. Le Russe renifla le contenu du verre.

— Bon sang, ce que je m'ennuie de mon pays.

— Pourquoi t'y retournes pas alors ? dit un homme blasé à l'autre extrémité du comptoir.

Il inspira avant de répondre.

— Parce que voyez-vous, on m'y tuerait. Je suis parti pour échapper à la loi martiale. Je n'aime pas parler de cet incident, mais je ne peux pas le nier. J'ai giflé un officier de rang supérieur, un hussard qui était dans les bonnes grâces du tsar. Je n'en suis pas fier, mais voilà. On m'aurait tué si j'étais resté là-bas. Même si je suis le fils de la comtesse Telfrin. Ce titre ne me vaut rien ici, mais personne ne me forcera jamais à y renoncer.

Les buveurs alignés debout autour du bar le dévisageaient en continuant de mâcher leur tabac et de fumer leur cigare. À Charleston, il n'était pas coutume de parler de ses origines. Ceux qui avaient l'anecdote facile disaient « dans mon village » sans donner plus de précision. Les plus loquaces s'avançaient à nommer l'État, la plupart ne mentionnaient rien du tout.

— La vie dans ma Russie natale est beaucoup plus dramatique que celle d'ici, continua Bill. Les paysans qui désobéissent se font enterrer vivants. Les seigneurs sont infiniment puissants et les pauvres infiniment opprimés. Tout le contraire de cette Amérique peuplée de semi-bourgeois parvenus, où même les nègres sont libres, déclara-t-il avec dédain.

— Comment on dit ferme ta gueule en russe ? lança un buveur.

Le serveur et les clients retinrent leur souffle, s'attendant à ce que le Russe répondît en langage universel et sortît un de ses revolvers. Il se contenta de hausser un sourcil et de lever son verre très haut comme s'il voulait trinquer avec la terre entière. Il prit son souffle puis prononça des syllabes inintelligibles qui ne pouvaient être que les sons d'une langue improvisée. Incrédules, les clients restèrent cois, puis un rire fusa, et un autre. Une salve de rires bien gras parcourut la salle d'un bout à l'autre.

À cet endroit où il fallait menacer de flinguer pour éviter de se faire flinguer, chacun avait sa façon de se rendre intouchable. Le Révérend Aaron y parvenait en jouant au prêtre. Russian Bill, au bouffon.

.

Les habitants de Charleston travaillaient pour la plupart dans les ateliers où des bocards pulvérisaient le métal extrait des mines de Tombstone. Ils vivaient dans des masures de briques de terre crue et des bicoques de bois brut, et chassaient les mouches le jour lorsqu'ils se promenaient entre les étals de viande rouge suspendue sous les toits de branches.

Parfois, des trouble-fêtes originaires du Sud venaient profiter des installations. On les reconnaissait à leurs grands foulards et à leur manie d'entrer dans les cafés sans descendre de leur monture, moitié parce qu'ils finissaient par oublier qu'ils avaient un cheval entre les jambes et moitié parce qu'ils aimaient regarder les vassaux des mines avec une hauteur de guerrier. C'était ainsi depuis la guerre, à Charleston comme partout en Arizona. Les hommes entraient dans les tavernes et se vantaient d'avoir abattu d'autres hommes. On tuait moins pour voir s'éteindre le regard de son adversaire que pour voir briller celui des spectateurs. Les hommes étaient ordonnés selon une hiérarchie mouvante, avec au sommet celui qui avait assassiné le plus grand nombre de personnes. Ceux qui n'avaient jamais donné la mort devaient s'inventer des victimes pour ne pas croupir au dernier rang et ceux qui avaient réellement tué devaient surenchérir en prétendant avoir occis dans les dizaines de fois. Parfois un homme était précédé de sa réputation et son entrée suivie d'un silence, un respect planant que seules les mouches venaient perturber. Il se trouvait toujours un curieux pour lui faire la conversation et lui demander : « Répétez-moi donc combien d'hommes z'avez tués déjà ? » Et alors il fixait le curieux avec mépris et répondait : « Je crois pas que ça te regarde, le nombre d'hommes que j'ai tués. »

C'était ces hommes-là qui intéressaient le Révérend Aaron. Ceux qui avaient compris que pour apprendre à reconnaître d'où venaient les coups de feu, il fallait d'abord apprendre à se taire.

.

Russian Bill se vantait d'avoir tué une centaine de personnes. Pas un ne le croyait. Personne ne lui tirait dessus non plus.

Il changeait souvent de chapeau. Il disait que c'était la première et la dernière chose qu'on remarquait chez quelqu'un. Qu'on pouvait s'en servir tant pour se cacher que pour se montrer.

Prompt à critiquer la qualité des alcools qu'on lui servait, il était en réalité un fort petit buveur et semblait préférer brandir le verre qu'en vider le contenu. Il s'adressait à tout le monde et personne à la fois, et lorsqu'il se retournait pour scruter l'assistance, c'était dans le seul but de choisir la remarque qui ferait dégainer.

« En voilà un qui a le nez crochu. C'est ce qui arrive quand on se bat contre plus fort que soi. Et lui là-bas, c'est lui qui empeste les latrines à des miles à la ronde ou bien ce sont les latrines qui sentent comme lui ? »

« Manger devant les gens comme vous me coupe l'appétit », se plaignit-il une fois à un mineur dont les morceaux de lard étaient restés pris dans la barbe pendant le dîner à la cantine.

« J'adore les petits arrogants dans votre genre, osat-il dire pour aborder un vacher plus jeune que lui. Ils pensent qu'ils sont déjà des hommes. J'aime bien faire en sorte qu'ils ne le deviennent jamais. »

En se ridiculisant d'abord lui-même avec ses histoires de noblesse russe aux accents picaresques, il annulait l'effet de toute forme d'insulte subséquente. Russian Bill devint ainsi le seul homme de la région à pouvoir dire tout ce qui lui passait par la tête. Un jour, il s'en prit au Révérend Aaron.

— Encore lui, s'étonna Bill. Il faudra bien qu'il nous dise ce qu'il fait là, le pasteur. Moi je dis qu'ailleurs il est encore plus bavard que moi, mais qu'ici il a trop peur. Pas vrai, Révérend ? Vous êtes mort de trouille, n'est-ce pas ? Vous savez trop bien que par ici personne n'a peur de l'enfer.

Le Révérend leva les yeux.

— Si vous me permettez, je vais poursuivre ma lecture sans vous adresser la parole.

— Oh c'est gentil à vous de me demander la permission. Je ne vous l'accorde pas. Je n'aime pas la façon que vous avez de me regarder.

— Avant que vous m'interpelliez, je ne vous regardais pas.

— Voilà bien le problème. Parmi ceux qui ont l'habitude de me regarder, jamais personne n'a cherché à avoir ma peau. Alors ceux qui regardent ailleurs, rien ne me dit qu'ils ne veulent pas me descendre.

— Laisse tomber, Bill, lança entre deux ricanements un homme derrière lui. Le Révérend, y'a rien pour le faire fâcher.

Bill continua de fixer le Révérend, en attente d'une réplique.

— Le jour où je commencerai à porter une arme, je vous promets que je vais me mettre à vous dévisager, affirma le Révérend avant de retourner à son carnet.

.

Décembre 1880

Le Révérend Aaron se trompait rarement sur les gens, mais il avait mal jugé Russian Bill. Il avait été aveugle au chagrin d'un homme rompu par l'amour, et dont la folie était légitime. Il n'avait pas senti que, comme lui, il était à la recherche de trésors qui ne se monnayaient pas et qu'il n'avait pour seul amusement que sa propre excentricité. Russian Bill était le genre d'homme qui se couchait heureux le soir si au moins une personne s'était moquée de lui au cours de la journée.

« Le Russe, il est pareil que les putains de fond de bicoque. Plus elles ont honte, plus elles se montrent », disait parfois le tenancier d'un café de Charleston.

Le Révérend et Russian Bill avaient disputé toutes leurs parties d'échecs à Tombstone, sauf une, à Charleston, alors que le café était vide. Bill demanda au Révérend ce qu'il pensait de lui.

— Contrairement à vous, je n'ai pas l'habitude de dire aux gens ce que je pense d'eux, répondit-il.

— Alors que croyez-vous que les autres pensent de moi ?

— Je pense que personne ne croit que vous êtes un gentilhomme de la noblesse russe.

Bill soupira, enleva son sombrero et le posa sur le comptoir.

— Ça m'importe peu, qu'ils le croient ou non.

— Pourquoi vous mentez si ça vous importe peu ce que les gens pensent ?

— Parce que je dis la vérité.

— D'accord, supposons que vous disiez la vérité. Supposons que vous ayez vraiment liquidé une centaine de personnes.

— Quatre-vingt-douze.

— Alors pourquoi tenez-vous tant à ce qu'on le sache ? Vous pourriez vous contenter de l'avoir fait sans rebattre les oreilles de tout le monde.

— Parce que je veux devenir célèbre, Révérend. Après tout ce que j'ai vécu, je l'ai bien mérité, non ?

— Et dans le fond de votre âme, que croyez-vous gagner en devenant célèbre pour ce que vous n'êtes pas en réalité ?

Bill sourit pour lui-même, amusé. Il s'enfila un verre de whisky et s'étouffa avec.

— En toute honnêteté, Révérend, il y a des jours où j'aimerais bien ne pas avoir tué une centaine de personnes.

De toute sa fausse carrière, dédaigner Russian Bill était la seule erreur que le Révérend Aaron avait commise. C'était peut-être une bonne chose. Cela lui avait rappelé qu'il n'était pas un dieu.

J'aurais pu devenir mineur. Partout on nous disait qu'avec l'or, c'était impossible d'échouer tant qu'on avait les bons outils. Tout le monde y croyait. J'en ai vu des camps miniers, et tout ce que j'ai entendu, c'est des histoires de chance et de malchance. Y'avait rien à apprendre dans les mines.

Avril 1878

L'établissement servait davantage de taverne et de maison de jeu que d'hébergement, mais c'était le mot « hôtel » qui était peint en blanc sur sa façade. Cinq lettres, pas une de plus. Pas de « Grand Hôtel », qui se serait avéré un mensonge, ni aucun autre qualificatif pour suggérer la moindre tentative de concurrence.

Les six lits du premier étage étaient occupés par des pensionnaires permanents. Les cinq tables rondes du rez-de-chaussée étaient prises par les habitués qui, un soir, perdaient une somme qu'ils allaient regagner le lendemain d'un autre habitué. Sans professionnels pour élever le niveau du jeu au-dessus de la médiocrité, l'Hôtel était sans doute un des rares endroits où la chance et la malchance avaient le dernier mot, telle une pièce qui ne peut tomber que sur une seule de ses faces.

Il était tard quand Russian Bill entra à l'Hôtel, un lundi du mois d'avril de l'an mille huit cent soixante-dix-huit. La porte se referma derrière lui dans un fracas de planches. La pièce était embrouillée par la poussière et la fumée de cigare, les murs tapissés de papier journal. Quelques lampes à kérosène étaient fixées dans le mur opposé, des chandelles plantées dans des bouteilles avaient été placées sur les tables çà et là. Il déposa son bagage, qui ressemblait aux valises en cuir que trimballaient les médecins, puis sa carabine Spencer, qui aurait pu lui servir de canne. Il remonta le bord retroussé de son chapeau Homburg pour mieux observer les lieux. Près de la porte d'entrée, une jeune femme à la beauté admirable épluchait des épis de maïs, les feuilles s'amoncelant à ses pieds. Elle le salua d'un timide signe de tête. Dans un coin, un vieillard entouré de verres vides tenait un miroir devant son visage et s'arrachait les poils du nez avec une pince.

Autour d'une table carrée, six hommes nu-tête jouaient aux cartes dans une proximité laissant peu de place pour tricher. Ils étaient tous penchés en avant, avec leurs vestes noires ou marron qui leur remontaient dans le bas du dos, révélant les pinces de leurs bretelles. Des habitants qui ne semblaient avoir ni femmes à courtiser ni hommes à intimider. La fille aux maïs ne pouvait être qu'inaccessible ou facilement achetable. Il n'y avait personne derrière le comptoir. Russian Bill enleva ses gants l'un après l'autre en tirant sur le majeur, cherchant à qui s'adresser. Il parla fort, pour que tout le monde entendît.

— Bonsoir, messieurs-dames. Je voudrais une chambre pour la nuit.

— C'est complet, répondit un des joueurs en jetant une carte sur la table.

— À cette période-ci de l'année, permettez-moi d'en douter, insista-t-il.

Le joueur passa un coude par-dessus le dossier de sa chaise.

— Doute autant que tu veux, c'est moi l'aubergiste et si je te dis qu'y'a plus de chambre, y'a plus de chambre.

— Très bien, alors vous ne verrez aucun inconvénient à ce que j'achète le lopin de terre en face et que je mette sur pied une saine compétition. Puisque vous ne semblez pas pouvoir répondre à la demande, dit-il en sortant son portefeuille.

L'aubergiste se gratta le menton avec les cartes dans ses mains. Son regard alla des billets verts que le nouveau venu manipulait aux revolvers qui pendaient sur ses hanches, puis à la carabine Spencer qui tenait en équilibre contre sa jambe.

— Je vais voir ce que je peux faire.

Les cinq autres joueurs durent se reculer pour qu'il quittât le cercle. Il se dirigea vers l'escalier en faisant signe à la jeune femme de le suivre. Elle se leva et dégrafa le tablier de serge qu'elle portait épinglé sur le haut de son corsage, puis elle balaya d'une main les filets d'épis qui étaient restés collés à ses jupes rouille, qui paraissaient presque brunes contre le bois verdâtre du plancher. Elle se retourna pour monter l'escalier, révélant le peigne en ivoire inséré dans sa chevelure, joyau solitaire dans ce sombre décor.

Bill se tira une chaise au milieu de la pièce, un choix inhabituel pour un homme seul qui ne s'était pas préalablement procuré de jetons à jouer. En général, les types solitaires étaient attirés par les tables éloignées des autres, où il était plus aisé de cacher son ennui.

— Vot' chambre c'est la dernière à droite, dit l'aubergiste en descendant une marche à la fois, les deux mains agrippées à la rampe.

Il revint s'asseoir parmi les joueurs. Bill posa son chapeau devant lui et ses pieds sur la chaise opposée puis se mit à fredonner ce qui sonnait comme une complainte sudiste.

— Eh l'ami, ça te dirait de te joindre à la partie au lieu de nous casser les oreilles ? s'enquit un habitué qui portait des favoris épais comme des branchies de poisson.

— Non merci.

Les joueurs échangèrent un regard par-dessus leurs cartes. Un homme qui n'avait pas le courage de miser n'avait pas le courage de grand-chose, était-il coutume d'entendre.

— J'aime bien humilier mes adversaires aux échecs, tenta Bill, mais il n'y a pas vraiment d'argent à faire là.

La jeune femme à la beauté admirable redescendit l'escalier en évitant le regard des clients. Elle attrapa le panier rempli de maïs et sortit, puis revint quelques minutes plus tard avec un panier rempli de carottes. L'étranger se remit à siffloter, et l'homme aux favoris se retourna vers lui.

— Écoute, je peux pas t'obliger à te joindre à nous, mais c'est pas la grand' ville ici. Y'a rien d'autre à faire. Je sais pas avec quoi tu t'amuses quand t'es ailleurs, mais...

— Je préfère travailler, coupa Bill.

— Ah oui, pour ça, moi aussi j'aime bien travailler, dit le tenancier en agitant une paire de cartes.

— Tout comme vous, je travaille en ce moment même, en dépit des apparences. Je réfléchis. Je planifie. Vous riez tous, mais je suis sûr qu'au fond ça vous attriste ce qui est arrivé à votre ville.

— Y'a rien qu'est arrivé à not' ville.

— Justement. Moi ça me rendrait triste. Je parie que ça ferait votre affaire d'avoir de nouveaux gars à qui vous mesurer une fois de temps en temps.

— J'sais pas. Les nouveaux gars comme toi, on s'en passerait, répondit le tenancier sans se retourner.

Un silence tendu figea les joueurs. Seuls leurs yeux bougeaient, allant de droite à gauche, de haut en bas. Les coups de couteau de la jeune femme tranchant les carottes se faisaient entendre, l'un après l'autre, évoquant à la fois l'odeur de la soupe maternelle et le rythme effréné des industries du Nord. L'étranger fixa l'arrière de la tête de l'aubergiste pendant un moment, puis lâcha un soupir.

— Je ne suis pas là pour vous insulter. C'est juste que j'ai vu beaucoup de villes depuis mon départ et que j'en ai visité aucune où j'aimerais habiter. Je ne vais pas attendre de tomber sur la ville rêvée. Je vais la bâtir moi-même.

— Et elle ressemblera à quoi, cette ville ? dit l'homme aux favoris en jetant une carte devant lui, feignant d'être encore concentré sur la partie.

— À beaucoup d'autres, sauf que les duels y seront permis et qu'elle ne pourra jamais être pacifiée, ce sera inscrit dans sa Constitution. Il n'y aura pas d'autre loi que celle interdisant les hommes de loi. Ce sera un endroit dangereux où, enfin, chacun connaîtra sa vraie valeur. Là où on aura constamment le souffle coupé, parfois à cause des paysages, d'autres fois parce qu'on se sera fait trancher la gorge. Ma ville se nommera New Babylon et les gens viendront de loin pour pouvoir dire qu'ils y sont allés.

— Ce sera l'enfer, dit l'homme. J'en connais qui aiment ça, l'enfer, mais c'est pas le genre d'hommes à fonder des villes. Y'aura personne pour la signer, vot' Constitution.

— Au début peut-être, mais croyez-moi, là où les gens veulent aller, il y a de l'argent à gagner. Les hommes d'intelligence moyenne courent après l'or, mais les vrais visionnaires courent au-devant de la foule. Afin d'être là pour l'accueillir et répondre à ses moindres besoins. L'avenir ne se trame plus dans la domination, mais dans la servitude calculée.

— Personne voudra se rendre là où y'a pas d'or, dit l'aubergiste, moins pour argumenter que pour clore la conversation.

— Et pourtant vous êtes ici, dit Bill en remettant son chapeau sur sa tête. Messieurs-dames, je vous tire ma révérence et vous souhaite la bonne nuit.

Il attrapa sa valise de cuir, son fusil puis monta à l'étage en sifflotant.

.

Russian Bill dormait enlacé autour de sa carabine. Au petit matin, il ouvrit un œil et épongea avec un bout du drap la salive qui avait coulé sur la crosse de la Spencer. Il balança ses jambes à l'extérieur du lit et se pencha pour attraper ses bottes. Il vit alors le bout d'un vête-ment de femme dépasser sur le sol. Il s'accroupit et découvrit une valise mal fermée sous le lit. Quelque chose clochait dans cette chambre. Les occupants pré-cédents devaient être partis en grande hâte, ou alors ils n'étaient jamais vraiment partis, se dit-il. Il ouvrit le premier tiroir de la table de chevet et trouva un encrier et un porte-plume. Dans le second, un carnet et une feuille volante qui semblait avoir été pliée à répétition. Il sortit le morceau de papier, puis le balaya des yeux.

~~Dodge City~~
Santa Fe
Taos
Albuquerque
Silver City
Tucson
Tubac
Prescott
Salt Lake City
Denver

Il s'habilla et dévala l'escalier menant au rez-de-chaussée, peinant à se retenir de sauter des marches. Il trouva la salle disposée telle qu'elle était le soir d'avant, mais vidée de toute présence humaine. Il appela l'aubergiste à plusieurs reprises, qui finit par apparaître en haut de l'escalier. Celui-ci descendit chaque marche en s'appuyant sur la rampe, l'air mi-anxieux mi-ennuyé. L'étranger l'informa que des objets avaient été oubliés dans la chambre où il avait dormi et demanda à connaître l'identité des derniers locataires. L'aubergiste lui apprit que la jeune femme à la beauté admirable occupait la chambre en temps normal.

— Pearl ! Viens par ici, appela-t-il en direction de l'arrière-boutique.

— Monsieur, salua la jeune femme en s'approchant.

— Vous voulez dire que vous avez évincé cette demoiselle de sa chambre pour me la louer ?

— C'est pas une demoiselle, c'est une employée.

— Mademoiselle, commença l'étranger en se tournant vers la jeune femme, sachez que si j'avais su que pareille grossièreté serait commise en mon nom, jamais je n'aurais accepté la chambre.

— Fallait y penser quand j'ai dit qu'y'avait pas de chambre de libre.

— Pardonnez ma rudesse, aubergiste, mais je crois que cette jeune femme mérite mieux que de se faire traiter en esclave dans un endroit qui, pardonnez-moi encore, pourrait être qualifié d'appendice du Nouveau-Mexique. Mademoiselle, si vous êtes disposée à réunir vos effets personnels rapidement et à signifier votre démission, je promets de vous emmener sur-le-champ.

L'aubergiste acquiesça puis fixa l'étranger, le menton relevé.

— T'entends ça, Pearl ?

Mais Pearl Guthrie était déjà en train d'escalader les marches. Elle traîna sa malle le long du corridor, Bill monta l'aider. Dans l'embrasure de la porte, les bras croisés, l'aubergiste observa sa femme à tout faire jeter sa valise dans la charrette de Russian Bill. Il resta là à respirer le nuage de poussière que les roues soulevaient en s'ébranlant. Avec incrédulité, il regarda s'enfuir côte à côte ces deux êtres qui ne s'étaient encore jamais parlé.

Pour certains, ils furent emportés par le vent de la liberté. Pour d'autres, c'était trop soudain, trop fou pour que ce ne fût pas la preuve que tout était ficelé d'avance. Que même les éclats de bravoure étaient des luttes contre la peur et que les rebelles étaient des soumis qui changeaient de maîtres. Que s'était-il passé ce matin-là ? Rien, aurait dit le Révérend Aaron. Rien qui ne valût la peine de s'émouvoir.

*Il m'a sauvé de la potence pour aucune raison
et y'a personne qui fait ça. C'est peut-être pour ça
que je le déteste.*

La Posta

Mai 1878

La première chose qu'on voyait de La Posta en arrivant par la route était les deux clochers de l'église et sa façade en stuc blanc. Le soleil venait à peine de se coucher. À cette heure, la candeur des bâtiments perdait de son éclat et tout paraissait gris, sinon ocre là où le stuc s'écaillait, révélant les briques d'argile séchée en dessous. Autour de l'église, la suite de maisons carrées se découpait à peine contre la pointe du mont Cabezon loin derrière. Les rues étaient trop étroites pour le chariot. Ils le laissèrent à l'entrée de la ville et avancèrent en traînant chacun un cheval par les rênes.

Ils trouvèrent l'auberge par hasard, malgré l'absence de panneau affichant le nom de l'établissement. La chambre que Bill loua pour lui-même était minuscule et faite en longueur, le lit collé sous la fenêtre qui laissait entrer peu de lumière. Il n'y avait pas de salle commune dans l'auberge. Les autres clients mangeaient dehors, adossés aux murs d'adobe comme ces Mexicains en *sarape* qu'on voyait souvent ne rien faire sauf regarder la compagnie passer. Bill et Pearl mangèrent à même le sol de la chambre à la lueur de la lampe à huile.

— Combien de temps vous croyez que cela prendra avant qu'on puisse repartir, une fois rendus là-bas ? demanda Pearl.

— Quelques semaines, peut-être un mois. Le temps que la propriété prenne de la valeur. Bientôt, les gens voudront nous l'arracher. Et avec l'argent, nous pourrons continuer à avancer. Jusqu'à ce que je trouve l'endroit parfait pour fonder New Babylon.

— Et si je ne me trouve pas d'époux entre-temps ?

— Alors vous en trouverez un à New Babylon. Il n'y aura que des hommes valeureux et peu de femmes de vertu. Vous aurez beaucoup de choix. Et d'ici là, vous aurez coché un grand nombre des villes de votre liste.

Pearl se coupa un bout de pain. Bill porta la cruche d'eau à ses lèvres. Un son nasillard se fit entendre. Il leur fallut quelques notes avant de comprendre qu'il s'agissait d'une trompette. Le musicien amateur devait se trouver sur le toit d'une maison de l'autre côté de la rue. Il joua des mélodies lentes et tristes, des airs hispaniques, jusqu'à ce que des voix mécontentes le fissent taire.

— Voilà bientôt un mois qu'on voyage comme ça et je ne crois pas vous avoir suffisamment remercié, dit Pearl.

— Vous n'avez pas à le faire. Dès demain, c'est moi qui vous serai redevable.

— Vous savez, je n'étais pas si mal traitée, à

Perryville. J'aurais pu partir n'importe quand. Je tenais à vous le dire. Pour être honnête.

— Vous ne devriez pas voyager seule de toute façon. Au fond c'est une bonne chose que votre patron ait eu l'ingratitude de me donner votre chambre. Sans cela, je serais reparti et vous seriez restée dans ce trou et nous ne serions pas là aujourd'hui. C'est demain que notre vraie vie commence.

Quand ils eurent terminé le repas, Pearl rapporta les plats vides dans la cuisine au plafond voûté et monta se coucher dans sa chambre. Elle pouvait entendre Bill prier à voix haute dans l'autre pièce. « Merci, merci, Seigneur, merci ». Elle n'entendit pas le reste parce que le musicien se remit à l'ouvrage. Chacun de leur côté, Bill et Pearl s'endormirent rapidement, bercés par le son de la trompette, malgré le souffle hésitant et les fausses notes. De longues minutes plus tard, un coup de feu retentit. Bill s'éveilla brutalement et s'assit au fond du lit pour observer ce qui se passait par la fenêtre, la Spencer prête à tirer. Le silence à l'extérieur était complet. Plus de musique, aucune voix affolée. On cogna à la porte, il descendit du lit. « C'est moi », chuchota Pearl. Bill déposa sa carabine en travers du lit et enfila une chemise par-dessus sa combinaison avant d'aller ouvrir la porte.

— Vous avez entendu ? C'était tout proche d'ici.

Il l'invita à entrer. Elle déposa à ses pieds la lampe à l'huile. Il se pencha pour attraper son revolver qui traînait sur le sol, sous ses pantalons.

— Je crois que le trompettiste est mort, avança-t-il.

Russian Bill avait l'oreille fine et savait reconnaître à leurs intonations les différents événements qui impliquaient des armes à feu. Son bas, sourd et répétitif, en plein jour : gamins qui cherchent à tuer un serpent. Sifflant et répétitif, la nuit : ivrogne qui tente de viser la lune. Deux coups rapprochés suivis d'un silence, puis d'un troisième coup : fusillade entre deux hommes. Coup unique, suivi d'un silence : homme de loi qui lance un avertissement en tirant dans le plafond. Coup unique, suivi d'un cri étouffé : assassinat.

— C'est horrible. Comment ferons-nous pour dormir à présent ?

— Rien de cela ne nous concerne, répondit Bill en vérifiant le barillet du revolver, qu'il déposa ensuite près de la carabine.

Ils restèrent debout sans rien dire à contempler les deux armes à feu, placées comme le présage de guerres au milieu du lit défait.

— Savez-vous manier les armes à feu, Pearl ?

Elle fit non de la tête.

— Si cela vous semble acceptable... Il serait possible que nous partagions la même chambre. Je dormirai sur le sol. Ou nous pourrions placer la carabine entre nous deux, si cela vous paraît convenable.

Alors Pearl accepta et lui fit promettre de ne jamais franchir la ligne de chasteté que représentait l'arme. Elle lui fit aussi promettre de ne jamais l'abandonner dans une ville où elle ne voudrait pas rester, de ne jamais lui faire de mal. En échange, Bill lui avoua qu'il était recherché au Texas pour vol de bétail et lui fit promettre de ne jamais le dénoncer.

Couchés sur le dos, séparés par la Spencer, ils dormirent côte à côte. Ils venaient de dessiner la frontière à ne pas traverser comme ailleurs on traçait les limites d'un quartier prohibé au nom du salut des gens respectables.

Un véritable hors-la-loi n'aurait pas honoré cette règle et aurait balancé la carabine dès le premier soir. Ou après quelques jours. À plusieurs reprises au cours de leur vie commune, Pearl fut envahie d'une vague d'affection pour Bill, au point où elle aurait souhaité le voir transgresser leur code et aller vers elle. Mais cela aurait fait de lui un voyou et alors elle n'en aurait plus voulu.

Y'en a qui insinuent que je suis mal élevé parce que j'enlève mon chapeau seulement quand ça me chante. Je le vois dans leurs yeux, qui se disent : celui-là il va finir pendu, il brave la loi rien que pour braver la loi. Ça me dérange pas de respecter la loi des fois. Même en l'ignorant, des fois ça arrive. Si vous saviez le nombre de lois que vous respectez en faisant rien.

Mai 1878

Bill et Pearl furent surpris d'atteindre O'Dermody après avoir contourné le mont Cabezon. La publicité parlait de l'endroit comme d'une terre vierge où tout était possible, alors qu'il se trouvait à un mile d'un village espagnol qui était là depuis longtemps. Bill sortit la coupure de journal de sa poche.

LA FORTUNE VOUS ATTEND
À O'DERMODY
LE PREMIER COUPLE MARIÉ EN VILLE RECEVRA
UN TERRAIN ET UNE MAISON GRATUITS !

Les catholiques croyaient aux saints, alors ils baptisaient leurs villes avec des noms de canonisés comme San Pedro et Santa Barbara. Ils n'étaient pas gênés par le fait que cela les contraignait à un répertoire de noms limité, le nombre de bienheureux étant fixe et les nouveaux canonisés portant eux-mêmes les prénoms d'élus plus vieux. Les méthodistes et leurs ancêtres ne croyaient pas aux saints. C'est pourquoi ils nommaient leurs villes Temperance, Charity et Revelation, comme si le continent avait été quadrillé par le Tout-Puissant en personne afin qu'Il pût y affronter l'Adversaire aux échecs. Pourtant superstitieux, Lester O'Dermody n'avait jamais été sensible à la beauté des concepts abstraits, alors le jour où il décida de fonder une ville, il choisit de la nommer O'Dermody.

.

La ville possédait tout ce que La Posta n'avait pas : une série de cabanes en bois, toutes vides et neuves, en face d'une série de commerces remplis de marchandises pour lesquelles il n'y avait pas encore d'acheteurs.

Bill gara le chariot devant le premier commerce et demanda à parler au maire ou au pasteur. Le premier se trouvait être le fondateur lui-même et le second, son frère. Bill fit descendre Pearl du chariot et la présenta comme sa fiancée. Quelques heures plus tard, ils furent mariés en présence des huit autres résidents, tous employés de monsieur O'Dermody.

À l'extrémité est de la ville, sur un podium de bois qui servirait sans doute de plancher un jour, le pasteur unit leurs mains en plein midi. Pearl portait sa robe crème, Bill son chapeau haut-de-forme. Grâce aux bons contacts de Lester O'Dermody, les cloches de l'église catholique de La Posta résonnèrent dès la fin de la cérémonie. Seul leur écho leur parvenait, lointain et dédoublé de par-delà la montagne. On aurait pu croire qu'elles sonnaient pour quelqu'un d'autre. Comme s'ils assistaient au souvenir d'une noce plutôt qu'à l'événement lui-même. Sur ce premier acte de mariage, ils signèrent Guerro et Eva Tate.

Le soir, la procession avança jusqu'à la maison qui revenait au premier couple à convoler dans le village. Sous les applaudissements, Bill porta Pearl dans ses bras jusqu'à l'intérieur. Puis, pendant que tout le monde les imaginait vivre leur lune de miel, les deux jeunes mariés dormirent sur une paillasse installée à même le sol, séparés par la carabine.

Autour d'eux il n'y avait aucun meuble. Leur nouvelle maison était une cabane en bois qui avait été construite par des gens qui n'avaient pas l'intention d'y habiter eux-mêmes. La moindre des choses aurait été de tailler des brèches dans les murs pour qu'en cas d'attaque indienne, les occupants pussent y glisser leurs armes et se défendre de l'intérieur. Par la fenêtre arrière, ils ne voyaient rien d'autre que la plaine vide et désertique ainsi que la route en terre desséchée par où des milliers de pionniers afflueraient un jour.

Un mois plus tard, Lester O'Dermody commença à se demander pourquoi les tourtereaux n'avaient toujours pas fait l'acquisition d'un lit. Mais il était déjà trop tard. Les appels de la spéculation avaient commencé à être entendus. Les colons arrivaient par vagues successives, de plus en plus empressés de planter leur pelle. Avant que O'Dermody eût eu le temps d'aller cogner à leur porte, Bill et Pearl avaient vendu leur parcelle à un prix exorbitant et avaient repris la route.

*Quand tu passes ta vie dehors, que tu manges dehors,
que tu dors dehors, et que le reste du temps tu bouges pour
te rendre à ton prochain dehors, t'es pas différent d'un
sauvage. Y'en a qui tuent des Indiens sous prétexte que
ce sont des sauvages, mais au fond ils sont pareils à eux.*

Juin 1878

Selon toute vraisemblance, Bill n'avait jamais mis les pieds en Russie. Il avait plutôt quitté un monde aristocratique dont la hiérarchie immuable se manifestait dans la manière qu'avaient les dames d'agiter leur éventail du haut de leur balcon et qu'avaient les hommes de fumer leur cigare et de fouetter les esclaves du haut de leur cheval. Il avait troqué ce monde contre un autre où le pouvoir se décelait dans la façon d'écouter le vent pour y entendre l'approche du danger et de jouer avec le barillet de son Colt. Un monde trop vaste pour se fier aux réputations, où il fallait renifler l'autre comme un chien pour le cerner. Bill avait bien l'intention d'y exceller, mais il ignorait que l'instinct était aussi important que la discipline.

Parfois, il ressentait le besoin de meubler le silence, alors il parlait de son père, qui disait souvent que les Américains étaient prêts à tout pour défendre leur liberté, même à vivre dans la peur en permanence : « Il disait qu'au fond, ils ont plus besoin de la peur que de la liberté. Mon père détestait les Américains. »

Chaque matin, il pratiquait la précision et la rapidité de son tir alors qu'il aurait dû davantage s'exercer au crachat. Il traînait des craies enveloppées dans un sachet de coton qu'il gardait dans la poche intérieure de sa veste, là où elles risquaient le moins de se briser. Il en sortait une du bout des doigts et allait dessiner un grand X sur une roche quelque part, variant les hauteurs d'une fois à l'autre. Alors, il rangeait la craie, puis reculait de neuf pas avant de viser la cible et de tirer. Ensuite, il augmentait le niveau de difficulté en reculant davantage, ou en tournant le dos et en tirant par-dessus son épaule ou sous son bras, ou en courant sur le côté à petits pas.

« La meilleure forme de pratique est d'installer ses cibles sur le wagon d'un train et de tenter de les atteindre quand il se met en mouvement, disait Bill. Le problème, c'est que ça ne vous apprend pas à évaluer le facteur humain. Je n'ai toujours pas trouvé de façon de m'exercer à évaluer le facteur humain. »

.

Un soir, c'était un dimanche, ils traversèrent les ruines de l'ancienne ville de Valverde, qui avait jadis été un village espagnol. Tout juste à l'entrée se trouvait le champ où s'était déroulée la bataille la plus à l'ouest de toute l'histoire de la guerre civile. Avant cet événement, les habitants avaient déjà fui Valverde sous la pression des guérillas des Apaches et des Navajos. Ils campèrent contre les vestiges d'un bâtiment de pisé dont il ne restait qu'un coin de mur sans toiture. Ils avaient acheté des haricots noirs à un vendeur mexicain à Socorro. Ils allumèrent un feu et les cuisirent au-dessus. Ensuite, Bill sortit une épaisse planche de bois et l'ouvrit comme un retable, puis enseigna à Pearl comment jouer aux échecs. Pour cette première partie, il la laissa gagner.

Le lendemain, le ciel se couvrit et commença à gronder. Un des chevaux se mit à piaffer et de son fer arrière, déterra des morceaux de verre coloré qui ressemblaient à des bouts de lampions. Alors ils réalisèrent qu'ils avaient dormi sur le site d'une ancienne église missionnaire. « Il y a des endroits qui ne sont pas faits pour être habités », disait Bill, comme pour se justifier d'on ne savait quoi.

Le jour suivant, ils traversèrent le Río Grande et entrèrent à San Marcial, où ils s'unirent par les liens du mariage pour la deuxième fois. La communauté naissante n'offrait rien de plus qu'une mule en cadeau, mais pour Bill et Pearl, c'était si peu cher payé que de mentir.

．

De bourgade en bourgade, Bill et Pearl cheminaient à bord de la calèche, souvent dépassés par des cavaliers plus légers et agiles qui parcouraient en quelques heures la distance qu'eux couvraient en une journée. Ils se consolaient en se disant que c'était là la façon de faire des vrais pionniers. Pour ceux qui voulaient bâtir les monuments qui seraient encore debout un siècle plus tard, la lenteur était de mise. « Demain, nous dormirons dans une ville avec des gens vivants », promettait souvent Bill, qui espérait arriver à destination avant la tombée du jour.

Après avoir piqué toujours plus au sud, ils remontèrent vers le nord, jusque dans le Colorado. Ils s'arrêtèrent devant les restes d'une école de missionnaires pour Indiens brûlée par les Indiens. Ils traversèrent des hameaux autrefois grouillants d'orpailleurs et de commerçants venus piocher pour faire fortune. Des villes fantômes, prises d'assaut par les yuccas et la sauge du désert. Et malgré l'hégémonie des plantes sauvages sur les constructions humaines, l'âge d'or avait laissé ses marques. Trous de balle dans les murs, terre retournée, dynamitée. Excavations, ruisseaux asséchés. C'était peut-être le sol lui-même qui avait rejeté ces hommes, épuisé de se donner au rabais, exploité sans être cultivé. Peut-être la terre était-elle devenue mauvaise à force de s'abreuver du sang des conflits humains.

« Moi aussi je me suis déjà essayé à la prospection, avoua Bill un jour. Ça m'avait plutôt bien réussi. À Central City, j'étais tombé sur une pépite grosse comme une pomme. Je m'étais monté un abri, à côté de tous les autres. À partir du moment où j'ai trouvé ma pépite, je n'en sortais que rarement. Je gardais mon trésor jour et nuit, en attendant les voleurs. Mais ils ne sont pas venus, et je me suis fatigué d'attendre. J'ai jeté la pépite dans la rivière et j'ai quitté le Colorado. »

« Aujourd'hui c'est une décision que je regrette. Avec cette seule pépite, j'aurais déjà de quoi fonder New Babylon sans avoir à lever le petit doigt. Mais à l'époque je n'avais pas de visée. Pas d'œuvre dormante dans le chapeau, outre la volonté obscène de me faire tuer pour avoir le droit de tuer en retour. »

Vous vous en foutez de ce j'ai fait ailleurs, mais ça vous rassure de voir que si vous mettez la corde au cou de quelqu'un qui vous fait peur et que vous le jetez dans le vide, vous avez le pouvoir d'en finir avec lui. C'est la seule chose qui peut vous réconforter parce que la seule chose qui s'en va jamais, c'est la gravité.

Juillet 1878

Dans le sud de la vallée de la rivière Dolores se trouvait un ranch transformé en restaurant. La cuisine y était si bonne que des voyageurs faisaient un détour de plusieurs miles pour y prendre le repas du soir. Des hommes affamés qui choisissaient de se priver encore pour se nourrir de ce qu'il y avait de meilleur. Contrairement aux cantines, ce restaurant ne tolérait pas les soûlards turbulents. Les autres clients se chargeaient de les expulser. Car bien que le repas fût payant, les hommes s'y sentaient comme chez l'habitant. Ils passaient leurs soirées à chanter, à danser. Il n'y avait pas de femmes, mais toujours un drôle pour imiter le pas délicat et les tics coquets des dames, et la tablée rigolait jusqu'au moment où le propriétaire montait se coucher. Alors les fêtards sortaient dormir à la belle étoile, ou déplaçaient la table de la salle à manger et s'étendaient sur la terre battue.

Bill et Pearl avaient parcouru les miles de détour pour se rendre dans cet endroit mythique. Ils arrivèrent un soir où il n'y avait personne. Ce qui était censé être une soirée festive ne fut qu'un dîner de plus seul à seul. Une autre occasion manquée pour Pearl de rencontrer des fiancés potentiels et pour Bill d'appâter de futurs colons vers New Babylon. Au-dessus de leur tête pendouillait une roue de charrette qui servait de lustre. À la lueur des lampes, ils mangèrent de la truite fumée à la sauce aux anchois, des œufs farcis et des figues séchées. Entre deux bouchées, Bill poursuivait son monologue.

« Il y a quelque chose de lâche dans cette façon de payer un inconnu pour se débarrasser de quelqu'un et plus tard de mourir tué par un étranger payé par quelqu'un d'autre. Avant, les hommes s'affrontaient face à face. Ils ne rendaient pas l'âme en ronflant, mais en dégainant », se plaignait-il.

« Mon père, en Russie, quand il avait à abattre quelqu'un, ça lui prenait deux bonnes minutes à remettre la poudre dans le canon entre chaque tir. Et mon arrière-arrière-arrière-grand-père, j'imagine qu'il n'avait même pas de mousquet. Un couteau qu'il devait planter profondément jusqu'à ce que le gras de son poignet touche le gras de sa victime. Moi, regardez. Trois secondes et le tour est joué. Je ne suis pas certain de le mériter. »

Le tenancier fit taire Bill. « Moi c'est pas les fusils qui me dérangent. C'est les petits imbéciles dans ton genre qui me font regretter de me lever le matin. Ceux qui lisent des romans à quat' sous et qui s'amènent ici en croyant avoir tout vu. Ici c'est la vraie vie. Suffit pas de sauver une damoiselle en détresse pour récolter la gloire. Y'a personne qu'est venu pour mourir et personne qui veut tuer personne et pourtant y'a plein de gens qui meurent, les malins dans ton genre en premier. »

Dans ces moments, il arrivait à Pearl de s'imaginer ailleurs. Parfois elle envisageait d'épouser Bill pour vrai. Ce scénario se terminait généralement par des Indiens qui défonçaient leur porte et s'emparaient de lui. Elle s'imaginait vêtue de noir, fantasmait la pitié et le respect qu'elle inspirerait avec sa dignité de veuve.

.

Le lendemain, Bill et Pearl entrèrent à Big Bend avec l'idée de s'épouser une troisième fois. Ils avaient choisi leurs faux noms, ils étaient prêts. Ils arrivèrent trop tard. Une famille nombreuse s'y était rendue avant eux et avait marié leur fille aînée à un homme de la place. Ils marchèrent ensemble jusqu'à l'hôtel où on leur donna la chambre adjacente à la suite nuptiale. Ils se couchèrent dos à dos, chacun boudant de son côté. Il leur fallut du temps pour s'assoupir, avec les bruits de dépucelage provenant de l'autre pièce.

« On serait arrivés à temps si on n'avait pas fait le détour vers le ranch », dit Bill alors que Pearl était justement en train de se demander si toute cette histoire de faux mariages n'était pas en soi un immense détour.

Là vous êtes contents parce que le marshal et les autres vous ont dit que je méritais d'être pendu. Si vous saviez le nombre de fois que j'ai croisé un marshal qui a fait son expérience comme bandit avant de se ranger. Des fois je me dis que je préfère être un hors-la-loi plutôt qu'un imposteur.

Août 1878

Ils avaient emprunté la route qui longeait le lac San Cristobal et depuis longtemps le décor avait changé. Sous les roues de la calèche, la roche volcanique gardait ses reflets rougeâtres, mais la verdure avait repris son droit et ils avançaient maintenant dans un couloir de pins et de sapins qui jetaient une fraîcheur sur leur chemin.

À Lake City, ils ne comptaient passer qu'une nuit. Une escale incognito avant de reprendre la route vers leurs prochaines noces. Ils contournèrent un massif rocheux et tombèrent sur une pancarte plantée en travers du sentier.

PAS D'ARMES À FEU EN VILLE
TOUT DOIT ÊTRE DÉPOSÉ AU COMMISSARIAT.
QUI QUE VOUS SOYEZ.

La ville était encore loin, une mousse au pied du monticule de terre ocreuse. Bill sauta en bas de la charrette et commença à attirer les chevaux vers la montagne.

Pearl crut d'abord qu'il tentait de contourner l'écriteau, puis réalisa qu'il les dirigeait vers la butte.

— Mais qu'est-ce que vous faites ? s'exclama-t-elle.

— On ne va pas rester dans un trou où un homme honnête n'a pas le droit de se défendre.

Elle sauta du chariot à son tour.

— Et moi j'aimerais bien dormir dans un vrai lit comme une femme honnête.

— Prochain village.

— Et si le prochain interdit les armes, et l'autre d'après aussi ?

Bill poussa un soupir d'exaspération.

— Ceux qui écrivent de tels règlements sont ceux qui se promènent avec des six-coups pour les faire respecter, dit-il en sortant sa valise du chariot.

— Vous aviez promis.

— Je n'y peux rien, Pearl. Il y a des gens qui m'en veulent. Je ne vais pas rester les mains vides à attendre qu'ils viennent me trouver.

— Les gens qui vous en veulent, eux aussi devront laisser leurs armes.

Bill s'arrêta et la regarda fixement.

— Les gens qui m'en veulent ne sont pas du genre à respecter les règles qui sont écrites sur les panneaux, dit-il. Même si on nous offrait toute la ville sur un plateau, ça me serait égal. Je dors avec une arme à feu depuis que j'ai huit ans. Je ne l'enlève même pas pour aller à l'église. Ce n'est pas aujourd'hui que ça va changer.

Pearl avait cru jusque-là que la carabine servait en premier lieu de ligne de faille entre eux. Par respect pour elle. Pour la protéger, elle.

— Très bien, faites comme vous voulez. Mais moi ce soir, je dors en ville, trancha-t-elle en tendant la main.

Bill lui remit quelques pièces et se détourna aussitôt.

— Des enfantillages, clama-t-il.

— Vous croyez que c'est vous l'adulte et moi l'enfant ? Que j'ai plus besoin de vous que vous avez besoin de moi ? Vous vous trompez. La seule différence qu'il y a entre vous et moi, c'est que c'est vous qui portez la bourse. Sans moi, cette bourse serait vide. Si ça se trouve, je pourrais gagner plus en moins de temps.

— Erreur. La plus grande différence entre vous et moi, c'est que moi je sais utiliser une arme à feu, corrigea Bill.

.

Pearl marcha une heure sous le soleil pour ne pas s'éloigner du chemin, puis elle passa sous une arche en fer rouillé annonçant l'entrée de la ville. Elle s'essuya le front avec son châle et vit que la rue principale était déserte. Un hameau tranquille, mis à part les chiens qui aboyaient. Partout autour les monts San Juan enserraient la cité, divisant la rue par un immense pan d'ombre. Sur les vérandas, des hommes assis sur des chaises berçantes se tenaient tous du même côté de la rue : l'ombragé. De l'autre côté, en plein soleil, les passants se couvraient les yeux. Elle trouva l'hôtel plus loin, unique bâtiment en briques, comme une poussée précoce de permanence dans un quartier construit à la va-vite. Elle monta à sa chambre, ferma tous les rideaux et s'endormit habillée en travers du lit.

Un brouhaha la réveilla. Une poignée d'hommes se trouvaient au rez-de-chaussée pour prendre le repas du soir. Elle se joignit à eux coiffée d'un chapeau de feutre piqué de fleurs et de rubans qui lui tombaient dans le dos, assise seule à une table. Les hommes la contemplaient en silence. Des animaux, se dit-elle. Des yeux pour dévorer, mais pas de langue. Elle aurait souhaité que l'un d'eux vînt lui faire la conversation, fît montre de galanterie à son égard, s'informât de sa condition, lui offrît de l'emmener ailleurs, dans un endroit moins barbare. Alors elle pensa à Bill et une vague de lassitude l'envahit. Elle sortit marcher sous les effluves de feu de bois, mais la température chutait rapidement avec le départ du soleil. Elle passa la soirée dans sa chambre à regarder la rue depuis la fenêtre. Un métis qui passait le balai. Un paysan qui traversait la rue avec un sac de farine dans les bras, qui le déposait pour se gratter le fond de culotte, puis personne pendant de longues minutes. Un homme qui sortait du tripot et crachait par-dessus la rambarde. Un autre qui parlait à sa jument en la nourrissant.

•

Le lendemain matin, Pearl paressa au lit assez long-temps pour que Bill s'inquiétât. Elle mit une écharpe et son chapeau par-dessus pour se protéger du soleil puis marcha dans le sens inverse de la veille. Les hommes qui flânaient sur les vérandas étaient tous de l'autre côté de la rue. Dans la dernière baraque avant d'arriver à l'arche, se trouvait le commissariat. Debout sur la galerie sans rampe se tenait le marshal, un colosse roux avec des taches de rousseur comme jadis il ne s'en faisait qu'en Irlande.

— Vous allez par où, comme ça ? l'interpella-t-il sans plus de politesse.

Pearl montra l'arche du menton, sans prendre la peine d'ajouter des mots à une réponse aussi évidente.

— Si j'étais vous, j'irais pas par là.

— Il se passe quoi, là-bas ?

— Un homme caché dans les hautes roches, près de la route. Il est équipé comme s'il allait attaquer la cavalerie au grand complet. Je sais pas s'il est seul ou s'il a des acolytes plus loin, mais si j'étais vous, j'éviterais de me balader dans le coin.

Pearl sourit en portant les mains à sa taille.

— Je crois que vous parlez de mon frère, dit-elle.

Le marshal parut réfléchir.

— Ça, je m'en doutais. Ce que je comprends pas, c'est pourquoi faire que vous avez couché en ville et pas lui.

— Parce qu'il ne veut pas se départir de ses armes et que moi je n'en ai pas.

Le marshal souleva son chapeau puis se passa une main dans les cheveux avant de le replacer.

— J'espère que c'est votre petit frère, et non votre grand frère.

— Pourquoi ça ?

— Parce que moi si j'avais peur d'une ville au point de pas vouloir m'y aventurer sans arme, j'y enverrais pas ma petite sœur toute seule.

— C'est ce que je lui ai dit, mentit-elle. Je peux y aller maintenant ?

— Je vais pas vous retenir.

Elle progressa en sachant que le marshal la surveillait. Elle maudit Bill qui, même absent, jetait une ombre sur sa personne.

Bientôt elle fut assez proche pour le voir se placer en travers de la route, la main en visière, scrutant dans sa direction.

— Il est presque neuf heures. J'ai bien failli tout laisser ici pour aller vous chercher, confessa-t-il.

Sans le saluer, elle s'affala sur la couverture étendue près du feu, où vivotaient encore quelques braises. Ensuite ils repartirent aux trousses de l'horizon. La succession des déserts. Toujours plus de merveilles de la nature. Toujours plus de l'absence de ce qu'ils cherchaient.

« J'aimerais mieux mourir que de marier un bandit ou un Indien », disait ma mère. À l'époque, tout ce que je voulais c'était avoir un père. J'aurais voulu avoir un père indien pour me protéger des Indiens.

Octobre 1878

Ils arrivèrent à Telluride en même temps que tout le monde. Un mois avant qu'ils n'y fissent leur entrée, il n'y avait rien d'autre que de la roche grise et des conifères.

Devant eux, un groupe de mules tirait une table de billard ficelée à la caisse d'un chariot. Çà et là, des planches et des billots empilés, gamètes de bâtiments projetés. Tous les morceaux qui allaient constituer Telluride étaient présents en pièces détachées, un puzzle qui ne demandait plus qu'à être assemblé.

Ils se marièrent le jour même dans une tente qui servait de cantine, sous le froissement de la toile au gré du vent d'octobre. Il n'y avait pas de prêtre, mais un entrepreneur de pompes funèbres se proposa comme célébrant. Dehors, sous les hourras, ils montèrent sur la table de billard et les hommes jetèrent leurs chapeaux au ciel alors que les époux s'embrassaient devant le panorama des sommets enneigés. Comme cadeau de mariage, ils reçurent un lot inexploitable en matière de prospection, mais bien situé pour le commerce. Bill délimita les quatre coins de leur parcelle avec des bâtons et installa le chapiteau conjugal près de la limite de leur terrain, celle qui donnait sur l'ébauche de rue principale. Dans la noirceur de la nuit il n'y avait plus de rue. Que des tentes dispersées et éclairées de l'intérieur comme des lanternes qui auraient éclos à même la terre.

Le lendemain, Bill participa à l'érection d'une maison avec les autres hommes. Ils tirèrent sur une corde pour faire lever un mur de lattes déjà clouées, grimaçant sous l'effort, leurs chemises assombries de sueur comme en été, pendant que Pearl faisait bouillir de l'eau et portait thé et café aux autres fondateurs de la nouvelle communauté. Le soir, tout le monde se passa la bouteille d'eau-de-vie et chanta autour d'un feu de camp. L'unique instrument de musique qu'on avait apporté était une guimbarde et ils rirent et dansèrent au rythme du crépitement des flammes et du craquement des branches. Un jour, alors que les soirées en ville seraient devenues bruyantes, les habitants de Telluride se rappelleraient cette époque où ils ne possédaient rien mais avaient tout à gagner.

Les jeunes mariés finirent assis sur une large caisse renversée. Le whisky faisait monter le rouge aux joues de Bill et le reflet des flammes briller ses yeux.

« Le corps d'un adversaire présente une variété de cibles, forçant le débutant à choisir, donc à commettre des erreurs, expliquait-il à l'endroit des autres colons.

Tout serait si simple si nous n'avions pas le choix, si la vie pouvait être réduite à une quête unique, soliloqua-t-il. Un combat qui se répéterait au nom d'une même visée. C'est la multiplicité des désirs qui nous étourdit. Qui rend la nécessité partielle et l'échec, incontournable », continuait-il sans réaliser qu'il égarait son auditoire.

Pearl somnolait. Bill lui offrit son épaule pour qu'elle y déposât sa tête, mais elle préféra aller au lit. Elle se traîna jusqu'à la tente, soulevant du sable sur son chemin, invisible dans le noir. Lorsqu'il regagna l'abri, Bill peinait à se tenir debout. Ce fut la seule fois que Pearl le vit soûl. Il se laissa tomber sur la paillasse, les bras au-dessus de la tête.

« Comment on dit bonne nuit en russe ? » demanda-t-elle. Bill articula des syllabes indiscernables. Pearl n'aurait su dire si c'était dû à son ébriété ou à l'étrangeté de la langue. « Maintenant comment on dit salaud de menteur en russe ? » tenta-t-elle ensuite. Il laissa échapper un ronflement guttural.

Durant l'hiver, ils reprirent le chemin du sud. Après Telluride, ils se marièrent à Alamosa. Parce que parfois, « il fallait se damner un peu pour gagner son ciel », comme le répétait un ivrogne que Pearl avait trop souvent servi à Shawneetown.

J'ai fait un rêve cette nuit. Y'avait un nuage gris qui
se fondait avec une montagne de neige. Y'avait un bateau
qui s'éloignait. On lui jetait des pierres. Pour qu'il coule
ou pour pas qu'il fuie, j'en sais rien. Y'avait un homme qui
fumait un crayon et un autre qui écrivait avec un cigare.
L'un disait : « Note et retiens. » L'autre disait : « Brûle
et oublie. »

ELIZABETHTOWN

Février 1879

Bill et Pearl arrivèrent à Elizabethtown en pleine vente aux enchères. Une fine neige commençait à recouvrir les vallons de terre, où les arbres se faisaient distants. Sur une plateforme, le commissaire-priseur vantait la justesse et le bas prix d'un piano droit pendant que son assistant épongeait les gouttelettes de neige sur le clavier. Dans ce hameau qui puait l'ennui et la sauge brûlée que les femmes saupoudraient pour faire fuir les fantômes, Bill put passer ses soirées à raconter des histoires à dormir debout sans que personne lui dît de la boucler.

« Vraiment, les palais de Saint-Pétersbourg n'ont rien à envier à ceux de Venise, mis à part le climat. Même pendant les bals, l'hiver il faut garder ses fourrures sur le dos. Ce n'est pas très élégant, mais on s'y habitue. Il y a eu un attentat juste en face de moi une fois pendant la fête de la princesse Maria Alexandrovna. L'homme s'est effondré dans mes bras pendant une valse...»

Pearl remerciait le ciel pour la présence de cet homme dans sa vie, imparfait certes, mais jouant son rôle à la perfection. Toutefois il suffisait d'un mot, d'une anecdote invraisemblable pour balayer chez elle toute forme de reconnaissance ou d'affection à son égard. Bill redevenait alors une erreur. À quoi avait-elle pensé ? S'enfuir non pas avec le fou du village, mais avec le fou de tous les villages entre Denver et Yuma.

Le soir avant leur mariage, ils déambulèrent bras dessus bras dessous d'un bout à l'autre de la rue. Bill se perdait dans la nuit avec son complet noir. Il s'efforça de calquer son pas sur celui de Pearl, replaça le châle sur ses épaules. Dans sa robe de velours clair à tournure modeste, elle défiait la noirceur, comme ces sauvages en peau de daim qui criaient au loup par soir de pleine lune. Ils se rendirent ainsi jusqu'à l'entrée d'une mine désaffectée, à l'abri des regards. Éclairés par la lumière lointaine de la rue principale, ils s'assirent sur les roches qui devaient servir à en bloquer l'entrée. C'est à cet endroit que Bill offrit à Pearl des fleurs enroulées dans du papier journal et lui avoua qu'elle était la plus belle chose qui lui fût arrivée, qu'avec elle il n'avait même pas besoin d'adversaire et qu'elle comptait plus que tout le reste, plus que son honneur et plus que New Babylon. Il pérora sa déclaration jusqu'à ce qu'elle versât une larme. Alors il lui demanda pourquoi elle pleurait et elle répondit que c'était parce que tout cela la laissait indifférente.

Le retour vers l'hôtel fut pénible, avec le futur marié qui tout d'un coup n'avait plus aucune galante attention pour sa future épouse et elle qui séchait ses joues et baissait ses yeux rougis. Il n'y avait pas de compromis possible. Pas de négociation entre une personne qui aimait complètement et l'autre pas du tout. Aime-moi moitié moins, je t'aimerai moitié plus, marché conclu ? Non. Ils étaient voués à blesser et à être blessés, et ils n'y pouvaient rien. Si au moins elle avait eu un autre courtisan. Elle aurait pu s'offusquer de son aveu : comment avez-vous osé tenir pour acquis que j'allais vous préférer ? Quelle arrogance ! Mais l'humiliation qu'elle infligeait à Bill n'était incarnée par aucun rival. Sa défaite était assurée avant le coup d'envoi.

Elle aurait voulu s'asseoir en compagnie de femmes de mauvaise vie et boire comme elles. Oui, c'était Bill qui était l'éconduit et elle qui voulait boire. La blessure qu'elle lui causait, elle en ressentait elle-même le pincement. Elle se disait qu'il n'y avait pas de différence entre porter et recevoir le coup. Pas quand on était tous victimes de la même injustice. Il n'y avait pas de différence entre se donner trop et se donner trop peu.

Après que Bill se fut endormi, Pearl entra dans une taverne. Il n'y avait que des hommes. Ses cheveux défaits comme au sortir du lit, le premier bouton de son corsage ouvert comme si elle avait couru, la future mariée se commanda un verre de whisky. C'était moins pour boire que pour tester les villageois. Voir s'ils allaient agir devant la déchéance ou s'ils étaient eux-mêmes tellement déchus qu'ils laisseraient la farce suivre son cours pour ensuite avoir quelque chose à raconter.

« C'est si triste de détester quelqu'un pour ce qu'il est, et non pour ce qu'il a fait », dit-elle aux inconnus, qui ne pouvaient rien y comprendre.

.

La communauté d'Elizabethtown n'avait pas la prétention d'offrir quoi que ce fût pour attirer les jeunes couples. Elle se bornait à tenter de garder ceux qui s'y trouvaient déjà.

Les tripots avaient tous fermé leurs portes. La ligne de diligence ne s'y arrêtait plus. Il y avait toujours des boutiques, une pharmacie, une pension et quelques tavernes, mais peu d'hommes pour les faire prospérer. Les éleveurs des alentours préféraient se rendre plus loin, jusqu'à Taos, où on pouvait encore jouer une partie de cartes sans en connaître l'issue d'avance. Le cimetière comptait plus d'habitants permanents que le village.

En cadeau de mariage, les habitants d'Elizabethtown cédèrent à Bill et Pearl une bicoque désertée qui avait dû avoir de la valeur naguère. Les plafonds étaient si bas qu'il fallait se pencher pour passer d'une pièce à l'autre. Les fenêtres étaient si sales qu'on ne voyait rien au travers.

Un dimanche, Bill, accroupi au sol, la Spencer à sa droite, un Colt à sa gauche, avait déroulé une carte du Nouveau-Mexique. Pearl revenait de la messe. Elle jeta son ombrelle, son chapeau et ses bottines sans regarder où ils allaient atterrir.

— Quelle perte de temps, dit-elle.

— Quoi, la messe ?

— Non, cette ville. Il n'y a que des éleveurs, tous résignés et déjà mariés et qui croient que je suis moi-même mariée.

— C'est pas une perte de temps pour moi, Pearl.

— Cette baraque n'a aucune valeur. Je ne vois pas ce qu'on fait à s'attarder ici.

— Les acheteurs viendront.

— Quand ça ? Et pourquoi viendraient-ils ?

— Si ce n'est pas pour l'or, ce sera pour l'argent, et si ce n'est pas l'argent, ce sera le chemin de fer, ou autre chose.

Elle marcha jusqu'à Bill et croisa les bras. Penché sur sa carte, il l'ignora. Elle contourna la paillasse, plaça ses deux pieds par-dessus la carte du Nouveau-Mexique. Bill releva la tête, les mâchoires serrées.

— Vous aviez promis de ne pas me laisser moisir dans une ville où je ne voulais pas rester.

— Je vous ai promis que jamais je ne vous abandonnerais dans une ville où vous ne vouliez pas rester. Ce n'est pas la même chose.

Ce soir-là, Bill se demanda si elle ne restait pas seulement parce qu'elle ne pouvait s'enfuir. Sans diligence, elle était prisonnière. Alors il commença à considérer l'idée d'éviter volontairement les villes animées où le transport était accessible. De son côté, Pearl commença à considérer l'idée de mettre le feu à la maison.

Le type qui a écrit la Bible, moi j'ai jamais voté pour lui.
Mais je sais bien, la loi, c'est pas les règles de celui pour
qui on vote. C'est celles de celui qui gagne.

Mai 1879

Bill et Pearl entrèrent à Silver City à bord de leur chariot, observant la faune de manants à leur gauche et à leur droite. Encore une ville qui ne vous accueillait qu'avec froideur et suspicion. De nouveaux écriteaux, de nouvelles règles à ne pas confondre avec celles de la communauté précédente. Les mêmes noms de commerce que partout ailleurs. Le même manque d'originalité, alors que chacun se croyait si unique. Un peu plus et les habitants auraient tiré une fierté du fait que, chez eux, le soleil se couchait à l'ouest.

Avant c'était un pays où les habitants ne se posaient jamais de questions. Dieu était bon et personne n'en doutait. Les hommes aimaient leur femme et les femmes, leur mari. Les gens savaient ce qu'ils voulaient, car il n'y avait pas grand-chose à vouloir. C'était avant la découverte du cuivre, puis de l'argent. Avant qu'ils ne commençassent à rêver de choses que Dieu ne pouvait leur garantir. Avant que les hommes ne se missent à détester leurs mères. Dorénavant, quand ils disaient

« j'ai besoin de vivres », c'est qu'ils étaient en manque de munitions, et chaque jour ils allaient braver la mort avec un haussement d'épaules.

.

Coiffé d'un haut-de-forme neuf, Bill tenait les rênes du chariot d'une main et un cigare de l'autre. Pearl avait déposé le manche de son parasol sur son épaule, faisait tournoyer l'ombrelle dans son dos. Le bois de leur calèche commençait à craqueler, délavé par le vent et le sable, par le même procédé que celui qui transformait les rochers en dunes. Bill et Pearl avançaient avec l'assurance des vainqueurs. Ils venaient de quitter Elizabethtown les poches pleines, puisque trois semaines après leur sixième mariage, un promoteur était débarqué et avait acheté le tiers de la ville. Bill était victorieux parce qu'il avait eu raison et Pearl, satisfaite parce qu'elle était enfin sortie de là.

Comme tous les nouveaux venus à Silver City, ils furent accueillis par un charlatan aux moustaches pincées qui leur parla d'expéditions et de trésors qui avaient appartenu aux Espagnols avant d'être volés par les Apaches. Ils assistèrent à une représentation de *Macbeth*. Bien que la plupart des répliques fussent inaudibles à cause des huées et des vivats lancés par les autres spectateurs, Pearl voulait tant que ses applaudissements se fissent entendre qu'elle enleva ses gants.

À l'hôtel, ils louèrent une chambre pour la semaine, juste au-dessus de la salle principale d'une maison de jeu où les douilles servaient de jetons. Le plancher de bois brut était recouvert d'un tapis qui avait peut-être déjà été pourpre, les fioritures persanes délavées par l'usure. Ils s'endormirent bercés par les rires, les éclats de verre et le piano mécanique. La musique couvrit le son des criquets jusqu'au petit matin.

Le lendemain, Pearl se réveilla avec l'odeur de fumaison et l'écho des babillages. Elle se retourna et vit qu'elle était seule dans le lit avec la Spencer. Elle marcha jusqu'à la fenêtre, qui donnait sur les cabanes d'aisance et, plus loin, sur l'arrière de maisons noircies par le charbon de bois. Une fois coiffée et habillée, elle voulut sortir de la chambre, mais la serrure était verrouillée de l'extérieur. Bill l'avait enfermée à clé.

Le temps passa sans qu'elle sût l'heure, la faim se creusant un chemin jusqu'au gong de la colère. Elle lança les oreillers à l'autre bout de la pièce. Martela la porte en criant : « Laissez-moi sortir ! » Elle resta une grande partie de la journée étendue sur le dos à contempler les lattes du plafond, la Spencer collée contre son épaule, le canon effleurant sa joue. Quand elle entendit le frottement de la serrure, il devait être trois heures. Elle se rua sur Bill pour le gifler, mais il attrapa sa main à temps. « Quand nous serons à New Babylon, vous aurez tellement peur que vous me supplierez de vous barricader », dit-il avant de relâcher sa main.

Le soir, ils retournèrent au théâtre, mais elle n'applaudit pas à la fin de la représentation.

.

Le deuxième jour, Bill revint avec une pile de livres reliés.

— J'espère que vous savez lire, dit-il en les déposant au pied du lit.

Pearl lui tournait le dos, assise à la fenêtre.

— Si je voulais je pourrais m'enfuir par cette fenêtre.

— Mais vous ne le voulez pas, conclut Bill avant de refermer la porte sur lui et de la verrouiller à nouveau.

Le troisième jour, il trouva la jeune femme en pleurs. Il tenta de la consoler, s'approcha pour l'entourer de ses bras, mais elle le repoussa.

— Je suis finie, lui cracha-t-elle. Tout le monde sait que je suis votre femme. Plus personne ne voudra jamais m'épouser.

Le quatrième jour, elle était assise sur le plancher en train de ricaner.

— Voilà, vous avez retrouvé le sourire, on dirait.

Elle venait de vider la carabine de toutes ses cartouches et les avait jetées par la fenêtre. Le fusil trônait au milieu du lit comme si de rien n'était, et Pearl s'amusait à l'idée que l'arme n'était maintenant plus qu'un jouet et que si Bill l'apprenait, il la tuerait, mais qu'au moins il ne pourrait pas se servir de la Spencer pour le faire. La nuit, elle garda les yeux ouverts sur la carabine, pria très fort pour que les ennemis de Bill vinssent enfin l'assassiner.

Le cinquième jour, il la surprit en train de lire.

— Si je suis en prison jusqu'à la fin de mes jours, il m'en faudra beaucoup plus, dit-elle en pointant la pile de livres.

.

Le sixième jour, un homme fou de rage entra dans la maison de jeu. Il frappait sur les tables avec la crosse de son fusil de chasse et criait : « Il est où ce salopard de Redburn ? »

On n'entendait rien que le dément hurler et tirer des coups de feu au plafond, les chaises et tables tomber ou glisser contre le plancher de bois. Le cercle s'élargissait autour de lui au fur et à mesure que les hommes reculaient vers le fond de la salle. Dans leur précipitation, des verres et des chandelles furent renversés. Dos aux murs se tenait une brochette d'hommes qui ne pouvaient plus reculer, comme s'ils s'apprêtaient à être exécutés. Un à un, ils parvinrent à sortir en se poussant dans le dos. Le dernier regarda par-dessus son épaule : il ne restait plus que le tenancier, caché en dessous de son comptoir, et le fou crachant : « Redburn, enfant de chienne ! »

À l'extérieur, les femmes restaient silencieuses de l'autre côté de la rue. Les hommes rigolaient, à l'exception de Bill. Pearl était enfermée à l'étage et le fou tirait des coups de feu sous leur chambre. Il se posta devant leur fenêtre et cria son nom à plusieurs reprises, mais elle ne répondit pas. Il resta hébété quelques minutes, impuissant, puis se remit à crier de plus belle. Au loin on entendait Bill et le fou en alternance, un canon de « Redburn, Pearl, Redburn, Pearl ».

Le marshal finit par arriver avec deux adjoints et à trois ils parvinrent à maîtriser l'enragé. Il continuait d'écumer alors qu'ils l'escortaient jusqu'au commissariat, traversant la ville sous les yeux des curieux.

Bill fut le premier à se précipiter dans la maison de jeu, avant même que le tenancier fût sorti de sa planque. Il monta à l'étage en sautant une marche sur deux. Il aurait fracassé la porte avant de la déverrouiller s'il avait pu. Pearl était debout dans un coin de la chambre, les bras croisés mais l'air nerveux. Il se jeta sur elle et la plaqua contre sa poitrine, une main dans le cou. Ensemble ils s'affaissèrent au pied du mur et restèrent sans bouger en regardant les deux trous de balle dans le tapis près du lit.

Le septième jour, ils quittèrent Silver City.

J'aime pas les femmes parce qu'elles veulent m'éloigner de la mort et parce que je crois que j'ai besoin de la mort pour vivre.

Mai 1879

Bill descendit du chariot et contempla la vallée, les ondulations fauves au pied des montagnes Animas. Pearl le suivit en sachant que le moment était venu. Il fit une dizaine de pas dans une direction aléatoire. Toutes les routes paraissaient hasardeuses au milieu d'une étendue sans repères. À ses pieds se trouvait un squelette. Humain, semblait-il. Autour, d'autres ossements, des parties de corps réduites à leur plus simple expression. Probablement les restes d'un convoi d'immigrants qui s'étaient égarés sur le chemin de la Californie.

— Nous allons enterrer ces reliques. S'il y avait eu une ville ici, ces gens ne seraient pas morts, allégua Bill. Du moins, ils ne seraient pas morts comme ça.

Pearl resta muette, cherchant un signe dans les fissures de la terre plutôt que sur le visage de Bill. Il parcourut le paysage des yeux, d'un horizon à l'autre.

— Ici, ce sera le cimetière, déclara-t-il.

C'était une des choses que Pearl aurait pu lui reprocher par la suite, d'avoir projeté le cimetière en premier.

Il n'avait pas clamé : « Voilà qui fera un bel endroit pour une ville ! » Non, il avait dit : « Voilà qui fera un bel endroit pour un cimetière. » Et pourtant, la lucidité n'était jamais loin derrière les absurdités que balançait Bill. Chaque ville avait sa cité jumelle ; une pour les vivants, une pour les morts. D'un côté comme de l'autre, on retrouvait les mêmes noms de famille.

Il fit quelques pas encore, s'accroupit et retira son chapeau. Ses cheveux étaient aplatis sur son crâne, des frisottis volaient au gré du vent au-dessus de ses oreilles. Il gratta de la terre sèche avec son canif, en prit une pleine poignée avec sa main droite. Il se releva puis se retourna vers Pearl.

— Bienvenue à New Babylon !

Bill avait décidé d'adopter un endroit où il n'y avait jamais eu d'herbe, mais où il y avait des cadavres de pionniers. Il avait jugé préférable de s'arrêter là où il n'y avait rien plutôt que de tout perdre là où on trouvait de tout.

.

Leur campement était installé depuis deux jours quand un cavalier juché sur une mule alezane apparut au milieu de la vallée, solitaire comme le Messie dans le désert. Il avait aperçu leur tente blanche, elle aussi perdue dans l'étendue, et peut-être avait-il cru à une sorte de mirage.

Le cavalier portait un large Stetson de feutre gris qui faisait de l'ombre à son visage. Il avançait lentement, se tenant sur ses gardes. Un homme prudent qui en avait vu d'autres, tant des visions désirées qui disparaissaient que des malfrats surgissant de là où rien ne devait surgir. Il s'arrêta à la hauteur de la tente sans descendre de sa mule et s'éclaircit la voix.

— Y'a quelqu'un ?

Bill émergea en premier, sa cartouchière en bandoulière et la Spencer contre sa poitrine.

— Oh là, j'suis pas là pour vous causer des soucis.

Il repoussa le bord de son chapeau pour qu'on vît ses yeux, révélant du même coup une moustache volumineuse qui lui couvrait la lèvre supérieure.

— Ça fait longtemps que j'ai vu quelqu'un dans les parages.

— Faudra s'y habituer, dit Bill.

— J'y compte bien, mais si j'avais à m'habituer à un endroit, c'est pas celui que je choisirais.

— Et lequel vous choisiriez ?

— Probablement celui que j'habite déjà. Il pointa en direction du nord-est. J'ai un ranch de l'autre côté de la montagne.

— Vous savez où on peut trouver de l'eau dans le coin ?

L'homme se gratta la joue.

— Je dirais qu'y'a pas d'eau par ici. À part l'eau de pluie des fois l'été. Ça arrive pas souvent, mais il pleut un peu plus de ce côté-ci de la montagne que de l'autre.

Pearl sépara les pans de la tente et sortit en le saluant de la tête.

— Je m'appelle Henry Sarazin. Si vous avez besoin de quoi que ce soit, vous pouvez passer. Ça vous évitera d'avoir à faire des miles pour vous rendre en ville. Et puis ma femme aime bien avoir de la compagnie, ajouta-t-il en dirigeant son regard vers Pearl.

Il rabaissa son chapeau sur son front et réveilla sa mule d'un claquement de langue. Les mains sur les hanches, Pearl attendit qu'il s'éloignât avant de parler.

— Gentil bonhomme. Je doute qu'il s'attende à voir la ville la plus dangereuse d'Amérique grandir dans son arrière-cour.

Bill passa sa cartouchière par-dessus son épaule, entra dans la tente et déposa son artillerie sur le lit.

— Un jour ce sera peut-être lui qui viendra se ravitailler chez nous.

.

Il leur restait encore de quoi cuisiner pour une semaine, mais Pearl se plaignit d'une pénurie de bouquins. Bill demanda si elle pouvait attendre quelques jours. Elle fit signe que non. Tôt le lendemain matin, il attela le chariot et partit pour la ville d'Animas, à trente miles au nord.

Pearl n'aurait pas pu se sauver, sans monture au milieu de nulle part, mais là n'était plus la question. Il ne fallait plus qu'elle voulût se sauver. Il s'était décidé à tout lui donner, ce qu'elle exigeait dans le moindre détail et ce qu'elle n'avait même pas le temps de désirer. En tout point, elle était dépendante de lui, mais il allait obéir à sa volonté à elle. Chaque jour elle verrait New Babylon se dessiner madrier par madrier, et quand la cité de leurs rêves communs deviendrait réalité, alors elle ne pourrait plus lui en vouloir. Il serait le seigneur de la métropole la plus animée du Nouveau Monde et plus jamais elle ne penserait à quitter l'enceinte de ses bras protecteurs.

Pearl regarda Bill préparer les chevaux en se disant qu'elle était peut-être trop rude avec lui. Puis elle se répéta que lorsqu'elle se marierait pour de bon, elle deviendrait une vraie bonne épouse.

.

Après une semaine, Bill entreprit de bâtir un enclos, mettant en jachère son projet de creuser le puits. Ils s'étaient accoutumés à boire l'eau des cruches qu'il allait remplir chez les Sarazin tous les cinq jours. Il se mit ensuite à construire une maison à étages, lui qui n'avait jamais même bâti de cabane à oiseaux. Un homme qui portait un chapeau melon au milieu du désert pouvait-il être pris au sérieux en tant que charpentier ? Pearl se posait souvent la question. Il dut faire trois voyages à Animas pour se procurer le bois et les briques d'adobe nécessaires à la construction d'une modeste baraque d'une seule pièce. Quand la maison fut achevée, l'hiver était à leur porte et l'argent de la vente à Elizabethtown avait été épuisé. Bill annonça alors qu'il allait « faire un investissement », c'est-à-dire chercher du bétail. Sauf qu'au lieu de partir vers le nord, il fila vers le sud, où il n'y avait rien du tout. Au-delà de ce rien, se trouvaient le Mexique et les restes d'un empire clairsemé et ancien, une civilisation qui leur paraissait à peine plus évoluée que celle des tribus primitives.

Il revint deux jours plus tard avec un cheptel d'animaux disparates qu'il parqua dans l'enclos. Pearl ne posa pas de question. Bill pouvait se damner, tant qu'il lui rapportait de quoi se remplir l'estomac et l'esprit.

Dans le corral les veaux et les chèvres moururent avant d'être tous mangés. Un à un ils s'écroulèrent, fatigués de brouter une herbe quasi inexistante. Bientôt Pearl put décorer la cabane de crânes et de cornes polis, car Bill et elle étaient encore en vie et rien que cela prouvait la supériorité de l'homme sur l'animal.

.

— Je ne vous mérite pas, lança Pearl un soir.

Elle lisait à la lumière de la lampe, entourée de deux piles vertigineuses de livres rapportés d'elle ne savait où. Bill était occupé à jouer avec le talon décollé d'une de ses bottes.

— Qu'est-ce qui ferait que vous me mériteriez ?

Elle ne répondit pas, regarda dehors par la porte laissée ouverte.

— J'étais orphelin, vous savez, dit-il en réponse à une question qui n'était pas venue.

Pearl releva la tête de ses bouquins, étonnée.

— Je croyais que vous étiez le fils de la comtesse machin-chouette...

— Si, mais j'ai été adopté. Avant, j'étais orphelin. Voilà pourquoi je suis imparfait. Quand on commence sa vie comme ça, c'est fini après, on peut faire une croix à tout jamais sur la perfection.

« Je ne m'en souviens pas, j'étais trop jeune, poursuivit-il. On m'a enlevé à la chaîne des générations de brutes, de miséreux et d'ivrognes. On m'a fait entrer dans une autre chaîne, celle de l'honneur, dont il est tout aussi ardu de se défaire. Quand je suis parti de chez moi, j'ai dit à ma famille que j'allais dans l'Ouest, dans les territoires américains, pour me libérer de ces chaînes-là, pour ne plus vivre dans la peur. Ils étaient contents pour moi. Ils se sont dit qu'au moins je serais en sécurité. Mais c'était faux. Je n'avais pas envie de baisser la garde. Je ne veux jamais cesser de vivre dans la peur. Je ne sais pas ce que je serais sans elle. En cela, je suis plus américain que russe, je dois bien me l'avouer. Et puis tout le monde sait qu'on n'est pas en sécurité dans l'Ouest. »

Au retour du voyage suivant, Bill rapporta à Pearl un coffret recouvert de soie. À l'intérieur, des dizaines de bagues se trouvaient pêle-mêle, toutes différentes, mais de valeur certaine. Une mosaïque d'orfèvrerie de provenances aussi variées qu'éloignées. La fois d'ensuite, il revint avec un nouveau chapeau pour lui-même et un rouleau de dentelle pour Pearl. La fois suivante, ce fut un petit chien qu'elle nomma Oliver. Parce qu'après tout, les Apaches pouvaient se cacher n'importe où.

Mars 1880

Elle comptait les bûches empilées contre le mur extérieur de la cabane quand elle entendit Oliver japper. Elle contourna la maison et vit un nuage de poussière se former au loin. Elle se réfugia à l'intérieur et tenta de faire taire le chien. Lorsqu'elle jeta un coup d'œil par la fenêtre, trois inconnus flânaient autour de la baraque et autant de chevaux piaffaient dans l'enclos. Ils portaient tous des jambières en cuir boutonnées à l'extérieur de leurs cuisses, des habits foncés rendus plus pâles par la poussière de la route.

Elle porta la main à sa bouche, puis s'éloigna de la fenêtre. Elle songea au pistolet qu'elle avait caché sous son oreiller la nuit où elle avait hébergé Charles Teasdale et maudit Bill de lui avoir appris à jouer aux échecs au lieu de lui enseigner comment manier une arme à feu. Deux inconnus s'écartèrent et derrière, Bill apparut. Elle sortit et le fixa sans répondre à sa salutation. Ses vêtements paraissaient aussi sales que ceux des autres, à l'exception de son chapeau flambant neuf qui semblait sorti d'un autre monde. Un monde où les chapeaux n'étaient que des parures et ne faisaient jamais office de récipients pour abreuver les mules.

L'un des hommes se nommait Firmel. Sous son chapeau de paille, il avait des cheveux longs et gras qui lui tombaient sur le dos, son nez était si rouge qu'il en était presque bleu. Ses gants avaient les extrémités trouées et ses ongles étaient rongés au point que ses doigts ressemblaient à des orteils. Toute sa fierté semblait résider dans ses pistolets, des objets de valeur en métal ciselé et à la crosse d'ivoire, qu'il polissait comme d'autres se grattaient.

Le plus jeune se nommait Billy. Âgé d'à peine dix-huit ans, il était grand sur pattes, mais chétif sous son chapeau beige à large bord. Un vacher de bonne famille, pouvait-on en juger par son petit fichu noué autour du cou. Souvent les autres lui donnaient des ordres. « Billy, fais ceci. Billy, fais cela, tu veux ? » Et le jeune homme acceptait en silence, les lèvres serrées.

Et puis il y avait Sandy King, vêtu comme un homme respectable, avec une veste boutonnée sur une chemise blanche dont il avait roulé les manches. De longues moustaches noires contrastaient sur un début de barbe qui piquait rien qu'à la regarder. Une expression avenante, un regard calculateur.

On disait de Sandy King qu'enfant, son père lui avait interdit de toucher aux lapins qu'il élevait dans le jardin en vue de les revendre aux magiciens en ville, quelque part dans l'Arkansas. Il l'avait menacé de lui administrer dix coups de fouet sous les pieds chaque fois qu'il désobéirait. Sandy n'aimait pas les lapins, et il aimait son père encore moins. Il lui apparut donc que le comble de l'amusement consistait à attraper une des petites bêtes et à la piquer avec une aiguille. Son père le fouetta comme promis. Le lendemain, Sandy jeta son dévolu sur un autre lapin. Son père lui donna trente coups de fouet, si bien qu'après il ne pouvait plus tenir sur ses pieds. Le jour d'après, Sandy rampa à quatre pattes jusqu'au jardin, les talons ensanglantés vers le ciel, et entreprit de piquer un troisième lapin. Quand on lui demandait comment se terminait cette histoire, il répondait qu'elle n'avait pas de fin.

— Voilà Pearl, la pauvre recluse que j'ai sauvée des griffes d'un patron abusif, dit Bill pour la présenter.

— Mademoiselle, fit Sandy en inclinant son chapeau.

Il tapota l'encolure de son cheval, sans doute le fruit d'un de ses nombreux larcins. Derrière lui, Firmel cracha sans regarder où sa chique se dirigeait.

Après le repas, les hommes se mirent à jouer aux cartes et à boire. Ils parlèrent d'un dénommé Curly Bill comme s'il se fût agi de leur chef, rappelant que même les bandits qui bafouaient toutes les lois obéissaient à quelqu'un. Ils parlèrent d'un shérif du nom de Whitehill, avec qui ils disaient avoir une histoire à finir. D'un vieux Clanton qui exigeait toujours plus de bétail. Une seule fois le jeune Billy haussa le ton pour lancer : « Fais attention à ce que tu dis, c'est de mon père que tu parles ». Tous ces gens, Pearl ne les connaissait pas, puisqu'elle ne connaissait plus personne à part Bill et les Sarazin.

Elle brodait dans son coin de la pièce. À un moment, elle se leva et sentit le regard de Sandy la suivre alors que les autres attendaient son jeu.

— Fais gaffe, Sandy, elle est pas à toi celle-là, dit Firmel.

— J'ai pas l'habitude de m'en tenir à ce qui est à moi, rétorqua-t-il en gardant les yeux rivés sur Pearl.

Bill se gratta la mâchoire.

— Allons, Sandy, tu peux trouver mieux qu'une femme qui a été mariée trente fois, dit-il en jetant une carte sur la table.

Firmel éclata d'un rire rauque, secouant ses épaules. Pearl leur tournait le dos. La mâchoire serrée, les paupières fermées, elle ne riait pas.

La nuit venue, les invités dormirent à même les planches du sol. Une fois la pièce emplie du ronflement des convives, Bill se redressa dans le lit.

— Ne vous inquiétez pas. Je sais ce que je fais.

— J'espère bien, parce que moi je ne comprends rien à vos histoires, soupira-t-elle en se retournant sur son oreiller.

— Je fonde New Babylon. Voilà ce que je fais.

.

Le lendemain, Pearl remuait une bouillie de maïs au-dessus du feu. Les autres fumaient le cigare ou se curaient les dents. Firmel attrapa la Spencer qui traînait encore sur le lit.

— Alors, Bill, c'est toi qui a besoin d'une carabine en dessous des draps ou c'est elle ? demanda-t-il en mimant des actes obscènes.

Bill marcha vers l'imbécile, lui arracha l'arme des mains et lui envoya un coup de crosse entre les yeux. Les hommes ricanaient, se tapaient sur les cuisses, à l'exception de Sandy, qui se contentait de tourner son cigare dans le coin de sa bouche, laissant échapper des volutes de fumée devant son visage.

— Pourquoi il a le droit de plaisanter et pas moi ? pleurnicha Firmel en montrant Sandy du menton.

— Parce que quand Curly est pas là c'est moi le chef.

— C'est écrit où, que c'est toi le chef ? C'est le vieux Clanton qui nous paie.

— C'est écrit nulle part, mais tout le monde le sait. C'est juste que toi t'es trop idiot pour t'en rendre compte. Maintenant, demande pardon à la demoiselle.

Cette intervention aurait dû rassurer Pearl, mais ce ne fut pas le cas.

.

— Est-ce qu'il savent ? chuchota Pearl dans le noir.

— Ils ne savent rien. Je leur ai dit que j'avais une planque. Un endroit que personne ne connaît, où se cacher le temps de faire profil bas.

— Vous leur avez dit pour New Babylon ?

— Bien sûr que non. Ils doivent penser que c'est une planque pour eux et personne d'autre. Ils pensent que tout ce que je veux, c'est faire partie de la bande.

— Ce n'est pas ce que vous voulez ?

Elle ne pouvait voir Bill, mais elle entendit son soupir.

— Vous savez très bien ce que je veux.

— Vous voulez fonder New Babylon. J'ai compris.

.

Le troisième soir deux autres hommes débarquèrent. Un bellâtre du nom de Frank qui portait le bouc et la moustache et un énergumène qui se faisait appeler Ike.

Les hommes burent et burent encore. Firmel et Ike montèrent sur la table de cuisine pour y danser alors que les autres les applaudissaient. Ensuite ils sortirent et hurlèrent à la lune. Sandy se déshabilla et monta nu debout sur son cheval, et d'un claquement de langue le fit trotter dans le corral comme s'il était au cirque. Ils allumèrent un feu de camp, s'assirent autour et se passèrent la bouteille.

— Vous entendez ça, les gars ? dit Ike.

— Quoi ?

— Rien, justement. Personne pour nous dire de la fermer. Personne qui se plaint du danger. Quel bonheur de vivre dans un endroit où les mauviettes se taisent, vous trouvez pas ?

Pearl restait impassible dans son châle de laine, assise le dos droit entre le jeune Billy et Sandy.

— Moi si j'avais à construire une ville, c'est à ça qu'elle ressemblerait. Ce serait une ville où personne ne se plaint jamais du danger, lança Bill.

— C'est plus facile d'éradiquer une ville que d'en construire une, dit Sandy. Demande aux Indiens. Il suffit de jeter un cadavre dans le fond d'un puits. Les manants mettront une éternité avant de se rendre compte que l'eau est empoisonnée et, entre-temps, z'en auront tous bu plein de fois et leurs chevaux aussi.

Alors ils rigolèrent et au milieu des rires, Sandy lança :

— Quand je vais arrêter de boire, ce sera moi le vrai chef.

— Arrête avec tes discours, Sandy. Tu sonnes comme un vieux rabat-joie des camps de tempérance.

— Pourtant c'est la vérité. Quand je suis soûl je

me sabote moi-même. Encore l'autre jour, il y avait ce type de Charleston que j'avais promis de tuer. J'ai fini la soirée en lui payant des verres. À la place, je me suis battu avec cet autre type, celui qui est plein aux as et que je m'étais promis de cuisiner de fausses politesses. La seule raison qui fait que Curly joue au chef et pas moi, c'est que j'ai pas la sobriété de mes ambitions.

— Y'en a qui boivent encore moins que Curly. Bill par exemple, ne manqua pas de relever Firmel.

— C'est vrai que Bill passe tellement de temps à dire des conneries qu'il oublie de boire. Ou p't'être bien qu'y le fait exprès. P't'être bien qu'y veut devenir le chef lui aussi.

Les yeux se tournèrent vers Bill. Le sang lui remonta aux oreilles. Il s'apprêtait à répondre quand Pearl le coupa.

— C'est moi qui lui interdis de boire. Une fois à Silver City, il est revenu complètement soûl et je lui ai interdit d'entrer dans la chambre.

Les hommes mirent quelques secondes avant de réagir.

— Ben ça alors, dit Ike. C'est toute une mégère, ta bonne femme.

Bill se mit à rire avec les autres puis il leva les yeux sur elle de l'autre côté du feu. Il savait qu'il ne pouvait lui reprocher cette intervention sans se faire répondre : « Je l'ai fait pour New Babylon. »

Pearl ne se plaignait jamais des visites récurrentes de la bande de Sandy King. Une seule doléance, le moindre signe d'exaspération et Bill les aurait renvoyés avec ou sans diplomatie. Mais elle avait besoin de ce grief latent, d'un danger bien vivant au nom duquel garder l'arme à feu couchée entre eux. Qu'est-ce que cela pouvait bien lui faire que ces forbans vinssent postillonner sur son perron et faire déféquer leurs animaux dans sa cour ? Ce n'était pas vraiment sa maison, pas celle qu'elle avait l'intention d'habiter pour le restant de ses jours. Bill aussi en réalité attendait avec impatience le moment de leur départ pour enfin se remettre à exercer son tir.

— Personne ne doit découvrir à quel point je suis habile, se justifiait-il.

— Et pourtant, ils vous respecteraient davantage.

— Je n'ai pas besoin de leur respect. Seulement de leur confiance. Le respect c'est pour plus tard. Peut-être même que c'est pour après ma mort.

Ensuite il entreprit d'ériger une étable pour montrer qu'il ne négligeait pas ses obligations de pionnier.

Mars 1881

De quelque côté qu'on pût arriver, la bicoque anonyme de Russian Bill et Pearl Guthrie trônait au centre de la vallée des Animas, entourée de lavande sauvage et de yuccas piquants au ras du sol. Quand le Révérend poussa la porte, il y avait des mois qu'elle n'était plus occupée.

Le sable s'était engouffré à l'intérieur, recouvrant le parquet, le lit et la table d'une fine couche de grains. Il se contenta d'examiner les lieux depuis le cadre de porte, comme si d'y entrer eût pu perturber le passé.

Des traces de pas marquaient déjà le voile de poussière. Quelqu'un n'avait pas eu la même réserve que le Révérend. Quelqu'un qui était passé quelques jours, peut-être même quelques heures avant lui.

La sagesse, ça vaut rien. Si elle valait quelque chose,
les vieux seraient plus heureux que les jeunes et j'ai jamais
vu de vieux qui donnent envie de vieillir.

Juin 1869

Une terre ocre à perte de vue, parsemée de pousses vertes. Un ciel bleu sans nuages, où chaque jour ressemblait au précédent. Une demeure en bois à l'américaine,
peinturée en blanc avec une véranda de chaque côté,
à la fois piédestal du pionnier et observatoire des environs infinis. Une odeur de pain chaud en permanence.
Un endroit d'où et dont on pouvait rêver.

Le Révérend Aaron était passé par le ranch des Sarazin, au début de sa carrière de pasteur errant. Il revenait tout juste de son périple mexicain et ne s'était pas
encore fait à l'idée qu'en terre américaine, le discours
l'emportait sur la confession. C'était bien avant qu'il
ne devînt silencieux et que la chevelure de la femme
de Sarazin ne tournât au blanc.

Ramona Sarazin émergeait d'un brouillard de farine.
Derrière la couche de poudre blanche qui l'enrobait de
la tête aux pieds, elle avait la peau basanée et les bras
noueux. Pas plus de cinq pieds de haut. Elle avait dû
être métisse dans une autre vie, avant de devenir une

parfaite petite épouse au chignon serré et aux jupons convexes. Le genre de ménagère à passer ses journées à cuisiner pour une meute d'enfants absents. Depuis l'embrasure de la porte, elle le jaugea à peine avant de lui faire signe de la suivre. Le Révérend entra et Ramona retourna à son rouleau à pâte. « J'étais justement en train de cuire une miche. Et un porc rôti à la sauce aux pommes, vous allez voir, le meilleur que vous aurez jamais goûté. » Elle releva la tête et aperçut la Bible dans les mains de l'étranger. Elle sembla tout d'un coup s'animer.

— Ça me fait plaisir, z'avez pas idée, Révérend. La dernière fois qu'un pasteur est resté à dîner, je vous mens pas, c'était y'a bien sept ans. Henry dit qu'on a qu'à lire la Bible nous-mêmes, mais qu'est-ce que j'y comprends, moi ?

— Ce n'est pas une lecture facile, acquiesça le Révérend en observant les lieux.

Le rez-de-chaussée était composé d'une vaste pièce. Au centre trônait une cheminée massive servant de feu de cuisson d'un côté et de foyer de l'autre. Au-dessus de l'âtre pendaient des chapelets, des icônes de la Madone et un crucifix en ivoire jauni avec un Christ agonisant en relief, vraisemblablement taillé dans les défenses d'un animal.

— Ça vous dérange, Révérend, si on est des catholiques ? Moi ça m'est égal que vous croyiez pas au Pape ou aux saints. Mais je comprends si ça vous contrarie.

Seriez pas le premier à partir à cause de ça. Des fois je me dis que je serais prête à faire semblant de pas y croire pour qu'on ait le droit d'entendre les pasteurs venus du Nord nous aussi. Et puis après je me dis que je peux pas faire ça à la Vierge Marie.

— Les gens du Nord ne croient peut-être pas aux saints, mais ils croient aux fantômes. Leurs maisons sont moins païennes, mais elles sont hantées. Entre vous et moi, ça se vaut bien.

.

Décembre 1879

Le premier hiver, Bill partit plus longtemps que d'habitude. Quatre jours. Cinq jours, et il n'était toujours pas revenu. Quand au sixième jour la panique eut grugé tout l'espace et qu'il ne resta plus une latte de plancher à fouler de ses cent pas ni le moindre degré d'horizon à scruter, Pearl s'enveloppa dans une couverture et marcha pendant des heures le long de la montagne.

En ce jour de décembre, il tombait une pluie froide et un vent du nord soufflait un air à glacer les os de ceux qui n'y étaient pas accoutumés. Au début elle frissonna, puis elle se mit à suer, puis à grelotter dans un va-et-vient d'inconfort autour d'un point d'équilibre funambulesque. Elle marcha encore et encore jusqu'au ranch des Sarazin. Sur la peau de vache qui leur servait de

tapis devant le feu, elle s'effondra et pleura aussi longtemps qu'elle avait mis à se rendre là.

.

À un certain moment après le repas, elle se dit qu'elle
était probablement morte. Elle avait pris un bain chaud
dont elle avait émergé comme d'une nouvelle matrice.
Elle avait mangé la meilleure soupe à la queue de bœuf
et les plus succulents biscuits au beurre. Elle sortit
sur la véranda comme pour se pincer, pour confirmer
qu'autour de ce nid douillet s'étendait toujours la
terre sulfureuse du désert de Chihuahua. Alors qu'à
l'extérieur le soleil baissait, Ramona et elle se bercèrent
devant l'âtre. Pearl lui demanda le secret de sa peau
lisse, jugeant à sa chevelure aussi blanche qu'une per-
ruque de juge qu'elle était vieille.

— Le secret est que je ne suis pas aussi âgée que
j'en ai l'air. L'autre secret est que j'ai porté huit enfants
qui sont tous morts avant d'avoir un nom, sauf un. Un
seul qui a eu le temps d'être baptisé avant de cesser de
respirer. Il avait six mois quand je l'ai trouvé raide et
froid dans son moïse. Mes cheveux sont devenus blancs
du jour au lendemain. Maintenant je suis incapable de
prononcer son nom. J'aurais préféré qu'il en ait jamais
eu de nom, comme les autres.

Pearl ne dit rien, mais la regarda avec un tel chagrin
que Ramona balaya l'air d'un geste de la main.

— Y'a pire que les cheveux blancs, dit Ramona. Dans mon village, y'avait une fille qui aimait un garçon. Elle savait même pas si le garçon l'aimait en retour, elle lui avait pas demandé. Chaque minute, elle croyait en mourir. Personne s'en était rendu compte, jusqu'à ce qu'elle perde ses cheveux. Elle avait pas treize ans.

— Je crois que j'ai moi-même perdu quelques cheveux ces derniers temps, dit Pearl. Mais ce n'était pas pour les bonnes raisons. Pas pour les raisons que j'aurais voulues.

— La seule raison qui devrait être valable, c'est la vieillesse. Mais des fois on dirait que c'est la vie qui nous fait vieillir plutôt que la vieillesse qui nous rapproche de la mort.

Pearl acquiesça en regardant le feu. Trois ans plus tôt, quand elle était toujours confinée à Shawneetown, si on lui avait dit qu'un jour elle mourrait d'émoi, elle aurait été soulagée, mais elle savait qu'en l'avouant tout haut, elle se serait damnée. L'ennui était indécent, tout comme le sadisme des riches et le masochisme de la jeunesse. Des sentiments qui n'étaient pas dans l'ordre des choses. On devait se suffire du malheur. On ne devait pas souffrir de son absence.

— Il y a des choses qui naissent à partir du moment où elles ont un nom même si elles étaient là depuis longtemps, et d'autres qui ont un nom, mais qui ne naissent jamais, dit Ramona pour meubler le silence.

Pearl se demanda si New Babylon existerait un jour.

Si on pouvait dire que la ville existait déjà, et si depuis la veille elle avait cessé d'exister.

.

Après quatre jours de larmes, Pearl se fit à l'idée de la mort de Bill. L'angoisse avait fait place au deuil et le deuil à l'avenir. Elle était veuve. Elle était seule. Elle était délivrée.

Chaque soir, alors que le soleil commençait à baisser et que Ramona et elle se berçaient sur la véranda, Henry sortait et escaladait l'échafaudage du moulin à vent.

« Il dit toujours que c'est pour graisser le mécanisme, mais il a pas besoin d'autant de graissage, ce moulin, dit Ramona. Moi je soupçonne que c'est pour avoir la paix qu'il monte aussi haut. Avant c'était pour voir si y'avait pas une colonne de fumée au loin avant que la nuit tombe, quand y'avait des Apaches. Maintenant par ici y'en a plus, des Apaches. Du temps qu'y en avait, il parlait jamais de graissage. »

Le quatrième soir, Henry redescendit aussitôt, comme s'il avait vu quelque chose dans le lointain. Ramona se redressa sur le bout de sa chaise, la main en visière pour évaluer la distance malgré les derniers rayons qui filtraient dans leur direction. Pearl fit de même.

« Y'a un cavalier », cria Henry.

Ils s'enfermèrent tous trois dans la maison, les

femmes tapotant la table de leurs ongles pendant que Henry rechargeait son fusil de chasse. Ils entendirent le bruit grandissant d'une monture au galop, puis la voix de Bill, affolé de ne pas avoir trouvé sa femme à la maison. Il se jeta sur elle et l'enserra de ses bras. Elle ne pleura qu'une fois de retour dans leur baraque glaciale et sans lumière, quand il lui remit une montre de poche en or ciselé.

— Un jour il faudra avoir l'heure juste, dit-il.

— Je ne crois pas pouvoir revivre ça une deuxième fois, Bill, répondit-elle en reniflant.

.

Dorénavant, elle exigea de Bill qu'il la conduisît chez les Sarazin chaque fois qu'il partait pour plus d'une journée.

Un soir, juste après avoir récité le bénédicité, Ramona demanda à Pearl de lui décrire la vie à Dodge City. Pearl se retint d'avouer que de séjourner à Dodge n'était pas plus périlleux que de cohabiter, n'était-ce qu'une journée tous les deux mois, avec les nouveaux amis de Bill, dont elle ne pouvait évoquer l'existence devant les Sarazin.

— Quelle chance vous avez eue, pour une femme, de voyager autant ! s'exclama Henry.

— Si j'avais été un homme, j'aurais eu de la chance. Vous ne savez pas ce que c'est que d'être enfermée toute la soirée dans une chambre à entendre la musique comme si vous y étiez, sans pouvoir y être. D'entendre les filles marquées comme le bétail rire à gorge déployée, comme si c'étaient elles qui avaient pitié de vous. D'entendre des coups de feu tirés de l'autre côté de la rue et de se dire que ce sont des feux d'artifice auxquels on n'a pas le droit d'assister.

Elle se surprit elle-même à prononcer ces mots. La digue qui séparait sa pensée de sa parole venait de céder, pressée par quelque chose de plus fort que sa volonté.

.

Août 1880

L'air était frais pour un matin d'été. Bill venait de conduire Pearl chez les Sarazin. Elle était assise sur une des chaises devant la maison, là où la véranda formait un coin. Bill fit boire son cheval. Les cinq marches craquèrent l'une après l'autre sous le poids de ses pas, puis il s'engouffra à l'intérieur. Elle pouvait entendre ses remerciements, ses excuses pour justifier son retard de la dernière fois, puis les prières de Ramona pour que Dieu veillât sur son chemin, comme Il le faisait toujours.

Puis elle entendit la porte se refermer et le bruit sourd du claquement des talons de Bill sur la galerie suivi du tintement métallique de ses éperons qui se rapprochait d'elle. Pearl regardait au loin la vallée dans son inertie. Les loups du désert se tenaient tranquilles dans les recoins de la montagne. Il n'y avait que la roche rouge et éternelle et les plants de mesquite qui crois-saient à leur rythme lilliputien. Bill se tenait derrière elle, un pouce passé dans le ceinturon et le chapeau dans l'autre main. Il semblait attendre une réaction, mais aucun mouvement ne vint de sa part.

— Au revoir, Pearl. Dans six jours, je serai là.

Elle se tourna comme si elle n'avait pas eu conscience de sa présence avant ce moment.

— Au revoir, Bill.

Le bruit de ses éperons s'éloigna et ensuite ce fut la vision de lui sur son destrier, rétrécissant alors qu'il allait rejoindre la ligne au-delà de laquelle tout devenait un mystère.

.

Bill revint six jours plus tard, comme promis. Il était accompagné de Sandy, Ike et Firmel. Lorsque la mon-tagne fut en vue, la bande bifurqua vers le sud pour rejoindre la baraque de New Babylon alors que Bill garda le cap. Il contourna la montagne, mais harponna la bride de sa monture dès qu'il vit le ranch des Sarazin. Aucun drap n'était tendu sur la corde à linge, comme c'était généralement le cas. Il y avait plus de chevaux attachés autour de l'enclos qu'à l'habitude.

Il passa la bandoulière de la Spencer par-dessus sa tête avec l'intention d'alerter la bande, par précaution. Ils étaient tous recherchés par la loi, et la tête de Sandy avait été mise à prix. Si Bill tirait deux coups de fusil dans les airs, les Sarazin se diraient qu'un chasseur était à l'œuvre dans les montagnes, alors que les membres de la bande reconnaîtraient le signal. Bill appuya sur la gâchette, mais il constata que l'arme était vide. Il considéra la Spencer avec incrédulité pendant un instant. Il ne se souvenait pas de s'en être servi dans les derniers mois. Il la rechargea et tira deux coups. Le son voyagea aux quatre coins de la vallée. Au loin les chevaux hennirent. Les chiens aboyèrent. Puis Bill rangea l'arme et poursuivit son chemin. Il s'était tant de fois imaginé dans cette situation qu'il lui semblait l'avoir déjà vécue. Son flair lui disait de faire demi-tour, mais au lieu d'écouter l'intuition qu'il avait aiguisée chaque jour au prix d'une discipline exemplaire, il embrassa ce traître nommé déni et trotta jusqu'au ranch.

Quand il descendit de son cheval, le silence autour de la maison était complet. Il resta immobile, tenant le cheval par la bride, puis il appela Pearl. Il n'y eut pas de réponse. Pourtant à travers la fenêtre il pouvait voir une présence, une forme mouvante. Il appela Ramona, puis Henry. D'une seule main, il sortit son Colt de son fourreau et au même moment un cliquetis se fit entendre derrière lui. « Lâche ça », dit la voix en s'approchant.

Le shérif Whitehill sortit de la maison. Il était suivi de Henry Sarazin, armé et prêt à tirer, alors qu'un adjoint du shérif émergeait de l'étable, un autre de l'arrière de la maison et un autre de la montagne.

.

Mars 1881

Après avoir parcouru les vestiges de New Babylon, le Révérend Aaron se rendit au ranch voisin pour interroger les Sarazin. Ramona le reconnut et se signa. Elle le tira par le bras vers la maison en remerciant le Seigneur. Il fut accueilli par les jappements d'un petit chien. « Gentil, Oliver, gentil ! » dit-elle. Rien n'avait changé et rien que pour cela, le Révérend se félicita d'être venu.

— Y'a pas deux jours, un homme est passé ici. Je l'ai pas laissé entrer, lui. Il disait chercher un prêcheur qui ne prêche pas. Maintenant que je vous vois, je me demande si c'est pas vous qu'il cherchait.

— Le Matador, sans doute, indiqua le Révérend. Vous n'avez rien à craindre de lui. Et s'il continue à me devancer comme ça, moi non plus.

Pendant le repas, il les questionna sur les tourtereaux de New Babylon. Les Sarazin étaient sans nouvelles de Pearl Guthrie depuis l'arrestation de Russian Bill. Ensuite, ce fut Ramona qui interrogea le Révérend. Sur ce que Dieu pensait de tout cela, d'un couple non marié, d'une femme qui livrait son mari aux autorités, des bandits et des Peaux-Rouges qui rivalisaient de cruauté.

Le Révérend inspira.

— Et si c'était vous, madame Sarazin. Si vous étiez Dieu. Auriez-vous laissé faire tout ça ?

— Non, bien sûr que non, s'indigna-t-elle. J'aurais marié ces jeunes gens une bonne fois pour toutes, et j'aurais arraché ce jeune homme aux griffes de ces criminels.

— Moi si, j'aurais laissé faire, coupa Henry. Qu'ils aillent voler et massacrer les enfants des autres. Comme ça on sera tous égaux.

Henry renifla, repoussa son assiette et se recula sur sa chaise. Ramona agitait la tête, dans un désaccord trop profond pour être exprimé de vive voix.

— Amen, conclut le Révérend.

Je déteste la prison, mais pas pour les mêmes raisons que les autres. Les autres, quand on les relâche, ils sont fous de joie, même quand dehors c'est le désert. Moi des fois, je vois pas la différence.

SANTA FE

Septembre 1880

À Santa Fe, capitale du Nouveau-Mexique, se trouvaient deux prisons. Il y avait d'abord le pénitencier territorial, dont la construction n'avait jamais été achevée par manque de fonds et qui végétait dans un état de décrépitude avancé depuis des décennies. Il y avait ensuite la prison archaïque, vieille de deux siècles et ne pouvant contenir que huit prisonniers à la fois, ce qui ne suffisait pas à la demande. Elle avait été construite à l'époque où Santa Fe n'était encore qu'un village, le plus nordique de l'empire espagnol d'Amérique, et dont la geôle consistait en une cage dans laquelle on mettait les indésirables en attendant de réunir les outils pour leur arracher la langue ou les oreilles.

Depuis leur cellule du vieux pénitencier, les détenus de Santa Fe pouvaient donc admirer les ruines de l'autre prison et sourire de cette victoire du désordre sur la modernité. En revanche, les gardiens palliaient la vétusté des lieux par l'utilisation abusive de chaînes, fers et boulets. À cela s'ajoutait le fait que l'administration territoriale, si elle n'avait pas de quoi se payer de vraies taules, n'avait pas plus de quoi alimenter ses captifs.

C'était une véritable polémique parmi les habitués : était-il préférable d'être emmuré dans une forteresse où l'on était bien traité, ou dans un cachot aux conditions inhumaines dont on avait plus de chances de réussir à s'évader ?

Deux fois par jour, Pearl Guthrie apportait un repas à faire acheminer au prisonnier William Tattenbaum, dit Russian Bill. Elle n'avait pas le choix. C'était le seul moyen de s'assurer qu'il survécût jusqu'à son exécution.

.

Devant le juge de paix, Pearl Guthrie jura sur la Bible que Bill et elle avaient, à maintes reprises, hébergé sous leur toit Sandy King et sa bande. Le juge lui demanda où se trouvait ce toit. « Dans la vallée des montagnes Animas, répondit-elle. Nous avions désigné ce lieu New Babylon. »

Elle ne pouvait prouver que Bill avait lui-même violé la loi, mais les sommes d'argent et les cadeaux qu'il rapportait de ses expéditions en leur compagnie suggéraient qu'il avait joué un rôle actif à leurs côtés.

Le seul autre témoin entendu par le juge de paix fut Harold Firmel, qui se présenta comme un ami proche de Bill. Il prétendit n'avoir jamais vu Russian Bill chevaucher en compagnie de la bande de Sandy

King, avoir visité le ranch de Bill à plusieurs reprises et qu'à sa connaissance personne de cette bande n'en connaissait l'emplacement.

— Et pourquoi cette femme voudrait-elle faire condamner son mari ? lui demanda le juge.

Firmel haussa les épaules.

— Qu'est-ce que j'en sais, moi ? Cette garce a été mariée plus de fois qu'elle a de doigts pour enfiler de joncs. Peut-être qu'elle avait envie de faire changement.

Bill fut relâché sans procès deux jours plus tard. Les autorités ne tenaient rien contre lui et il n'était pas assez connu ou détesté pour qu'on lui montât un procès-spectacle. En réalité, la justice néomexicaine n'avait alors que peu d'intérêt pour Russian Bill. Si le shérif Whitehill avait mis tant d'effort à le capturer, c'était dans le but de traquer Sandy King. Deux fois plus d'hommes avaient été postés à New Babylon qu'au ranch des Sarazin. Grâce au signal de Bill, la bande avait pu tourner bride avant de tomber dans le piège.

·

Une photo de Pearl dans sa robe crème et Bill en chapeau haut-de-forme fit la une du journal.

UNE FEMME UTILISE LES TRIBUNAUX
POUR SE DÉBARRASSER DE SON MARI

Après 30 mariages, il aurait été avisé de croire que Pearl Guthrie, originaire de l'Illinois, était une femme satisfaite. Que nenni. Après avoir fait arrêter son époux William Tattenbaum, mieux connu sous le nom de Russian Bill, elle s'est parjurée sur les Saintes Écritures, affirmant qu'il faisait partie de la célèbre bande de Sandy King. « Calomnie ! » a révélé Harold Firmel, éleveur dans le Territoire de l'Arizona et vieil ami de Russian Bill.

Dans les faits, Pearl Guthrie et Russian Bill n'avaient été unis par les liens sacrés du mariage que huit fois. Huit fois elle avait embrassé Bill en feignant la joie devant un pasteur et un attroupement d'étrangers. Huit fois à en avoir mal au cœur. À devoir mettre en scène son plus grand fantasme jour après jour sans le vivre. Au point d'en pleurer, en pleine cérémonie, au milieu de tous ces inconnus souriant de la voir verser ce qu'ils interprétaient comme des larmes de joie.

Mais même Pearl aurait admis que le chiffre de trente mariages n'était pas farfelu, puisqu'ils s'étaient tous deux abandonnés l'un à l'autre un nombre incalculable de fois. À Valverde, puis à Alamosa, elle s'était tenue droite contre un mur alors que Bill exerçait son tir en traçant sa silhouette à coups de balles. Des centaines de fois, elle s'était étendue sans corsage ni défense avec rien qu'une ligne imaginaire qui séparait son corps du sien. Des centaines de fois, il avait offert son sommeil aux étoiles alors qu'elle aurait pu attraper la Spencer et l'abattre entre deux ronflements.

Pearl Guthrie ne s'était jamais mariée, mais elle était veuve. Elle était veuve, mais son mari n'était pas mort. Et grâce au quotidien *Santa Fe New Mexican*, tout le monde était au courant.

·

Bill ne devait pas connaître la provenance des repas qui lui étaient livrés. « Il est assez fou pour se laisser mourir de faim », avait-elle expliqué au geôlier. L'unique crainte de Pearl était que la nourriture ne se rendît pas à lui. Qu'une fois qu'elle eût tourné les talons, son aumône fût détournée au profit du personnel et que Bill se retrouvât sous-alimenté.

Le dimanche avant sa libération, le geôlier lui tendit une lettre. « À remettre à la bienfaitrice du détenu William Tattenbaum », dit-il. Elle retourna jusqu'à la pension où elle était hébergée. C'était un bâtiment au style colonial, avec des murs blancs salis par le temps et un crucifix dans chaque pièce. Elle salua la logeuse et monta jusqu'à sa chambre, qui lui rappelait celle de La Posta, la première qu'elle avait partagée avec Bill.

Aujourd'hui encore, Pearl se souvient de l'odeur d'ail rôti et d'oignons fraîchement coupés qui montait des cuisines. Du hennissement des ânes et des mules dans la rue, du grincement des roues de chariot contre la boue sèche des allées. Du carillon de l'église au loin. Du craquement que fit le lit quand elle s'assit dessus pour lire la lettre.

Pearl,

Je sais que les repas viennent de vous. Je ne sais pas pourquoi vous faites ce que vous faites ni pour quelles raisons vous m'avez livré à la justice, mais je soupçonne qu'il est maintenant à votre avantage d'agir en bonne épouse.

Je vous imagine bien vous pavaner dans les rues de Santa Fe. À vos oreilles se balancent des perles volées à d'autres. À l'église, vous vous signez avec des mains recouvertes de gants brochés, dérobés des bras froids d'une victime de mon dernier pillage.

Vous avez toujours su que j'étais un bandit. La seule chose que je vous avais demandée, c'était de ne pas me dénoncer.

Au fond, cela vous plaisait bien que chaque soir, je place la carabine entre nous au milieu du lit. Jamais je n'ai failli à aucune de mes promesses. Je suis toujours resté de mon côté. J'aurais dû me douter que lorsqu'une femme comme vous se pare d'interdits devant un homme comme moi, c'est pour le plaisir de le regarder les transgresser.

C'est moi qui me retrouve enfermé, mais c'est vous qui avez brisé la seule loi que nous nous étions imposée.

Je vous prierais de ne plus revenir me porter quoi que ce

soit. *Si vous vous inquiétez tant de ma santé, vous pourrez constater que j'ai bonne mine le jour de ma pendaison.*

William Tattenbaum,
Fils de la comtesse de Telfrin

．

Avril 1881

Le Révérend Aaron tendit la découpure de journal à la logeuse.

— Z'êtes pas le premier à la chercher, dit-elle en observant le Révérend avec suspicion. Vous lui voulez quoi au juste ?

— Je veux l'aider, répondit le Révérend en exhibant sa bible.

— Celui qu'est passé avant vous, il cherchait un pasteur qui cherche cette fille. Ça m'a tout l'air d'être vous. Il vous veut quoi ?

Le Révérend cala le bout de ses doigts dans la poche de sa veste.

— Il croit pouvoir l'aider lui aussi, mais il espère surtout s'aider lui-même.

— Celle-là vous pourrez pas l'aider de toute façon, soupira la logeuse. Les filles comme elles, z'ont nulle part où aller. Et nulle part, c'est encore plus à l'ouest. Elles rêvent toutes de travailler à San Francisco comme si les autres y avaient pas pensé avant. Et les filles qui se rendent à San Francisco, eh bien, je leur souhaite bonne chance.

— C'est ce qu'elle a dit, qu'elle partait pour San Francisco ?

— Pire. Elle a dit qu'elle comptait se rendre chez les mormons. Que là-bas, ils ne rechignent pas à marier les femmes comme ici. Eh ! J'ai jamais autant ri de ma vie. Et pourtant, voyez-vous, quand j'y pense mainte-nant, je ris plus du tout.

CARNET IV

LES QUATRE CARNETS DU RÉVÉREND AARON

MOUNTAIN MEADOWS, 1842

BRADSHAW CITY, 1871

NAUVOO, 1833

MEXICO, 1864 À 1867

EHRENBERG, 1870-1878

CHIRICAHUA, 1880

TOMBSTONE, 1880-1881

TUCSON, 1881

GALEYVILLE, 1880-1881

SAN XAVIER DEL BAC, 1881

VERMILION CLIFFS, 1881

Je suis obsédé par les nouveaux départs. Tous les soirs, Sam griffonnait sur des bouts de papier et après il les brûlait. Il disait : « Fils, chaque fois que les choses tournent mal, t'as qu'à brûler un objet et tu te sentiras mieux. Si tu tombes amoureux d'une fille, tu écris son nom sur un bout de papier et tu le gardes sur ton cœur. Et si tu découvres que la fille elle veut pas de toi, tu brûles le papier. Ce sera un nouveau départ. Y'a rien de meilleur que de regarder quelque chose partir en fumée. » Le feu a sa propre vie. Bientôt, ton petit problème devient le problème de tout le monde.

Novembre 1842

Le Révérend Aaron, avant qu'il ne devînt le Révérend
Aaron, avait une sœur en âge de se marier. Elle n'avait
jamais pardonné à ses parents d'avoir délaissé la communauté des mormons du Missouri. Elle répétait qu'il
ne suffisait pas de prier, qu'il fallait aussi s'évertuer à
construire le royaume de Dieu, recommencer encore
et toujours, tout laisser derrière et rebâtir là où il n'y
avait rien.

Un soir, elle annonça qu'elle allait épouser son mormon de petit ami et retourner dans le giron des saints.
Le père le lui interdit. Elle répondit que rien ne pouvait
l'arrêter maintenant qu'elle avait entendu l'Appel et que
de toute façon elle ne se soumettrait plus à aucune loi
sauf à la volonté du Tout-Puissant. Cette scène était
gravée à jamais dans la mémoire du Révérend, comme
un point noir dans la vision d'un enfant qui aurait fixé
le soleil trop longtemps. Le père qui se levait et giflait
la sœur. La sœur qui perdait pied puis retrouvait son
équilibre, la main contre sa joue rougie. La sœur qui

marchait vers le père et le giflait en retour. L'irréparable, commis au nom de Dieu. Après cet événement, le Révérend Aaron passa sa vie à voir des irréparables être commis, le plus souvent au nom de rien.

Les autres prédicateurs vous diront que la chair est faible. Le Révérend Aaron vous aurait dit que l'âme l'est encore plus. Des hommes sont tourmentés par les péchés qu'ils ont commis et d'autres, pareillement habités, par ceux qu'ils n'ont pas commis. Jamais il ne revit sa sœur qui avait giflé son père. En mille huit cent cinquante-sept, à Mountain Meadows, des mormons attaquèrent un convoi de caravanes d'une centaine de pionniers innocents, femmes et jeunes inclus, exécutant des ordres qu'ils croyaient venir de Dieu. Les enfants assez jeunes pour échapper au sacrifice furent recueillis puis bercés par les femmes des auteurs du massacre et nourris à la même table qu'eux. Les assassins de leurs parents devinrent leurs parents. Quelque part, peut-être que le Révérend avait une nièce ou un neveu né de cette boucherie.

En toute logique, le Révérend Aaron devrait vous dire de cesser d'obéir à quiconque. Mais se rebeller reviendrait à obéir au Révérend. Voilà pourquoi il se tait.

Je crois que Dieu lui-même doit avoir un dieu plus grand que lui. Sinon, comment il décide ? Pourquoi est-ce qu'y aurait des choses qui lui plairaient et d'autres qui lui plairaient pas ? Si j'étais lui, je m'inventerais un dieu et je dirais aux gens de faire ce que je dis parce que, comme les adjoints minables qui se contentent d'obéir aux ordres du shérif, c'est pas vraiment moi qui décide. S'il tient tant que ça à ce que je respecte ses foutus commandements, il a qu'à s'arranger pour que je les respecte.

Décembre 1871

En décembre de l'an mille huit cent soixante et onze, les seuls nouveaux venus à Bradshaw étaient les porteurs de mauvaises nouvelles. Le campement était perché à mi-hauteur du mont Wasson, sans centre ni rue principale. Il fallait serpenter au hasard entre les plateaux pour tomber sur l'auberge ou le restaurant. On reconnaissait les arrivants à leur manière de chercher du regard, de scruter d'un côté puis de l'autre du haut de leur monture.

D'abord, il y eut le Révérend Aaron, qui n'apportait aucune nouvelle et dont la présence inexplicable fut interprétée comme de mauvais augure.

Ensuite, il y eut Joseph Seymour, un bourrelier de Prescott qui venait de tuer l'homme qui avait tué son frère, qui avait tué le fils de l'autre. Il tombait une fine neige ce soir-là, mais le cheval de Seymour était en nage. Celui-ci alla se réfugier chez son beau-frère, l'essayeur de métaux, qui accepta de le cacher le temps que les esprits refroidissent. « Va falloir trouver une autre solution, Jo, lui répétait-il souvent. Les prospecteurs foutent le camp et moi aussi je vais foutre le camp bientôt. »

Ensuite vint le Matador sous son immense chapeau à fond plat et son manteau dégoulinant sur le sol de l'auberge. Les talons de ses bottes en peau de veau étampaient les planches de carrés de gadoue. Le lendemain de son arrivée, le Matador s'arrêta dans chaque établissement de la ville pour demander à parler à Joseph Seymour. Partout on haussait les épaules, mais il y avait toujours un buveur ou une commère pour lui indiquer que Jo Seymour ne vivait pas à Bradshaw mais à Prescott. « C'est de là que je viens », se contentait de répondre le Matador.

Tirant ses deux chevaux par les rênes, le Matador escalada un sillon qui menait plus haut dans la montagne et s'installa devant un monticule pierreux. Il ignorait toutefois qu'à ce moment, le Révérend Aaron se trouvait lui aussi dans la montagne, encore plus en altitude. Les deux hommes passèrent quelques heures à observer le grouillement de la fourmilière de leurs points de vue respectifs. Il était difficile de comprendre comment le Matador arrivait à deviner le chemin que suivait le bouche-à-oreille sans pouvoir rien entendre. Tel un astrologue qui déchiffre un ciel étoilé, il dut déceler quelque chose d'anormal dans les allées et venues des habitants pour en tirer les conclusions qu'il en tira.

Juste avant la fermeture, le Matador entra de nouveau chez l'essayeur. Du haut de la montagne, le

Révérend vit l'essayeur sortir de sa boutique en boitant. « On m'a tiré dessus. Je suis blessé. Ma jambe... Oh, Seigneur, ma jambe », hurlait-il entre deux souffles. L'homme tentait d'avancer en entourant sa blessure de ses mains, une tache sombre s'agrandissait le long de son pantalon. Il s'effondra de l'autre côté de la rue alors qu'un attroupement se formait autour de lui. Le Matador sortit ensuite de la boutique en poussant Jo Seymour ligoté aux mains et aux pieds. Il renversa le captif par-dessus un de ses chevaux et enfourcha l'autre. Il le traîna ainsi jusqu'à Prescott, où il fut pendu au nom de la loi.

L'essayeur de métaux de Bradshaw mourut d'une infection trois jours plus tard. Sa mort donna un coup de pied dans le derrière au mouvement d'exode qui était déjà en branle et à Noël la saignée fut à son plus fort. Aujourd'hui, de Bradshaw City il ne reste que des trous creusant le paysage de la montagne Wasson et quelques cheminées encore fumantes, éparses comme les feux de camp de résistants apaches en cavale.

.

Une fois par année, les Mexicains encensaient une femme-squelette nommée Santa Muerte et allaient pique-niquer sur la tombe de leurs défunts, ivres de bon vin et de pulque. Il n'était donc pas étonnant que dans une contrée encore hantée par son passé colonial, la Faucheuse eût pris les traits d'un Mexicain.

En parfait contrôle de lui-même le jour, le Matador devenait un redoutable somnambule la nuit. Pour cette raison, il exigeait de dormir seul. Il ne couchait qu'avec des femmes plus grosses que lui et qui buvaient plus que lui. Il détestait la bière et le whisky, mais ne pouvait se passer d'un café chaque matin. Il l'exigeait bouillant pour avoir le loisir de le sentir refroidir à travers la porcelaine et pouvoir ainsi l'avaler à la température exacte qui lui seyait. Quand il se dévêtait, il posait ses habits sur une chaise, jamais sur le lit, car cela portait malheur. Chez le blanchisseur, il payait un extra pour avoir la garantie que personne n'essaierait ses vêtements. Il avait un faible pour les dorures, mais évitait de porter la couleur jaune. Il ne gardait pas d'armes avec lui dans le lit, car il considérait que si un homme ne pouvait dormir en paix, alors sa vie ne valait pas la peine d'être vécue. Toutefois, il refusait de camper, car cela nécessitait de dormir habillé, et seuls les morts reposent ainsi.

Il tenait les éleveurs en aversion à cause de leur haleine d'alcool le matin et de l'odeur de fumier et de chair brûlée qui émanait d'eux lorsqu'ils venaient de marquer leur bétail. Mais on pouvait soupçonner que le fait qu'il avait lui-même été *vaquero* dans une autre vie y était pour quelque chose. Il collectionnait les dagues et les couteaux, raffolait du melon et avait horreur du violon. Il préférait le titre d'assassin à ceux de tueur à gages ou de chasseur de primes, qu'il trouvait offensants à cause de leur connotation mercantile. Les métiers avaient tous pour but de récolter de quoi vivre. Autrement, il aurait fallu parler d'un cordonnier à récompenses, d'un tavernier à pourboires, ou d'une putain à salaire.

Il était superstitieux, exigeant et prévisible. S'il vous guettait, il finissait toujours par vous frapper. Il évitait de tuer sa cible quand il pouvait procéder différemment, mais si la prime était plus élevée pour une prise morte, il n'hésitait pas à l'achever. « Si je les tue tous, les gens vont croire que d'enlever la vie est facile », expliqua-t-il un jour. Quand il abattait une victime qui s'était défendue dignement, il laissait une fleur en travers de sa veste, telle une mention spéciale à l'intention du croque-mort. C'était un grand honneur, une fois trépassé, d'être respecté par le Matador. Le Révérend était d'avis qu'il ne glorifiait certaines de ses proies que dans le but de se magnifier lui-même. Après tout, les vrais matadors avaient besoin d'estrades remplies d'admirateurs afin d'arriver à zigouiller un taureau.

Quand il venait chercher sa prime pour un criminel livré vivant et qu'on lui demandait s'il allait assister à l'exécution, il faisait non de la tête.

— C'est ça, vous, tout ce qui vous intéresse, c'est la prime. La justice, c'est pas votre affaire, lui reprocha-t-on à Prescott.

— J'irais si c'était un garrot ou une fusillade, comme chez moi, répliqua-t-il. Mais la pendaison...

Rien n'est plus vulgaire qu'un *malhechor* qui se chie dessus après avoir été expédié en enfer.

Tout le monde est content. Vous parce que moi je crève.
Et le bourreau parce qu'il pourra réutiliser la corde après.

Avril 1833

Le Révérend Aaron était né de parents qui ne tolé-
raient pas le silence à une époque où le silence existait encore. Incapables d'entendre la voix de Dieu, ils
vouaient un culte à la voix des hommes, ceux qui se
disaient prophètes. Tour à tour mormons, millérites et
christadelphes, les Aaron étaient à la religion ce que
les trappeurs étaient aux montagnes : passionnés et
sans attaches.

Le petit Aaron avait vu le jour dans une carriole, sans
sage-femme ni médecin. Inspirée par le prophète de
l'Église de Jésus-Christ des saints des derniers jours, sa
famille avait choisi de tout vendre et de partir pour Nauvoo, à la limite du monde colonisé. Le premier cri de
l'enfant perça le vide de la prairie environnante, mira-
cle de la nature au milieu de la nature. Après Nauvoo,
ils avaient poursuivi leur chemin toujours plus vers le
Pacifique sur la piste de l'Oregon.

Dans ce néant, le Révérend Aaron découvrit très tôt
qu'il n'aimait pas se servir de ses mains. Il soupirait le

premier quand la hache restait prise dans le bois dur comme le canif dans le pain noir. Quand les bûches étaient trop lourdes. Quand la roue du chariot se détachait et qu'il fallait la rafistoler pour la huitième fois parce qu'on manquait d'outils pour en fabriquer une nouvelle. Il détestait la viscosité des poissons encore grouillants, le grincement des couteaux qui se font affûter, le craquèlement de la peau de ses petits doigts desséchés par l'usure prématurée. La seule chose qui lui plaisait était de peinturer les roches avec des couleurs vives. Comme les autres enfants, il gardait ces cailloux sur lui en tout temps au cas où il aurait été enlevé par les Peaux-Rouges au retour de la baraque qu'ils appelaient l'« école ». Il aurait ainsi pu en laisser tomber derrière lui pour que ses parents repérassent le parcours menant jusqu'au camp des Indiens, et pussent le délivrer d'une vie encore plus sauvage que celle à laquelle il était déjà astreint. Jamais il ne fut enlevé par les Indiens. En revanche, la peinture, elle, vint à manquer.

Selon les calculs d'un prédicateur dont le nom ne mérite pas d'être répété, la fin du monde était censée arriver en mille huit cent quarante-trois. Les parents du Révérend Aaron entreprirent alors de vendre à nouveau tous leurs biens et de quitter leur demeure pour se réfugier dans les hauteurs. Pendant trois mois, ils vécurent dans les grottes et les montagnes, comme des hommes préhistoriques, chassant l'opossum et priant pour survivre aux intempéries.

La fin du monde ne vint pas. Et le garçon de dix ans qui allait être le Révérend Aaron se jura de devenir pasteur à son tour pour emprunter la voie qui, à défaut de lui être destinée, était admirée par les siens. C'était la seule façon d'obtenir l'autorisation de refaire le même chemin en sens inverse, de se rendre dans n'importe quelle grande ville de l'Est pour y entreprendre des études prestigieuses et ne plus jamais, au grand jamais, revenir dans cette vacuité qu'on appelait l'Ouest.

La prédication happa le jeune Aaron avant qu'il n'eût atteint l'âge de matérialiser ce vœu. Il avait onze ans, son père venait de mourir. Devant le cercueil de bois, il prononça des paroles d'une grande innocence, mais d'une grande sagesse à la fois. Le silence se fit autour de lui. Un homme lui tapota l'épaule, puis une femme lui caressa les cheveux. « C'est bien vrai ce que tu viens de dire, mon garçon. T'as bien raison. »

Son père était mort et c'était lui qui consolait les autres. Puis, ce fut le décès d'une compagne de classe et devant la croix blanche, il lança une nouvelle phrase qui provoqua chez plusieurs femmes un cri de douleur. Des hommes se mirent à secouer les épaules. Bientôt, on lui demanda de parler même pour les défunts qu'il avait peu connus, puis pour des inconnus de villages voisins. Nouvel homme de la maison, il était appelé tout juste après le docteur au chevet des mourants pour secourir leur âme. Il commença à gagner de quoi nourrir sa famille avec les obsèques. À l'âge de seize ans, il se joignit à la ruée des orpailleurs vers la Californie. Les trépas ne manquaient jamais et chaque mort était remplacé par dix nouveaux venus.

À cette époque, un homme de Dieu n'avait pas à se demander s'il était séant de porter une arme à feu. C'était avant la guerre civile. Avant que les paysans n'eussent l'idée de troquer la fourche contre la baïonnette et d'apprendre à manier le Colt pour ne jamais plus le déposer. Avant que tous les hommes ne devinssent des vétérans ou des fils de vétéran. Seul un pasteur aurait pu leur faire désapprendre ce qu'ils avaient appris durant la guerre. Mais même les prédicants portaient dorénavant le revolver.

Au début, les prospecteurs étaient généreux, persuadés de leur fortune à venir. Ils acquittaient les frais du service funéraire de camarades qu'ils avaient rencontrés la veille avec la même insouciance qu'ils payaient leur whisky le triple du prix. Puis, le Révérend commença à reconnaître le désenchantement sur le visage des hommes. Le même qu'il avait vu sur celui de ses parents, attendant une fin du monde qui tardait.

Les chrétiens de la Californie cessèrent de payer pour les obsèques d'inconnus. Loin de sa famille, chaque mineur mourait seul, sa dépouille enterrée le jour même, son oraison prononcée par des amateurs. Le Révérend dut alors se tourner vers les vivants pour gagner son pain. Il se recycla dans l'art du sermon, une pratique pénible, mais rentable. Les hommes en manque de divertissement ne rechignaient pas à entendre quelqu'un leur dire quoi penser une fois de temps en temps. De campement en campement, il déclamait sa vision d'un dieu auquel il n'aimait pas penser. Avant de réciter ses sermons, il les répétait en soupirant. Ses paumes moites humectaient les pages de son texte. Il tremblait, se frappait le front. Il entrait dans une taverne et montait sur les tables de jeu pour attirer l'attention des buveurs. Il débitait son prêche comme un mauvais acteur de théâtre. On lui lançait des cacahuètes, des dés ou des verres. C'était un boulot ingrat, mais il n'y aurait eu aucun mérite à amener vers la lumière ceux qui s'y rendaient de toute façon. Les sermons s'adressaient à ceux qui n'écoutaient pas.

Parfois il relisait ses textes et se disait que si un prêcheur était entré et avait utilisé ses mots devant lui, il s'en serait moqué. Il lui aurait répliqué que ses paroles relevaient de l'évidence. Que ses sermons lui faisaient perdre son temps, car il aurait pu les concevoir lui-même. Il lui arrivait de regarder de haut les bonnes gens qui s'abreuvaient des aphorismes qu'il leur postillonnait. Il les méprisait de se contenter de si peu, de ne pas remarquer qu'il était un imposteur. Les conversions spontanées et spectaculaires le laissaient indifférent. Il avait généralement quitté un campement avant que les bienfaits de sa présence ne se fussent manifestés.

Le Révérend Aaron n'était pas dénué de talent. Seulement, ce n'était pas dans son intérêt réel que les mécréants franchissent la barrière du rachat spirituel. Plus il écrivait de sermons, moins il avait envie de les faire entendre. Sans effort, il glissa vers le silence.

Le pays sombra dans la guerre. Les blessés s'entassaient par milliers sous des tentes en attendant de se faire amputer, extatiques d'avoir tué pour la première fois. Les morts à la chaîne, balancés dans les fosses communes sans qu'on en connût ni le nom ni l'histoire. Le même discours répété à l'infini pour chaque soldat anonyme, comme par un guichetier automate à l'entrée du paradis.

Il y aurait eu beaucoup de travail pour le Révérend Aaron pendant la guerre civile, mais il préféra s'enfuir au Mexique.

Je crois que c'est le ring qui me va pas. La vérité c'est que mes combats les plus mémorables étaient tous improvisés. Je me bats mieux quand y'a pas de limites. Quand c'est à la vie, à la mort.

Mai 1864

Quiconque n'avait jamais assisté à une corrida ne pouvait prétendre savoir ce qu'était la beauté. Avec ses façades aux couleurs vives, ses rues d'une symétrie parfaite et ses arches luxuriantes de plantes exotiques et de fleurs, la cité de Mexico était d'une splendeur à faire pleurer. Mais cette majesté n'avait aucune valeur, car plus on la regardait, moins on la voyait. La vraie beauté résidait dans ce qui s'apprêtait à disparaître. Ainsi, dans un octogone de sable encore plus aride que les déserts naturels, la mise à mort de l'animal était rejouée chaque dimanche pour les spectateurs qui tentaient de revivre l'émotion de la première fois.

Pour chaque fontaine, il devait y avoir des milliers d'enfants nus qui jouaient dans la boue avec les porcs. Pour chaque cathédrale, il y avait des mendiants recouverts de plaies et des femmes indigènes qui s'échangeaient les nouveau-nés comme des poupées pour attirer la charité. Pour chaque aqueduc, des ponts en ruine sur lesquels on traversait au péril de sa vie. Pour

chaque *señorita* aux épaules dénudées, des bandits san-
guinaires, des mercenaires qui agrafaient les oreilles de
leurs ennemis sur les murs en guise de décoration. Tout
ce qui rendait le Mexique détestable n'était en fait que
sacrifice au nom de la beauté ultime, pour laquelle les
Mexicains donnaient tout.

.

La corrida se comparait à un boléro en trois actes :
le procès, la sentence et l'exécution. Dans le premier
acte, on jugeait de la bravoure du taureau. Les capes
s'agitaient aux quatre coins de l'arène, bannières
colorées qui appelaient le carnage comme le drapeau
blanc appelle la paix. Monté sur un cheval couvert de
plaques de métal et muni d'une lance moyenâgeuse
à la Don Quichotte, le picador était prêt à darder la
bête. Avec quelle férocité le taureau allait-il attaquer
le cheval, guerrier du règne animal, et accomplir son
devoir de colère ?

Ensuite venait le deuxième acte. Le banderillo
s'évertuait alors à humilier le taureau en lui plantant
dans le dos des crochets assortis de bandelettes bouf-
fantes multicolores. Deux rosaires floraux qui tombaient sur ses flancs et se mêlaient aux rigoles de sang.
Jamais le taureau brave ne pliait devant la condamnation. Aucune banderille ne parvenait à le ridiculiser.
Pour lui c'était la guerre, pas la fête.

Une fois vidée de tous ses personnages secondaires, l'arène semblait se refermer encore davantage sur la bête de cirque restée seule. Dans un silence cérémonieux s'ouvrait l'acte final, celui du matador. Vêtu d'éclats de miroirs, équipé d'une cape rouge et d'une rapière, le matador semblait appartenir à une autre espèce d'hommes, disparue depuis si longtemps qu'on se demandait si elle avait déjà existé. Une race qui vénérait l'élégance et cultivait l'orgueil comme discipline personnelle. L'exécuteur entamait une valse avec le taureau, sautillait dans ses chaussons de ballerine et son adversaire suivait la cadence jusqu'à ce que l'épée lui transperçât le cœur. En s'effondrant, l'animal soulevait le sable autour, auréolant son assassin de poussière dorée alors qu'il retirait son chapeau pour le salut sous les hurlements de joie. Il n'était pas rare de voir des larmes creuser des sillons dans la saleté sur les joues du matador. Dans la foule, la retenue n'existait plus, ni chez les pauvres qui croupissaient dans la section ensoleillée de l'amphithéâtre, ni chez les riches qui entouraient l'empereur et les nombreux expatriés français dans la section ombragée.

Le Révérend Aaron refusait de payer plus de trois réaux pour assister à un spectacle qu'il ne comprenait pas, alors il se tenait sous le soleil avec les moins fortunés. Il en était à sa cinquième corrida lorsqu'il eut une révélation, sans doute due à un coup de chaleur qui lui tournait la tête. Il lui apparut que le matador était l'incarnation la plus proche d'une divinité. Lui, qui ne s'ennuyait pourtant pas de son travail de pasteur, rêvassait de funérailles grandioses en l'honneur du demi-dieu et les mots d'un discours imaginaire se formaient dans sa tête. Le métier qu'il avait choisi aurait pu être le bon, si seulement les morts avaient eu une vie assez digne pour qu'on la soulignât, se disait-il. Après une nuit agitée, il se réveilla guéri de son insolation, mais pas de sa fascination.

.

Les deux matadors les plus célèbres à cette époque étaient Bernardo Gaviño Rueda, fondateur de l'école de tauromachie de Mexico, et Vicente Aguilar, le seul de ses apprentis à l'égaler. Le premier portait un habit de lumière bleu et argent, le second un habit rouge et or. Les deux feignaient un respect mutuel, mais se haïssaient en coulisses. Le Révérend Aaron avait jeté son dévolu sur Aguilar, car contrairement au maître, l'élève n'avait pas encore eu le temps de léguer d'héritage à la tradition taurine.

Gagnant alors sa vie comme écrivain public, le Révérend cogna à sa porte, cherchant à se faire embaucher pour rédiger ses mémoires. « Le *señor* Aguilar sait écrire », rétorqua son domestique avant de le mettre à la porte. Il eut davantage de succès en se faisant passer pour un prêtre d'origine irlandaise, ce qu'il avait été à peu de choses près malgré son ignorance du dogme catholique. « Quand j'étais en tournée, j'en ai vu prêcher des comme vous, dit Aguilar en le dévisageant. Les prêtres *americanos*, vous faites du théâtre. Dans les yeux des fidèles, vous devenez une sorte de matador de la prière, prêts à pourfendre le diable pour vos croyants spectateurs. »

Ainsi, le Révérend Aaron devint le *padre* Aaron et découvrit le plus délicieux de tous les rituels : la confession. Tous les mercredis, il était appelé dans les appartements du Matador. La petite chambre carrée dans laquelle il était reçu était meublée de deux fauteuils et d'un prie-Dieu encerclé de lampions. Les murs étaient recouverts de stuc blanc et ornés d'icônes, de crucifix et de chapelets. Ces attentions du Matador à l'égard du Christ visaient peut-être à se faire pardonner son arrogance en toute autre chose, notamment sa tendance à faire patienter son confesseur pendant plus d'une heure. Il baisait sa main avant de lui adresser la parole, mais il lui rappelait souvent qui était le serviteur et qui était le seigneur.

Le Révérend ne lui en tenait pas rigueur, car dès qu'il s'adressait à Dieu à travers lui, le Matador avouait du même souffle sa petitesse et sa grandeur. Il exprimait sa fierté d'avoir surpassé son maître et sa honte de ne pas avoir percé en Espagne. Il avouait vouloir mourir dans l'arène avant d'être dépassé.

Les chrétiens n'ont pas peur de la mort. Mais était-ce chrétien de la fantasmer ? s'inquiétait Aguilar. Il faisait partie de ces gens pour qui ni la vie ni l'argent n'avaient de valeur. La seule chose qui comptait était d'avoir un nom et de le transmettre à des rejetons qui, à leur tour, risqueraient leur vie et leur argent sans trembler. Son nom allait se perpétuer d'une autre façon, dans la mémoire des Mexicains, mais comment ? Comment accéder à la postérité avec un art qui, même après la plus dangereuse et brillante des performances, ne laissait aucune trace sauf celle des filets de sang dans la poussière ? C'est pourquoi il devait revenir vers le Seigneur, demander pardon, se concentrer sur le salut divin, le vrai, et peut-être se trouver une femme et fonder une lignée de petits toréadors. Mais le Matador savait que tout mariage aurait été un mensonge. Jamais il ne serait parvenu à aimer un être humain comme il adorait le taureau déchu.

« La corrida est un spectacle, certes. Vous êtes au milieu de la piste, tous les regards sont rivés sur vous. Mais c'est aussi l'ultime moyen de se soustraire au jugement des autres, disait-il. Peu importe ce qu'ils pensent, qu'ils vous acclament ou qu'ils vous huent, c'est le taureau qui décide. C'est ce que j'aime dans la confrontation : elle balaie la honte et la fierté. Ce n'est pas un spectacle, c'est un animal qui veut vous tuer. C'est un pied de nez aux mondanités, aux règles établies, à la messe, à la confession, à l'expiation. »

« Souvent je vois des femmes aider une vieille dame, par charité, puis se moquer d'elle dans son dos. Je vois des gamins torturer des chiens errants et moi j'écope de cent *Je vous salue Marie* pour avoir souhaité qu'ils se fassent mordre. Je suis repentant, *padre*, croyez-moi. Mais je suis encore plus outré par l'absence de repentir des autres. »

« Le monde est mauvais et les cloches continuent de sonner. Alors voilà. Vous voulez vous moquer du haut de l'estrade, allez-y. Je vais vous faciliter la tâche. Seulement, vous ne rirez pas longtemps. On ne rigole pas avec la mort. »

« Je vis pour cet animal qui veut me tuer. Chaque fois, je crois que je vais mourir. Et puis c'est lui qui meurt. »

Le soir, une fois rentré chez sa logeuse, le confesseur Aaron notait tout ce qu'Aguilar lui avait confié, car il ne pouvait y avoir de paroles plus nobles que celles-là. Il recueillit plus de trois ans de confessions hebdomadaires avec l'intention de les publier au lendemain de la mort du célèbre Matador. Tous les aficionados de la capitale s'arracheraient ces écrits. Pendant les corridas, il en vint presque à souhaiter que la mort tragique tant attendue arrivât, et pourtant il peinait à respirer comme s'il fût lui aussi dans l'arène. Un jour, il demanda à Aguilar s'il avait déjà eu peur de la mort, ou s'il était né tel quel, imperturbable devant l'idée de la fin.

« La peur existe, mais avec l'expérience, elle se transforme en excitation », admit-il. Puis il ajouta ces mots : « Je risque ma vie, mais quelle importance ? Tout le monde doit mourir. Il n'est pas question de fuir la mort, mais de choisir son arène. »

.

Décembre 1867

Alors qu'il vivait encore de la tauromachie, Vicente Aguilar méprisait l'arme à feu. Il disait que c'était un engin qui ne révélait rien de la personne qui le maniait. Qu'il n'y avait pas de beauté dans la possibilité de tuer à distance. Qu'à cause de cette invention, les femmes et les enfants pouvaient devenir des meurtriers et que son art allait être réduit à un rituel folklorique. Il avait peut-être raison de détester cet objet qui pouvait faire de chaque homme seul une armée dans un monde où la plupart des hommes étaient seuls.

En mille huit cent soixante-sept, après que l'empereur Maximilien 1er du Mexique fut assassiné à Querétaro, la corrida fut interdite par le président de la République. Las d'écouter les lamentations de l'idole redescendue sur le plancher des vaches, le Révérend Aaron prétexta que la guerre civile était terminée et qu'il était temps pour lui de retourner à la maison, bien qu'un tel endroit n'existât pas.

De son côté, le *señor* Aguilar connut les pires années de sa vie. Privé de travail, il perdit peu à peu sa fortune.

La pratique de son art étant devenue criminelle, il vit également s'évanouir toute possibilité de mourir dans la gloire. Alors il vendit tout ce qui lui restait et prit le chemin du nord. Il acheta une arme à feu, cet objet tant détesté, et devint le Matador, chasseur de primes.

Ma mère c'était pas une pute. Je m'en serais rendu compte. C'est tout ce que j'ai à dire.

Juillet 1870

La première fois que le Révérend Aaron mit les pieds à
Ehrenberg, il se tailla une place en payant un verre aux
fidèles du tripot. Il était en début de carrière et se disait
qu'il n'arriverait à rien avec les hommes s'il condamnait
ce qu'ils aimaient le plus au monde.

Ce n'était encore qu'un port modeste, greffé là où le
fleuve Colorado, paisible dans sa tranchée, divisait la
plaine de terre rouge. Un gîte en bois rond et au toit de
paille accueillait les prospecteurs dans son unique pièce
où cent fois une serviette était utilisée avant d'être
lavée. L'été, il était impossible d'y dormir tant l'humidité vous collait à la peau. Certains s'étaient construit
des radeaux pour passer les nuits d'été sur l'eau, et éviter de remplacer le sommeil par la suffocation.

Certains habitants qui faisaient bon ménage avec
les codes du christianisme taxaient le Révérend d'hy-
pocrisie. D'autres, des malfaiteurs de seconde catégorie, le regardaient aller et l'accusaient de traîtrise,
puisqu'au fond il prêchait le droit chemin comme les

autres. Il leur répondait que c'était eux les hypocri-
tes, car ils finissaient toujours par admettre qu'ils
croyaient en Dieu même s'ils n'avaient aucun respect
pour Lui.

.

Septembre 1878

La deuxième fois que le Révérend se rendit à Ehrenberg, il était aux trousses d'un dénommé Brett Nelson,
criminel qui accumulait les forfaits dans toute leur
variété et leur gravité comme d'autres collectionnaient
les scalps, allant de la polygamie au massacre d'innocents en passant par le cannibalisme. Il avait retenu
l'attention du Révérend avec son accent mêlant vul-
garisme et couleurs du vieux continent. Nelson était
un hors-la-loi dont l'Australie ne voulait plus, nation
pourtant peuplée de la racaille d'une autre. Le Révérend l'avait suivi jusqu'à la maison de bains où il l'avait
apprivoisé en lui faisant la conversation comme s'il
ignorait à qui il avait affaire.

Parmi ceux qui tuaient les femmes, certains invo-
quaient de nobles prétextes : l'éradication de la tenta-
tion, le triomphe de la moralité, la réparation de leur
honneur blessé. Et puis il y avait ceux qui, comme Nelson, avouaient candidement : « J'avais envie de tuer
une femme. » Ceux-là, on les retrouvait avec leur froc

taché de sang et l'air hagard, probablement le même que si on les avait surpris sur le pot de chambre.

Le Révérend n'aimait pas Ehrenberg, moins à cause de ses habitants qu'à cause de sa topographie. Il préférait l'écho des massifs rocheux et le vertige des précipices à la platitude de la plaine. Là où il y avait du relief, il trouvait toujours le moyen d'escalader le terrain jusqu'au point qui surplombait la ville et offrait un angle inédit sur la Création. Il s'installait sur un rocher, sortait un œuf dur de sa besace et l'épluchait en contemplant le spectacle humain en miniature. Il observait les passants déambuler dans la rue. Les femmes surtout. C'était pour les femmes que les lois avaient été inventées. Et c'étaient les hommes qui les enfreignaient, la plupart du temps. Il voyait les femmes respectables qui couraient dans tous les sens pour se soustraire au danger de la rue lorsque son ombre approchait. Les femmes de mauvaise vie qui ne couraient pas, qui avaient déjà mal à leurs ecchymoses quand elles souriaient. Ensuite, quand il redescendait dans la ville, il allait les mains dans le dos, saluait ses ouailles avec l'assurance de celui qui a tout compris.

Le Révérend n'avait aucun point surélevé d'où observer la vie à Ehrenberg. Un soir, il se rendit aux bains publics en s'attendant à y trouver Nelson pour son ablution hebdomadaire. La peau de ses doigts commençait à ratatiner et Nelson n'était toujours pas au rendez-vous. Ce fut plutôt le Matador qui vint s'installer dans la cuve adjacente, nu sous un immense chapeau dont le diamètre était à peine inférieur à celui de sa bassine.

— *Padre*, dit-il en inclinant son chapeau.

Le Révérend l'observa à travers la vapeur en se massant le pouce contre l'index.

— Mort ou vivant ? demanda-t-il.

— Qui ça ?

— Brett Nelson.

Le Matador serra les lèvres. C'était sa façon de sourire. Rien ne l'amusait vraiment, mais il reconnaissait qu'on tentât de l'amuser.

— Il y a longtemps que j'ai cessé d'aller à la confesse, répondit le Matador.

— Ça ne doit pas être facile tous les jours, occire dans l'ombre, sans personne pour applaudir.

Le Matador fit émerger ses deux bras ruisselants et les déposa de chaque côté de la bassine.

— Vous pouvez croire ce que vous voulez sur moi, vous vous trompez, tout comme vous vous trompiez à l'époque.

— Je ne peux pas le nier. Je croyais que vous toréiez pour la beauté et la gloire. En fait vous n'étiez qu'un boucher.

— Il n'y a pas tant de différences entre vous et moi, *padre*.

— Je ne tue pas les gens.

— Peut-être, mais pour arriver à ses fins, un bon

assassin s'intéresse davantage à la vie de ses victimes qu'à leur mort.

— Et si je m'intéressais à la vôtre, comme avant ?

Le Matador se cala dans l'eau jusqu'à ce qu'elle recouvrît ses épaules et que son visage disparût sous le rebord de son chapeau.

— Je vous répéterais que la confession ne m'intéresse plus.

Le lendemain matin, le corps de l'Australien flottait sur la rivière Colorado. Comme le défunt n'avait pas de vrai ami à Ehrenberg et que le seul directeur de conscience présent était le Révérend Aaron, personne ne milita pour que son corps fût repêché.

Je regardais Sam, qui passait beaucoup de temps à pratiquer sa signature et je me disais que la classe avait rien à voir avec le métier ou la richesse. Avoir de la classe, c'était avoir une jolie signature. Je voulais être comme lui, alors j'ai vite appris à lire et à écrire. Un jour je suis rentré à la maison et y'avait Sam qui faisait une sieste. Je suis tombé sur des gribouillis qu'il avait pas encore jetés dans le feu. J'ai demandé à ma mère pourquoi Sam signait Leonard Pope, alors que son nom c'était Sam Ambrose. Ma mère, elle savait pas lire. « T'es sûr que c'est ça qu'est écrit ? Et là, c'est la même chose ? Et là ? » Leonard Pope, c'était un nom connu. Il avait fait partie d'une bande de détrousseurs recherchés dans quatre États. Ma mère, elle a pas attendu que Sam se réveille. Elle lui a attaché les mains après le lit. Le temps qu'il comprenne ce qui se passait, il avait les pieds ligotés aussi. Elle m'a envoyé chercher le marshal. Moi je comprenais rien. Sam a été pendu le lendemain.

CHIRICAHUA

Janvier 1880

Russian Bill avait trotté toute la journée dans les escarpements des montagnes Chiricahua. La nuit était avancée et il avait d'abord trouvé le campement de la bande grâce à la lueur de son feu. Il pouvait entendre au loin des balles tirées à une fréquence irrégulière suivies du hennissement des chevaux qui, contrairement à leurs maîtres, ne s'habituaient jamais aux coups de feu.

Les hommes étaient réunis en cercle autour du feu de joie au milieu de la vallée. Il y avait parmi eux quatre putains de Galeyville, dont deux qui riaient avec la mollesse de poupées de chiffon, une qui semblait bouder en fixant le feu et une autre qui grugeait une cuisse de poulet en agitant ses jupes et en valsant sur une musique qu'elle devait être seule à entendre. Parfois les hommes visaient le firmament et tiraient en l'air pour aucune raison apparente. Ils crachaient dans le feu, buvaient au goulot puis jetaient les bouteilles derrière eux. Russian Bill dut en esquiver une. Il se tenait à l'extérieur du cercle de lumière quand il demanda s'il pouvait se joindre à eux. Ils étaient déjà trop éméchés pour refuser. Il mangea leur nourriture, but leur eau et leur whisky, écouta leurs histoires puis s'inséra dans les conversations comme s'il avait toujours fait partie de leurs rangs.

« J'étais blessé à l'épaule, raconta-t-il à qui voulait l'écouter. Qu'à cela ne tienne, je me suis dit. Je suis entré, j'ai arraché les rideaux du salon, je me suis enveloppé dedans comme dans une toge romaine et puis je suis retourné au combat avec un sabre dans chaque main. Dans mon souvenir, j'ai dû tuer une trentaine de Turcs rien que ce jour-là, mais je n'étais pas en état d'aller leur tâter le pouls. Et après un massacre, qui sait distinguer à l'œil un Turc mort d'un Turc qui dort ? »

Le lendemain matin, lorsqu'ils décollèrent leur tête de leur selle, Russian Bill était étendu parmi eux. Le soleil était levé depuis deux heures quand Curly Bill annonça le moment du départ. Ils abandonnèrent les femmes au milieu du désert de bouteilles vides. Autour des braises encore fumantes, elles supplièrent les hommes de revenir, mais ils s'éloignèrent, devenant de plus en plus petits. À l'arrière de la colonne, seul Russian Bill se retournait sur sa monture pour jeter des coups d'œil inquiets aux tentatrices en détresse.

— N'aie crainte, lui dit le cavalier de devant. Elles seront encore en vie à not' retour.

Deux jours plus tard, ils revinrent avec une marée de bœufs et de chèvres volés des haciendas d'éleveurs mexicains. Les bouteilles vides traînaient toujours au même endroit, mais les putains n'y étaient plus.

.

Au creux des montagnes Chiricahua était née la branche d'Apaches du même nom, qui regroupait les sauvages les plus hostiles du Sud-Ouest, pillards par tradition et cruels par principe. Ceux que même les autres sauvages rêvaient de voir exterminés.

Au pied de ces montagnes se réunissaient aussi des Blancs que d'autres Blancs considéraient comme une nuisance. Des fils de mineurs déçus, élevés dans l'aigreur de l'échec de n'avoir pas fait fortune et de l'échec d'avoir perdu la guerre et puis de l'échec de ne s'élever en rien nulle part. Ils se retrouvaient dans la vallée San Simon pour venger l'humiliation paternelle et cet aurait-pu-être à jamais perdu. Certains espéraient devenir riches en volant du bétail, d'autres aspiraient à devenir célèbres en arrêtant les voleurs. Quand ils n'étaient pas occupés à se faire traquer par les indigènes, les deux clans se couraient après et s'affrontaient pour se donner l'illusion de vaincre quelque chose.

Après une sélection rapide, le Révérend Aaron avait conclu que les deux hors-la-loi de la région les plus dignes d'intérêt étaient Curly Bill Brocius et Sandy King. Il n'arrivait pas à arrêter son choix sur un seul des deux. C'était avant que Russian Bill ne défonçât le décor.

.

Les femmes avaient été secourues par une autre bande de trafiquants de bétail se rendant à Galleyville. Bien que l'une d'entre elles fût incapable d'arrêter de sangloter, elles n'eurent pas droit à un après-midi de congé. Le Révérend Aaron en profita pour les interroger, l'une après l'autre.

« Curly Bill, faut jamais le contredire, apprit-il ainsi. Sandy King, y sait pas ce qu'y veut, celui-là. »

« Y'avait Bill le salaud et y'avait Bill le Russe. Bill le Russe, lui, c'était un gentleman. Y nous aurait jamais laissées dans le désert », dit une autre en s'essuyant le nez.

« Il avait une boîte en bois comme j'en avais jamais vu puis il a sorti un pion blanc. Y m'a dit que c'était une reine. Disait qu'elles sont toutes pareilles et toutes différentes en même temps et que celle-là me ressemblait, je vous mens pas. Je lui ai demandé pourquoi il jouait à ça au lieu de s'amuser avec les mêmes jeux que tout le monde et il a répondu que c'est parce qu'on lui a trop souvent interdit. Avant, il avait même pas le droit de lancer des balles de neige. C'est pour ça qu'il joue aux échecs. En tout cas, c'est ce qu'il m'a raconté. »

« C'est un fou, commenta une autre. Les galants dans son genre, z'ont toujours des demandes bizarres, pour des trucs qu'ont rien d'humain. Je vous dis, Révérend, les hommes qui respectent les femmes comme moi, ils cachent des choses. Faut pas leur faire confiance. »

Tu entres dans un bordel et grâce à ton argent, tu choisis une fille, elle fait ce que tu veux. Tu contrôles, mais tout est faux. Y'a des bourgeois de Chicago qui s'amènent par ici, qui se disent partis à l'aventure. Mais en réalité ils peuvent retourner dans l'Est n'importe quand. Moi je dis que le jour où ils n'auront plus de pouvoir sur leur vie, alors ils vont voir c'est quoi la vie.

Octobre 1881

En plein cœur des terres arides de la vallée San Pedro se trouvait une ville qui portait trop bien son nom. Il fallait voir les lustres à huit lampes qui pendaient des plafonds des tavernes et éclairaient des murs tapissés de fresques. Il fallait toucher le bois de rose poli des comptoirs, si sombre et lisse qu'on pouvait y admirer son propre reflet entre les traces circulaires laissées par les verres. Il fallait observer les hommes en complets trois-pièces et aux chapeaux melon se tâter la montre de poche en discutant astronomie. Dehors, c'étaient la brousse et les Apaches de Geronimo, mais à l'intérieur, les fils de ramoneurs se prenaient pour des politiciens en devenir et les prostituées pour des actrices. Tombstone, c'était l'avenir, disaient-ils. Ils n'avaient pas tort : tout se termine toujours par une pierre tombale.

À Tombstone, il y avait un vrai théâtre avec un rideau rouge qui se levait sur de véritables acteurs et d'authentiques chanteurs d'opéra. Il y avait des bancs vissés dans le plancher et des balcons sur les côtés destinés à ceux qui venaient autant pour se montrer que pour regarder. Car oui, il était bon d'être vu là où les gens se faisaient voir. On n'était plus en quarante-neuf. Le règne de l'or avait fait place à celui de l'argent, un minerai qui, pour être extrait de la roche, demandait des capitaux, des investissements. N'allait pas piocher à Tombstone qui voulait. À la ruée des pauvres avait succédé la parade des riches. Finie, la loterie de mère Nature qui accordait des trésors à qui retournait la terre au bon endroit.

De temps en temps, des relents d'hostilité refaisaient surface. Quand les rumeurs d'attaques apaches parcouraient les rues. Quand les voleurs de bétail s'amenaient avec leurs jambières de cuir et leur odeur de cheval mouillé pour défendre leur droit au désordre et mépriser la fortune des autres en dépensant la leur.

Le Révérend Aaron se trouva à Tombstone jusqu'en octobre mille huit cent quatre-vingt-un, juste avant les événements qui rendirent la ville célèbre : une fusillade mortelle opposant une bande de vachers à un clan d'hommes de loi, suivie d'une vendetta sans fin, comme le face-à-face de miroirs qui n'en finissent plus de se renvoyer le meurtre.

Le Révérend regrette-t-il de n'être pas resté pour le point culminant ? Pas du tout, répondrait-il. La seule chose qu'il y avait à retenir d'une scène pareille, c'était le nuage de fumée de soufre qui enveloppait les figures inanimées dans la poussière. Quand les gens commençaient à se tirer dessus, il n'y avait plus rien à raconter.

Décembre 1880

Le Révérend Aaron se rendit à Tombstone après l'exécution des deux faux assassins de Charles Teasdale. Il passait ses jours enfermé dans sa chambre de pension, où il avait outrepassé son crédit, mais qui était tenue par un homme paresseux et craintif de la colère de Dieu. Le fait d'héberger un prédicateur gratuitement était peut-être pour lui une forme d'investissement.

Un soir, il ne put plus supporter la vue du plancher jonché de boules de papier et du lit défait en permanence. Il se rendit à l'Oriental, une maison de jeu où l'on pouvait se ruiner en compagnie respectable. Il était assis seul à une table au fond de la salle, coincé entre deux parties de pharaon, lorsque la tête de Russian Bill, garnie d'un chapeau de feutre broché, dépassa toutes les autres. Debout sur sa chaise, comme le Révérend jadis, il se racla la gorge.

— Oyez oyez, clama-t-il d'un ton cérémonieux, une bouteille de whisky près du cœur et l'autre main fouettant l'air comme l'aurait fait un comédien ivre. J'ai l'immense bonheur de vous annoncer que je suis de retour à Tombstone, et pour de bon cette fois. Je n'ai plus de maison, plus de femme, on a failli me pendre mais, bon sang, je suis en vie. Je vous paie la tournée à tous, même aux tricheurs.

Le Révérend avait attrapé ses livres dès les premiers mots prononcés et se faufilait entre les tables pour gagner la sortie.

— Même vous, Révérend, ajouta Bill en pointant dans sa direction avec le bouchon de la bouteille.

Le Révérend mit son chapeau en poursuivant son chemin vers la sortie.

— Allons, pour une fois qu'on aurait l'occasion de vous délier la langue. C'est peut-être de ça que vous avez besoin : prendre un bon coup, comme tout le monde.

Le Révérend se retourna et, contre toute attente, parla.

— Je regrette, monsieur Tattenbaum, mais en ce moment, tout le monde sait que vous n'êtes pas aussi ivre que vous tentez de le faire croire.

Quelques vachers de sa bande pouffèrent, les autres joueurs échangèrent des regards entre eux.

— Et vous, Révérend, vous avez beau vous balader avec votre bible partout, tout le monde sait que vous n'êtes pas un vrai pasteur.

Le tenancier se gratta le menton et se frotta le lobe d'oreille, code signifiant à ses croupiers d'être sur leurs gardes, même si la tension était entretenue par les deux êtres les plus inoffensifs de Tombstone.

— Donc si j'étais un vrai pasteur, vous me laisseriez partir tranquille ?

— Je n'en sais rien, mais je sais que si j'étais mort à Santa Fe, il y aurait eu des tas de gens pour m'enterrer.

Vous, personne ne veut vous tuer parce qu'on ne peut pas en vouloir à quelqu'un qui ne dit jamais rien et ne fait jamais rien. Mais y'aurait personne pour vous pleurer non plus.

— Alors quoi, vous voudriez que je fasse comme vous, que je mente au lieu de me taire ? Je vais vous dire, monsieur Tattenbaum, vous nous rebattez les oreilles avec vos exploits, mais vous êtes sans doute la personne la plus ennuyeuse que j'aie jamais rencontrée. Je souhaite sincèrement, quand vous serez mort et que vos nombreux amis qui vous auront enterré seront morts aussi, que vous tombiez dans un oubli proportionnel à l'attention démesurée que vous aurez accaparée de votre vivant.

Le Révérend sortit et les portes battantes claquèrent derrière lui. Il s'était toujours efforcé de respecter les types barbants. De tous les défauts, la banalité devait bien être le plus pardonnable. Mais ce soir-là, il avait abdiqué. Dorénavant, il mépriserait sans retenue. Comme une jeune putain désabusée qui s'était démenée pour éviter de tomber dans le métier. Ou comme un animal qui défèque n'importe où pour se venger d'avoir été dompté.

.

Le lendemain après-midi, le Révérend se réfugia à la brasserie Golden Eagle, où il croyait à tort que personne ne l'embêterait. Les médecins, avocats et riches hommes d'affaires qui s'y réunissaient avaient déjà leur église et leur pasteur. Des messieurs qui ne portaient ni couteau Bowie ni revolver, mais se promenaient avec une canne au manche sculpté ou plaqué d'or. Régi par les codes de la haute société, où la spéculation et la corruption étaient les seuls crimes acceptables, le Golden Eagle se distinguait par sa tranquillité.

Russian Bill, que personne n'attendait là, fit une entrée discrète. Avec son haut-de-forme blanc et sa veste ajustée, le mythomane, il fallait bien l'avouer, savait se donner l'allure du gentilhomme qu'il prétendait être. Il parcourut la clientèle des yeux et contourna les obstacles jusqu'au Révérend, puis déposa son échiquier sur la table devant lui. Il passa un bras par-dessus le dossier de sa chaise et fixa le prêtre sans rien dire.

— Je dois vous l'accorder, monsieur Tattenbaum, vous m'étonnez.

Bill alluma un cigare, remua l'allumette, l'air satisfait.

— Je savais que vous alliez parler en premier.

— Je n'ai pas fait vœu de silence. Je n'ai même jamais dit que j'avais l'intention de ne rien dire. C'est ça le propre du silence, on lui fait dire ce qu'on veut.

Bill commença à placer les pions sur l'échiquier.

— Je ne joue pas, coupa le Révérend.

— Je sais. Vous n'avez pas besoin de jouer puisque tout ça, c'est déjà un jeu pour vous, dit Bill en balayant l'air d'une main.

Ce bouffon a du flair, pensa le Révérend. Il se rappela les fois où il s'était dit que toutes les personnes en tous lieux n'étaient que des sources de divertissement. Que même lorsqu'il était blessé, qu'il passait ses journées à hurler de douleur et d'humiliation, que tout n'était que divertissement. Que tous ces pionniers étaient des libertins enchaînés à leur liberté, alors qu'il était un missionnaire qui avait choisi l'esclavage.

— Pour vous aussi, je suppose. Si les choses ne se passent pas à votre goût, il vous suffit de vous en retourner dans votre Russie natale, ou dans le monde raffiné de la côte est, où visiblement vous seriez mieux assorti. Vous pouvez partir quand vous le voulez. L'Ouest est un théâtre, vous êtes bien placé pour le savoir.

Le regard de Bill se perdit par-dessus l'épaule du Révérend. Son cigare se consumait dans sa main, la fumée s'échappant comme le temps perdu.

— Dans l'Est vous étiez insignifiant, alors vous avez besoin de l'Ouest, poursuivit le Révérend. Vous avez besoin de gens comme eux, les vachers, les voleurs de bétail, les délinquants.

— Et vous, vous avez besoin de gens comme moi. De gens qui étonnent.

Il pointa l'échiquier.

— Laissez-moi vous étonner, Révérend.

.

Au Bird Cage Theatre de Tombstone, Russian Bill avait sa propre loge, d'où il assistait aux représentations, vêtu de son plus haut chapeau avec en dessous l'air sérieux d'un mélomane. Les soirs de pleine lune, il se rendait à l'arrière-scène pendant que les danseuses se changeaient et il leur chantait des ballades pour vanter leur grâce et leur vertu. Pendant plusieurs semaines, il finit la nuit avec Forrestine et Valentine, deux danseuses originaires de Storyville et dont l'accent évoquait les régions marécageuses. Il leur parlait en français, langue que tous les Russes bien éduqués maîtrisaient mieux que l'anglais. Une nuit, il leur promit à toutes deux un amour éternel, avant de se faufiler entre les bancs de la salle principale jusqu'à l'extérieur, où le soleil commençait déjà à paraître.

Après quelques heures de repos, Bill partait rejoindre Sandy King et la bande des Clanton pour un nouveau raid de l'autre côté de la frontière. Il revint après plusieurs jours, les poches pleines et les joues recouvertes de barbe. Il passa chez le blanchisseur, puis chez le barbier pour se faire retailler une moustache digne de ce nom. Il se rendit ensuite à la brasserie Golden Eagle dans un costume impeccable, où le Révérend Aaron l'attendait pour une partie d'échecs. Le Révérend avait dès le début renoncé à la victoire et Bill à se taire. S'ils avaient eu à parier, les bourgeois autour auraient tous misé sur le Révérend, qui semblait absorbé par le jeu alors que Bill parlait sans arrêt et regardait à peine ses pions avant de les déplacer. Fabuler à voix haute semblait lui demander aussi peu d'attention que de cligner des paupières.

« Je ne suis pas habitué à ce climat. En Russie, il y avait des murs de neige qui pointaient vers le ciel. Certains hivers, même les aristocrates comme moi devenaient victimes du froid. Si j'avais le malheur d'aller chasser et que je me faisais prendre par une tempête, il fallait que je crée mon propre passage dans la neige. C'était comme se faufiler dans un labyrinthe à une seule voie. Ça peut sembler pénible, mais pour un Russe, ça fait partie de la vie. Et puis, dans ces moments-là, il n'y a pas de choix à faire. C'est le bon côté de l'état de survie », monologuait-il.

Le Révérend progressant de joute en joute, les parties s'allongeaient. Vers la fin, Bill devenait moins volubile. Enveloppés du brouhaha des autres clients, les moments de silence s'étiraient et la façade ludique du tête-à-tête s'effritait. Les deux hommes étaient unis dans une confrontation à mort qui se jouait au-delà de l'échiquier. Bill finissait toujours par trouver quelque chose à dire pour briser la tension. Il se rabattait sur des pensées plus intimes, puisait dans un registre poétique qui ne manquait pas de distraire le Révérend alors que la fatigue les étourdissait.

« Il n'y a rien comme le vent frais pour vous faire monter les larmes aux yeux, pas seulement parce qu'il vous fait ciller, mais parce qu'il souffle son air comme un cadeau, une délivrance, même si ça ne dure jamais et que la canicule revient toujours, si ce n'est pas demain ce sera l'année prochaine », avoua-t-il une fois.

« Il n'y a pas de plus grand plaisir au monde que de s'étendre contre les roches rouges juste avant que le soleil se couche pour sentir la chaleur mourante de ses rayons et verser quelques larmes sur son propre sort », confia-t-il à un autre moment.

« Le son de ses pieds, nus contre le parquet de bois. Un son presque inaudible, étouffé. Quand j'entendais le plancher craquer, mais pas le bruit de ses talons, je savais qu'elle était nus pieds. »

Desquamées au sang par l'usure du sablier, tels des astres qui se désagrègent à force de trop vouloir creuser le ciel, les paroles de Bill touchaient le fond quand la brasserie se vidait.

« J'en ai marre de ne pas pouvoir me battre. On me traite comme une femme. Alors ma rage, je suis forcé de la passer comme les femmes. En versant des larmes dans la noirceur du théâtre ou au milieu de la solitude du troupeau. S'ils savaient à quel point je n'ai pas peur. Je vous le jure, bientôt je vais en obliger un à se rendre aux poings avec moi. »

« J'aurais dû insister dès la première fois, jusqu'à ce que je tue quelqu'un ou que quelqu'un me tue. C'est pareil avec Pearl. J'aurais dû l'épouser dès le début. Elle aurait refusé, mais j'aurais dû la séduire. Ou la battre. Faire ce qu'il faut pour qu'elle reste. »

« Cette pute de nulle part, j'aurais dû l'abandonner à Perryville. »

« Sandy King, je passe pour son valet. Mais vous verrez. Ça va se terminer en duel. Un grand putain de duel. Je sais déjà qui va gagner. Souvent je me demande ce que j'ai fait à Dieu pour qu'il me gratifie de tant de qualités et en octroie si peu aux autres. »

.

La plus longue de leurs parties dura jusqu'au petit matin. Il n'y avait plus que Bill et le Révérend qui somnolaient chacun leur tour pendant que l'autre calculait son prochain coup. Ils devaient secouer leur mâchoire et écarquiller leurs yeux pour chasser cette impression d'avoir été assis là depuis la nuit des temps.

— À West Point, on jouait en cachette, lâcha Bill. Je gagnais tout le temps. Ç'en était presque ennuyant. Le véritable enjeu, c'était de ne pas me faire prendre par les officiers.

Le Révérend leva les yeux sur lui.

— Vous avez dit West Point ? Comme dans l'académie militaire ?

Bill tenait une tour en ébène entre deux doigts et la faisait tourner sur la table comme s'il eût voulu en faire une toupie. D'une voix à peine audible et sans jamais détacher les yeux du pion, il raconta d'une traite qu'il était le fils d'un riche planteur d'origine russe qui s'était fait tant d'ennemis en Virginie qu'il avait décidé d'envoyer son fils unique à l'académie militaire.

— Ils essaieront de nous tuer, tous, ou à tout le moins de tuer ton père, m'a dit ma mère quand j'avais huit ans. Il sera mort, nous serons morts, mais pas toi. Ils ne s'attendent pas à ce que tu sois aussi bien préparé. Tu ne pourras pas rester, tu devras t'enfuir. Tu courras aussi vite que tu le pourras et prendras une diligence qui sort de la ville. Tu ne prendras pas le train, tu ne t'approcheras même pas de la station, car c'est le premier endroit où ils te chercheront. Tu achèteras une selle et un cheval et tu partiras aussitôt. Tu chevaucheras sans arrêt. Tu ne te reposeras pas avant d'avoir atteint le désert. Tu progresseras de ville en ville, tu dormiras chez l'habitant. La plupart du temps, à même le sol. Tu passeras tes nuits dehors, dans des tentes de fortune, alors qu'il pleut et qu'il vente. Tu dormiras chez des gens pauvres, idiots ou méchants. Tu travailleras de tes mains, tu seras épuisé, abruti et ruiné, mais tu auras l'esprit tranquille, car tu seras loin. Tu y resteras jusqu'à ce que tu sois un homme. Alors grandi et redoutable, tu reviendras, puis tu nous vengeras. Un jour, ils t'auront, sans doute. Mais entre-temps, tu auras eu de nombreux enfants qui eux pourront te venger à leur tour et qui un jour auront eux-mêmes des enfants pour les venger, et ainsi de suite.

Il prit une pause, reposa la tour parmi les autres pions morts.

— Tout ce que je voulais, c'était apprendre à réagir lorsqu'on viendrait m'assassiner, mais depuis longtemps je savais que personne ne viendrait. Alors j'ai fait comme les autres et une fois diplômé de l'académie, je suis devenu ingénieur.

Il soupira.

— Je n'avais pas envie d'être ingénieur. En Ohio, on m'a nommé inspecteur en chef. C'est moi qui étais censé inspecter le pont au-dessus de la rivière Ashtabula.

Le Révérend acquiesça. La tragédie était encore fraîche dans les mémoires. Un pont qui cédait quelques jours après Noël, un train de passagers qui plongeait dans la rivière.

— Vous n'avez pas tout à fait tué ces gens.

Comme s'il avait entendu un claquement de doigts, Russian Bill se redressa et se remit à parler à haute voix, empruntant son ton aristocratique habituel.

— Enfin, Révérend, nous n'allons pas revenir là-dessus. Je ne vois pas ce que je pourrais dire de plus pour que vous me preniez au sérieux, dit-il en déplaçant son fou en terrain découvert.

.

Le Révérend fut réveillé le lendemain midi par des coups de feu tirés dans la rue. Il avait dormi toute la matinée sans s'être départi ni de ses vêtements ni de ses bottes. Il marcha jusqu'à la fenêtre et écarta le rideau. Russian Bill avançait avec mollesse alors que le marshal le désarmait et le poussait dans le dos.

Le Révérend n'était plus certain de ce qui s'était passé la veille. Avait-il perdu comme à l'habitude ou gagné sa première partie d'échecs ? Bill avait-il révélé d'où il venait ou le prêtre avait-il imaginé cette histoire en rêve alors qu'il sommeillait entre deux tours ? Il se rendit au commissariat et demanda au marshal sur qui Bill avait tiré.

— Personne, répondit-il.

Le marshal sortit d'un tiroir la planche portative du jeu d'échecs. Le Révérend ouvrit les deux panneaux sur le bureau. Le damier était criblé de balles, chaque carreau avec un trou en plein centre.

— Vous l'avez arrêté pour ça ?

— Pour port et usage d'une arme à feu à l'intérieur des limites de la ville alors que le règlement l'interdit. Même si toi et ta petite bande vous vous foutez du règlement, cria-t-il en direction de la cellule.

Bill était assis sur le lit de camp avec une couverture de bure sur les épaules, les mains jointes entre les cuisses.

— C'est le règlement qui se fout de nous, rétorqua-t-il.

Le Révérend s'approcha de la cellule, agrippa un barreau. Il repoussa le pan gauche de son veston et porta la main à sa ceinture.

— Alors, monsieur Tattenbaum, qui de nous deux a battu l'autre hier soir ? La mémoire me fait défaut.

Bill haussa les épaules.

— Si vous me le dites, je paie votre caution.

— Faudra consulter votre Bible. Tout ce qui doit être su se trouve dedans, paraît-il.

— C'est ce que représente la Bible pour vous ?

Bill secoua sa tête échevelée, lui qui avait toujours la raie si soigneusement placée. Le Révérend se demanda s'il ne s'était pas enivré pour de bon cette fois-ci.

— Je ne vais pas me remettre à m'épancher devant vous. La Bible ne représente rien de plus pour moi que ce qu'elle représente pour vous.

— Vous ai-je déjà dit ce qu'elle représente pour moi ?

— Non. Mais je le sais.

— Alors vous faites partie de ceux qui croient savoir ce que contiennent les livres sans les avoir lus.

— Je n'ai pas besoin de lire les Saintes Écritures pour savoir qu'elles désapprouvent tout ce que je fais, Révérend. Je me suis parjuré dessus assez de fois.

— Dieu ne se donne pas la peine de vous souffler des choses que vous savez déjà. Il est Dieu. Il sait ce que vous savez et ce que vous ne savez pas.

— Il y a des choses qui ne devraient pas être sues ni vues.

Le Révérend remonta le bord de son chapeau avec son index.

— Eh bien, à voir votre rancune, je dirais que vous avez perdu, hier.

— Oui, j'ai perdu. Mais seulement sur l'échiquier.

— Oh, rien n'a plus d'importance que le jeu, monsieur Tattenbaum. J'imagine que vous êtes d'accord avec moi là-dessus.

Il lui tourna le dos et alla déposer plusieurs billets sur le bureau du marshal, qui décrocha le trousseau de clés du mur et libéra Bill sur-le-champ. Les deux hommes descendirent les marches du commissariat côte à côte.

— À quand notre prochaine partie ? Nous trouverons bien une autre planche à jouer.

Bill tenait son chapeau contre sa poitrine.

— Je quitte Tombstone pour de bon, Révérend. Je retourne au Nouveau-Mexique. Sandy King et moi, on va tenter de s'installer dans un endroit bien. Un endroit tranquille. Je vais peut-être même me trouver une nouvelle femme, qui sait.

Le Révérend mastiqua son tabac sans rien dire puis renifla.

— Si je vous avais laissé gagner, vous seriez resté ?

Bill fit la moue en regardant dans le vide.

— Ce n'est pas d'avoir perdu qui me rend amer. C'est qu'après toutes ces heures que j'ai passées à vous confier mes pensées, vous n'avez rien écrit sur moi. Quoique j'aurais dû m'en douter. Vous m'aviez averti, après tout.

Bill inclina son chapeau et tourna les talons. Le Révérend le regarda s'éloigner, la gorge nouée par la panique. Probablement la même paralysie soudaine que ressent un éclaireur qui suit la piste de rebelles apaches depuis plusieurs heures et qui remarque que les traces dans le sable disparaissent alors qu'il se trouve coincé dans un défilé. Un homme dont le cœur cesse un instant de battre alors que sa tête se relève lentement vers les parois qui le surplombent, sachant qu'il est tombé dans le piège que ses ennemis ont si aisément orchestré.

.

Le Révérend Aaron accourut à sa chambre et jeta le contenu de sa besace sur le lit. Sa bible avait été remplacée par une vraie Bible et ses recueils de sermons par de vrais recueils de sermons. Il avait réellement dormi pendant la partie.

Il retourna au commissariat, mais le marshal n'y était plus. Il parcourut la rue Allen de long en large et le trouva devant l'entrée d'un tripot sans nom donnant sur une rue transversale, en train de nourrir un chien errant. Il posa un pied sur la plus haute marche et appuya une main sur son genou.

— Je regrette d'avoir payé cette caution.

Le marshal, recouvert de l'ombre du Révérend, caressa le chien entre les oreilles et releva la tête.

— Y'a pas de remboursement pour les cautions.

— J'aurais pas dû vous laisser le libérer parce que maintenant je dois vous demander de l'arrêter à nouveau.

Le marshal balaya l'air d'une main.

— Z'ont quitté la ville, lui et Sandy King. Partis semer le trouble ailleurs, j'suppose. Sont plus de ma juridiction maintenant. Faut vous adresser au shérif.

Le Révérend marcha jusqu'au bureau du shérif, bousculant les passants sur son chemin sans s'excuser. Il trouva le shérif entouré de gens d'affaires, sirotant un verre de whisky autour du poêle. Tout le monde se mit à rire lorsqu'il détailla sa requête.

— Enfin, Révérend, z'êtes pas sérieux.

— Toute ma vie se trouve dans ces livres.

Le shérif le fixa sans bouger, les bras croisés, le liquide ambré dans son verre déformant les contours de l'étoile épinglée sur sa poitrine.

— Vous savez combien coûte une mule, Révérend ? Et un cheval ? Et un troupeau de bétail au complet comme y'en a qui s'en font voler ces temps-ci ? Et la vie d'un homme, parce que y'en a qui perdent la leur ? Je vais pas épuiser mes hommes pour courir après le seul livre que vous êtes certain de pouvoir acheter n'importe où. Même dans les réserves indiennes, ils en gardent, des bibles.

— Et mes recueils de sermons, que j'ai écrits moi-même. Ça ne se trouve nulle part.

— J'savais pas que vous écriviez des sermons. C'était pour une autre ville, j'imagine.

Les hommes rirent de plus belle. Le Révérend les regarda un à un, puis replaça son chapeau sur sa tête.

— Z'inquiétez pas pour le Russe, dit le shérif en voyant le prêtre se diriger vers la porte. Il lui est interdit de mettre le pied au Nouveau-Mexique. Ils vont l'arrêter avant qu'il ait eu le temps de maltraiter vos testaments.

Toute ma vie je me faisais croire que je voulais mourir sur le ring parce que ça fait plus respectable. Maintenant que j'y pense, j'aimerais mieux mourir exécuté, rien que pour avoir un droit de parole. Comme ça j'aurais pas écrit toutes ces bondieuseries pour rien.

Janvier 1881

À Tucson, les Mexicains s'habillaient en Américains et les Américains mariaient des Mexicaines. C'était plus simple ainsi. Les femmes ne se plaignaient jamais que la ville était trop hispanique, ou de la saleté perpétuelle sur le plancher, inhérente au fait de vivre sur un sol en terre battue. Elles n'exigeaient pas qu'on leur construisît des maisons en briques et en bois de charpente, comme le réclamaient les Américaines, quitte à suffoquer en été et à geler en hiver.

Le Révérend entra à Tucson et longea la rue Meyer, où les blocs de pisé se succédaient en une ligne droite jusqu'au soleil couchant. Près d'une des extrémités se trouvait une maison à pignons, entourée d'un jardin de fleurs et d'une clôture en bois, comme si la plus parfaite petite demeure américaine avait été transportée sur des milliers de miles et déposée là où elle serait le plus mal agencée. Or, il ne s'agissait pas d'une maison familiale, mais du bordel de la dame qui connaissait les pieds.

Le Révérend entra et attendit l'accueil de la patronne. Il se tenait la tête nue, le chapeau entre les mains derrière le dos.

— Révérend ! s'exclama-t-elle en agitant un éventail sur sa gorge, qu'elle rangea ensuite dans son décolleté en avançant vers lui.

Elle se pencha, son derrière remonta en l'air, puis elle approcha sa lunette de son œil et son œil des pieds du prêtre.

— Ce ne sont pas vos bottes, Révérend. Elles sont trop grandes pour vous. Soit vous êtes un voleur, soit vous avez un don pour vous mettre dans le genre de pétrin qui s'en prend à vos chaussures.

— Je ne suis rien de cela, ma chère dame. Je suis plutôt un excentrique qui rêve d'avoir de grands pieds.

La dame qui connaissait les pieds dédaignait les impuretés qu'amenait le passage des clients. Ils entraient avec leurs bottes boueuses, laissaient de longues traces ocre sur les planchers qu'elle s'acharnait à garder immaculés. Ils jetaient n'importe où leurs vieux billets verts qui déteignaient sur leurs doigts. Ils laissaient les filles couvertes de leurs souillures, elles qui passaient leurs journées à se farder, à entretenir la douceur de leur peau et le parfum de leurs pores. Ils entraient dans un monde de vases en cristal et massacraient tout avec leurs escarmouches qui tournaient en bataille puis en émeute.

— Le Matador se trouverait-il dans les parages par les temps qui courent ? s'enquit le Révérend.

La première fois que le Matador était entré, la dame n'avait pas aimé ses bottes. Trop bruyantes, avec une odeur de fauve. Et un propriétaire dont les soupirs sonnaient comme les rafales qui terrorisent les bergers. Elle lui avait refilé la plus mauvaise de ses filles qui, contre toute attente, lui avait plu.

— Il passe voir Shannon tous les soirs depuis une semaine, l'informa-t-elle.

Le Révérend lui donna un dollar puis traversa la rue pour s'installer dans la *cantina* d'en face, à une table vis-à-vis du trou rectangulaire qui servait de porte. Le Matador entra au bordel vers les six heures et en ressortit un peu avant sept heures. Le Révérend se tenait adossé contre le bâtiment adjacent, un pied à plat contre le mur. Le Matador s'arrêta dès qu'il l'aperçut.

— *Padre*, prononça-t-il dans un mélange de salutation et de constatation.

Le Révérend inclina la tête. Le Matador remonta son chapeau sur son front et porta les mains à sa taille sous son veston.

— J'ai une mission pour vous.

— Un prêtre qui demande mes services, s'étonna-t-il.

— Une mission facile. On m'a volé ma bible et mes sermons. Je sais qui et je sais où. Je viens à vous parce que je ne veux pas que le coupable soit malmené et que je n'ai pas d'argent pour payer.

— Et pourquoi croyez-vous que je ferais ça gratuitement ?

— Parce que ce sont des livres sacrés.

La moustache du Matador s'étira dans un sourire, révélant deux palettes espacées.

— Ils le seront toujours, même entre les mains d'un voleur.

— Je ne crois pas pouvoir trouver un autre chasseur de primes qui accepterait de faire ce travail au nom de Dieu.

— Au nom de Dieu... Vous auriez plus de chance de me convaincre en invoquant notre amitié passée, *padre*. Trouvez-moi cinquante dollars et je vous rapporte vos livres.

Le Révérend attendit quelques jours avant de requérir le Matador. Il le trouva dans une *cantina* en train de fumer la pipe. Il déposa une bourse sur la table. Le Mexicain se redressa sur sa chaise.

— Il se nomme William Tattenbaum, mais tout le monde l'appelle Russian Bill. Vous le trouverez dans le coin de Charleston ou Galeyville. Il porte des éperons texans et des bottes en peau de veau. Il raconte des histoires à dormir debout comme tous les vachers, sauf que les siennes ne sont pas des histoires de vachers. En revanche, les insultes qu'il lance aux autres sont on ne peut plus véridiques. Vous le prendrez pour un bon à rien, mais il est plus futé qu'il en a l'air.

— Habituellement ceux qui parlent autant, c'est pour cacher qu'ils ne savent pas se défendre autrement, dit le Matador. Il leva les yeux vers le Révérend. Il sait se défendre, ce Russe ?

Le Révérend soupira.

— Honnêtement, je n'en sais rien.

— Qu'est-ce qui lui a pris de voler vos livres ?

Le Révérend haussa les épaules.

— Un de mes sermons, il ne l'a pas aimé.

— Un de vos sermons. Faudra bien que j'entende ça un jour. Pour voir si j'ai des choses à apprendre en écoutant celui qui m'a si longtemps écouté.

.

Il sut que son plan avait échoué le jour où la dame qui connaissait les pieds ne demanda pas à examiner ses chaussures. Derrière son éventail, elle gardait son visage fermé, sa mâchoire verrouillée dans un sourire hypocrite.

— Le Matador est passé hier, indiqua-t-elle.

Elle lui tendit un papier à tabac, qu'il déroula en observant la dame qui regardait ailleurs.

Padre,

Puisque ce sont des objets sacrés, je tenais à vous remettre vos livres en mains propres. Au nom de notre affection commune pour les endroits surélevés, je vous donne rendez-vous au sommet de la colline à l'est de San Xavier del Bac.

Il fourra le billet dans la poche de son veston.

— Shannon est-elle disponible ce matin ?

La dame agita la tête en portant une main sur le bas de son dos.

— Y a-t-il une autre fille que je pourrais interroger ?

— Je regrette, toutes les filles sont prises ce matin.

Le Révérend acquiesça, plus pour témoigner de sa compréhension de la situation que de son approbation. Il cala son chapeau sur sa tête.

— Dites-moi madame, qu'est-ce qui vous déçoit le plus : que je ne sois pas un vrai prêtre ou que vous n'ayez pas réussi à le lire dans mes bottes ?

Elle remonta son sourire comme s'il se fût agi d'un mécanisme.

— Au revoir, monsieur Aaron.

Je sais pas pourquoi il m'a sauvé, le prêtre. Il savait que je finirais pendu tôt ou tard. C'est lui-même qui l'a dit.

Octobre 1880

Galeyville était le quartier général des voleurs de bétail de la vallée San Simon. Là où les bandits pouvaient dormir sur le dos, les jambes écartées, en ronflant de façon insouciante. Un des rares endroits où on ne leur demandait pas de se départir de leurs armes à l'entrée, et pourtant le seul où ils n'en avaient jamais besoin.

Aucun écriteau n'identifiait les commerces. Tout le monde savait où trouver le tabac et la farine. Où saluer le simple d'esprit qui faisait office de guet, assis sur un wagon de train renversé au bord du chemin. On ne savait pas d'où venait le wagon ni comment il avait été tiré jusque-là, comme pour les pyramides d'Égypte ou les pierres de Stonehenge. Le guet était chargé de faire sonner une cloche lorsqu'un étranger s'approchait, auquel cas tous les hommes, munis de leurs fusils, sortaient dans la rue et jappaient comme des chiens. Une ville si farouchement gardée ne devait pas avoir grand besoin du Seigneur, s'était dit le Révérend Aaron la seule fois qu'il s'y était aventuré.

Il avait remarqué, juste avant l'apparition de la bourgade, que des foulards noirs avaient été enroulés aux branches des *palo verde*, contrastant avec les fleurs jaunes des arbres. Probablement un code indiquant aux hommes recherchés par la loi qu'un représentant des autorités se trouvait en ville. Assis au fond de la salle à manger, il avait dégusté la meilleure galantine de dinde de tout l'Arizona, même s'il soupçonna les cuisiniers d'avoir craché dedans.

.

Février 1881

À Galeyville, les repaires de débauche étaient si rentables que les filles publiques avaient une marge de profit hors du commun dans le métier. À elles seules, elles faisaient vivre le tailleur et l'apothicaire. Pendant leurs pauses, elles se pavanaient dans la rue avec la fierté des grandes dames sous leurs chapeaux fabriqués sur mesure. Rarement avait-on vu des putains aussi peu déprimées.

Un jour, une des filles se tira une balle dans la tête avec le Colt d'un client, ce qui ramena l'ambiance à un niveau standard. Pour remonter le moral des troupes, le patron organisa un grand bal au cours duquel les filles pourraient parader en restant habillées toute la soirée. Il savait qu'elles aimaient leurs robes avec la même passion que les clients mettaient à les déchirer.

Il n'y avait pas de lustre au plafond, que des lampes sur les tables, toutes repoussées le long des murs pour créer une piste de danse. Il n'y avait pas d'orchestre, qu'un joueur de violon amateur, qui crachait par terre entre deux morceaux. Éclairées par en dessous, les femmes donnaient l'impression d'avoir les traits encore plus tirés qu'à l'ordinaire, malgré le surplus de rouge sur leurs joues. Les hommes qui se pointèrent ne savaient pas danser et ne cherchaient qu'à les tripoter sans égard pour la mise en scène. Les quelques bons joueurs, pour la plupart déjà soûls, ne parvenaient qu'à les faire tourner autour d'elles-mêmes avant de les renverser par-dessus leur épaule et de relever leurs jupes pour leur claquer les fesses.

Entre les malmenées qui giflaient leur partenaire et celles qui boudaient de déception, Russian Bill se fraya un chemin. « Ce n'est pas un bal, c'est un champ de bataille ici », critiqua-t-il en allant se chercher un verre de champagne qu'il but d'une traite. Il s'approcha d'une jouvencelle esseulée qui avait encore ses seins dans son corsage et l'entraîna au centre de la piste. Il la mena dans une valse, puis lui enseigna chacun des pas de la mazurka, ignorant l'irrégularité du tempo de la musique. Bientôt ce furent les hommes qui boudaient sur leur chaise, alors que toutes les filles suivaient les pas dictés par Bill, tournant autour d'un partenaire imaginaire dans la quasi-noirceur. Une des filles se tenait en haut de l'escalier, trop émerveillée pour descendre.

C'était la plus belle chose qu'elle avait vue de sa vie. Un vrai bal.

Le Matador aussi se trouvait dans la salle, plusieurs filles purent en témoigner par la suite. Dans l'obscurité d'un coin sans éclairage, il se roula des cigarillos les uns après les autres, sourd à l'appel de la valse.

.

Il n'existe aucun témoin de la rencontre qui eut lieu entre Russian Bill et le Matador à Galeyville ce soir-là. Peut-être l'allure du Matador attira-t-elle l'attention de Bill alors qu'il faisait tournoyer une des filles. Après tout, son physique et ses manières se trouvaient décrits dans les carnets du Révérend. Peut-être Bill s'était-il glissé derrière la porte de sa propre chambre d'hôtel en attendant l'arrivée de son assassin. Il est probable qu'il remerciât le ciel en voyant tourner la poignée, qu'il pointât son fusil dans le dos de l'intrus, inversant les rôles de façon irréversible.

— Comment avez-vous su que je viendrais ? se serait étonné le Matador.

— J'attends ce moment depuis toujours, aurait rétorqué Bill.

Peut-être se moqua-t-il de lui en lançant les livres dans sa direction un à la fois par des mouvements de poignet répétés, comme on propulse un fer à cheval vers une cible.

— Voilà ce que vous cherchez.

— Comment savez-vous qui je suis ? se serait étonné le Matador.

— C'est écrit là-dedans, aurait répondu Bill en montrant les bouquins du menton.

Peut-être qu'après avoir tenté de s'entre-assassiner, les deux hommes retournèrent ensemble à la taverne pour trinquer à leur ressentiment commun envers le Révérend.

Dans tous les cas, il semble qu'après ce bref séjour à Galeyville, Russian Bill a développé un sentiment d'invincibilité l'exemptant de sa légendaire prudence et que le Matador a couvé envers son ancien confesseur un désir de vengeance semblable à celui qui avait alimenté tant de ses propres commanditaires.

S'il faut mourir, je préfère mourir tué. Que ça fasse plaisir à au moins une personne.

SAN XAVIER DEL BAC

Février 1881

San Xavier del Bac était une vieille mission espagnole à quelques miles de Tucson. Ses deux clochers blancs et sa façade ouvragée d'arabesques étaient fouettés par les tourbillons de sable, son jardin envahi par les cactus sauvages. À l'intérieur, les chauves-souris s'étaient nichées dans la nef, sous le regard opaque des statues de saints. Aussi abandonnée fût-elle, cette structure à la majesté coloniale, plantée seule dans l'immensité du désert de Sonora, suffisait à inciter les voyageurs à se signer.

Le Révérend ralentit son cheval et resta un bon moment à faire tourner en rond sa monture, comme pour amortir le choc de cette vision mystique, puis repartit au trot vers la butte de roches et d'arbustes qui accompagnait l'église à sa droite comme un monument jumeau. Au sommet, un feu brûlait, ses flammes orange se découpaient contre le ciel azur. Il attacha son cheval au muret de la mission puis escalada la colline. Le Matador n'y était pas. Il s'approcha du brasier et s'accroupit sur ses talons. Ses yeux picotaient et entre deux clignements, il vit au cœur des braises une reliure calcinée et des pages aux contours grugés par la cendre, comme les extrémités d'un vieux parchemin. Il se laissa tomber derrière, cracha dans le feu puis posa son menton sur ses genoux. Il resta ainsi jusqu'à la tombée du soir. Il aurait pu s'enfuir, mais il connaissait trop bien le Matador pour croire que cela fût utile.

Le Révérend ne l'entendit pas arriver. Un moment il n'y avait personne, puis le Matador était là de l'autre côté du feu, son visage rougeoyant, ses vêtements se fondant dans la nuit. Il repoussa son chapeau jusqu'à ce qu'il tombât dans son dos, retenu par un lacet attaché à son cou.

— C'est un endroit magnifique, n'est-ce pas ?

Le Révérend regarda par-dessus son épaule. La blancheur de l'église irradiait des lueurs de la lune, tel un phare pour les âmes perdues.

— Vous allez me tuer, je suppose ?

Les deux hommes fixaient le feu pour ne pas avoir à se regarder l'un l'autre.

— Pourquoi être venu si vous croyez que je veux vous tuer ?

— Je l'ignorais avant de voir mes livres dans le feu.

— Qu'est-ce que vous croyiez alors ?

— Je me doutais que vous alliez les ouvrir. Je croyais que ça vous redonnerait le goût à la confession.

Le Révérend arracha une touffe d'herbe sèche et la jeta dans le feu.

— Vous avez déjà assassiné un prêtre avant moi ?

Le Matador ne répondit pas.

— Si vous devez me tuer, faites-le vite.

— Je ne tiens pas à votre mort.

— Qu'est-ce que j'en sais, répondit le Révérend en secouant la tête.

— Je ne tue que lorsqu'il n'y a aucune autre solution.

— C'est ce que vous dites.

— Vous parlez comme si c'était moi le menteur, releva le Matador sans hausser le ton.

Le Révérend secoua la tête à nouveau.

— Je suis un menteur, et alors ? Vous êtes tous obsédés par la vérité. Je n'ai rien à faire de la vérité. Ce qui m'intéresse, c'est l'authenticité. La vôtre, par exemple, du temps que j'étais votre confesseur. Vous étiez assoiffé de gloire, vous ne pouviez pas inventer ce sentiment-là. L'homme qui se confiait à moi à cette époque aurait tout donné pour devenir une légende.

— L'homme qui se confiait à vous était déjà une légende.

Le Révérend acquiesça.

— Et vous n'avez pas su le rester. Je pourrais faire de vous l'assassin qui a déjà été un grand toréador. Je ne comprends pas que vous préfériez rester le chasseur de primes qui n'est rien du tout.

Le crépitement du feu se fit entendre pendant un long moment.

— Ça m'est égal que les gens d'ici sachent ou pas ce que j'ai été avant. Je n'ai rien à gagner de plus de ce métier. Mais là-bas... Je ne laisserai personne ternir l'image de ce que j'ai été chez moi. Vicente Aguilar a été le plus grand matador de son pays. Je ne vous laisserai pas faire de lui le toréador devenu tueur à gages. Maintenant c'est moi qui vais vous donner un choix. Vous pouvez soit ne rien écrire et vivre en paix, soit écrire et m'avoir à vos trousses.

Le Matador se tut.

— Très bien, dit le Révérend.

Il se remit sur pied. Il replaça son chapeau, tourna le dos aux flammes et descendit la colline dans le noir, tâtant du pied le sol escarpé. Il n'affichait aucune impatience de se soustraire à la vue du Mexicain, qui aurait très bien pu lui tirer une balle dans le dos.

.

Le lendemain, le Révérend se rendit au magasin de marchandises générales pour remplacer ses carnets détruits. Le vendeur lui tendit un paquet de quatre cahiers rassemblés par une ficelle sous laquelle était coincée une fleur de cactus pourpre, comme s'il se fût agi d'un cadeau. Ou comme si les carnets avaient été la cible achevée du Matador.

— C'est déjà payé, l'informa le marchand. Gracieuseté d'un homme qui n'a pas voulu se nommer. Il a dit que vous sauriez.

Le Révérend détacha la fleur et alla la porter à la dame qui connaissait les pieds.

— Vous direz au Matador qu'il peut l'offrir à une autre victime. Je n'ai pas l'intention d'écrire une ligne sur lui.

Trois semaines plus tard, les journaux de Tucson rapportèrent la mort de Russian Bill et de Sandy King au Nouveau-Mexique. Le Révérend se rendit à la gare et acheta un aller simple pour Lordsburg.

— Pour vous, c'est déjà payé, lui dit le guichetier en lui tendant le billet.

Le Révérend le repoussa et insista pour payer son passage.

À Lordsburg, il descendit du train puis se dirigea vers le wagon à bestiaux pour récupérer son cheval, qu'il tira par la bride jusqu'à la rue principale et attacha à la première barre en vue. Il marcha jusqu'à la station de diligence et demanda à acheter une place pour le prochain départ vers Shakespeare, qui se trouvait à deux miles de là.

Le scénario redouté ne se produisit pas. Le guichetier lui indiqua le prix sans le regarder, en toute normalité.

— Trop cher, mentit le Révérend en peinant à se retenir de sourire, avant de tourner les talons.

Ainsi le Matador avait décidé de le laisser tranquille, du moins à l'extérieur de Tucson. À moins qu'il eût deviné dès le début que le Révérend n'avait pas l'intention de se rendre à Shakespeare en diligence alors qu'il pouvait s'y rendre à cheval.

J'ai semé le trouble et je l'ai récolté. J'ai eu ce que je voulais. Peut-être qu'au fond, tous les cauchemars sont des souhaits secrets et que tous les souhaits deviennent des cauchemars une fois réalisés.

Vermilion Cliffs

Mai 1881

De tous les mormons qui avaient participé au massacre de Mountain Meadows en cinquante-sept, un seul avait été condamné pour meurtre. Devenu le bouc émissaire de l'Église de Jésus-Christ des saints des derniers jours, John Doyle Lee s'était réfugié dans les zones irrigables des Vermilion Cliffs. À la rencontre de la rivière Paria et du fleuve Colorado, il avait construit et dirigé un système de traversiers afin de faire passer vers le sud les familles de mormons venus de l'Utah. Pour ceux qui n'avaient rien connu d'autre que les plaines fertiles et les vallons d'herbe verte tels que la tradition anglaise les chérissait, un environnement aussi dramatique que celui des Vermilion Cliffs était impossible à imaginer.

L'histoire veut qu'une des femmes de John D. Lee, en posant les yeux sur leur terre d'exil pour la première fois, se fût exclamée : « Oh, quel ravin solitaire ! » Il n'était pas question de désert, car l'eau y coulait, méandres boueux et torrents cristallins se côtoyant parfois dans le même lit. Il était question de falaises orangées tranchées au couteau, au pied desquelles on se sentait comme à la porte d'un château fort mauresque. De roche de corail nue et lisse comme si elle avait été polie par un sculpteur. De terre de rouille qui semblait avoir été recrachée du ventre d'un dragon. Comme si Dieu s'était gardé un coin de monde pour se défouler, loin du regard des hommes.

La plupart des habitants que vous croisiez dans cette contrée tentaient de vous décourager d'y voyager seul. Les Indiens vous racontaient que ce terrain était sacré. Les mormons vous prévenaient que dans les canyons se cachaient des bandes de hors-la-loi et les hors-la-loi vous informaient que la région était infestée de mormons et d'Indiens.

Le Révérend Aaron traversa la rivière Colorado à Lee's Ferry avec sa monture. Armé d'un bâton de pèlerin, il tira son cheval d'une habitation à l'autre, des cabanes en bois ronds et des maisons de pierres rougeâtres qui se fondaient dans le décor de roches vermillon, de tertres et de montagnes de la même couleur. Il cogna à la porte de chaque maisonnée. Une femme et des enfants lui répondaient, mais rarement un homme. Il se faisait passer pour un mormon du Missouri à la recherche de sa sœur qu'il n'avait pas vue depuis quarante ans. Il disait supposer qu'elle avait changé de nom, ignorer qui elle avait épousé et si elle était toujours en vie. Ainsi, il parvenait à être hébergé et à jeter un regard sur chaque jeune femme. Il prétendait rechercher les traits d'une nièce potentielle, alors qu'il tentait de reconnaître la veuve de Russian Bill, photographiée dans l'article du *Santa Fe New Mexican*.

Il empruntait parfois la piste des lunes de miel, une route creusée par les roues de guimbardes des jeunes couples mormons qui se rendaient en Utah pour se marier en bonne et due forme. Depuis qu'il avait changé d'identité et cessé de se faire passer pour un prêtre, il n'avait plus trouvé les traces du Matador devant les siennes. À un certain point, il en arriva presque à croire qu'il était réellement à la recherche de sa sœur devenue vieille, celle qui avait giflé son père avant de s'enfuir.

.

Les deux femmes habitaient chacune leur cabane avec leurs enfants, mais terminaient leurs soirées sur la véranda de l'une ou de l'autre pour échanger les ragots de la journée. Elles portaient des bonnets identiques, noués dans le cou par un large ruban, l'un vert pomme et l'autre lavande. On aurait dit des sœurs, vêtues depuis l'au-delà par la même matrone. Ces femmes qui partageaient un mari s'étaient autrefois détestées. Mais depuis que leur homme s'était trouvé une troisième épouse, elles étaient désormais unies dans leur haine de la nouvelle venue.

Le Révérend brossait son cheval devant la maison quand il les entendit parler d'un Mexicain au chapeau large et aux pantalons cloutés qui rôdait dans les parages à la recherche d'un prêtre qui était lui-même à la recherche d'une jeune fille qui aurait été mariée trente fois.

— Je connais cet homme, intervint le Révérend.

— Lequel ? demanda la femme au bonnet vert.

— Les deux.

Les femmes se regardèrent.

— Le premier est un chasseur de primes. Le second est le Révérend Aaron, dit le Révérend.

— Ils sont dangereux ? Que nous veulent-ils, à nous mormons ? demanda l'autre.

Le Révérend secoua la tête.

— Qu'on soit Juifs, nègres ou mormons, pour eux, ce sont des généralités. Ces gens-là ont des cibles précises.

— Alors pourquoi ici ? Pourquoi parmi nous ? demanda celle au bonnet lavande.

— Parce que, ma pauvre dame, ils ne savent plus où chercher.

Les deux femmes parurent satisfaites et ne dirent rien pendant un moment.

— Ils ne doivent pas être très pieux, conclut la dame au bonnet vert. Quiconque a déjà trouvé Dieu sait toujours où chercher. Ils doivent mériter leur sort.

— Qu'a-t-il fait ce prêtre, pour que sa tête soit mise à prix ? demanda l'autre.

— Il n'a rien fait. On veut le punir pour ce qu'il est. S'il avait été en compagnie de n'importe qui d'autre, le Révérend aurait eu à s'expliquer. Mais les deux femmes s'étaient tues.

.

Cette nuit-là, il ne dormit pas.

Il aurait pu tourner bride et faire mentir les prédictions du Matador, ne pas lui donner raison. Mais moins il dormait, plus il devenait convaincu que l'assassin le précéderait en tout, partout. Il n'y avait aucune fuite possible puisqu'il n'était pas traqué, mais devancé.

Bien après que ses hôtes furent couchés et les autres lampes éteintes, il continuait de noircir des cahiers entiers, décrivant dans le moindre détail la peur qui l'habitait. Moins il dormait, plus il écrivait, et plus il écrivait, moins il voulait dormir.

Comment le Matador opérait-il pour attraper ses proies ? Impossible d'interroger ses victimes, elles finissaient toutes mortes, soit de ses mains, soit de celles de la justice. Et alors les questionnements se transformaient en révélations. Voilà ce que ressentait une victime du Matador. Il n'aurait plus qu'à s'interroger lui-même.

En incarnant son contraire, il devenait son semblable. En tant que confesseur, le Révérend avait traduit le Matador pécheur devant la justice divine. En tant que traître et menteur, il se trouvait rabaissé au niveau du pécheur et le Matador élevé au rang d'exécuteur. Plus il pourchasserait le Révérend pour l'empêcher de faire de lui un personnage immortel, plus le Révérend en ferait un personnage immortel. Peu importe où il irait, les cahiers se rempliraient et l'autre sévirait.

Puis avec le lever du soleil, la peur s'évaporait. Son chemin était partagé avec des hors-la-loi, des mormons et des Indiens, de toute façon.

.

D'abord il entendit le son d'un cheval au galop loin derrière lui. Écho de l'urgence, rythme évoquant la cavalerie, la guerre. Cela ne pouvait être que le galop personnalisé d'un poursuivant adressé à un poursuivi.

Le Révérend pensa d'emblée aux Indiens, preuve que son instinct diurne ne croyait pas à la menace du Matador. Mais la vie est toujours sérieuse, même lorsqu'elle se moque de vous. Plus le prédateur accélère, plus votre certitude d'être une proie se confirme, et moins il vous reste de temps avant la prise. Une fatalité croissante, exponentielle. Il y a un moment d'incrédulité. Quand la bulle du déni éclate, il est déjà trop tard. L'assaillant est là.

Il reçut le coup derrière la tête, assez fort pour le faire tomber de son cheval, mais pas assez pour lui faire perdre connaissance. Étalé sur le ventre, il tenta de se relever, mais le Matador s'était assis sur lui et lui liait les pieds. Il ramena son bras gauche dans son dos et posa un pied dessus, prenant la posture du conquérant. Le Révérend haletait, grognait, mais ne criait pas.

Alors le Matador sortit son sabre et lui trancha la main droite. Juste avant de percevoir la douleur et de perdre conscience, le Révérend entendit un cri. Son propre cri, comme s'il s'était échappé sans son consentement.

ÉPILOGUE

MÉMOIRES D'UN ÉCRIVAIN QUI N'AVAIT PLUS DE MAINS

SHAKESPEARE, 1881

OMAHA, 1883

« Pauvre enfant, qu'elle me disait. Tu crois que tu vas quelque part. Le désert est partout. Le désert est dans la répétition. »

Mars 1881

Il n'y avait pas d'arbres aux environs de Shakespeare. Pas d'arbres à brûler, pas d'arbres pour pendre ceux qui avaient à être pendus. C'est pourquoi Sandy King et Russian Bill furent exécutés dans la salle à manger de la maison Grant, qui servait de station de diligence. On raconte que King se serait chamaillé avec le propriétaire d'un magasin et qu'il lui aurait tiré dans le doigt. Russian Bill aurait tenté de fuir la ville sur le dos d'un cheval volé avant d'être rattrapé par le comité de vigilance. Ce genre d'incident arrivait si vite.

Les deux hommes furent pendus à une des poutres du plafond. Les rumeurs veulent que voyant l'heure de leur mort arriver, les hommes aient inversé les rôles. Sandy King se serait mis à implorer les habitants jusqu'à demander un verre d'eau pour soulager sa gorge d'avoir tant parlé pour sauver sa vie. Russian Bill, pendant ce temps, se serait tu.

Pensait-il aux pieds nus de Pearl Guthrie contre le parquet de bois ? Ou au soleil couchant contre les flancs des montagnes Animas ? La question habita le Révérend Aaron tout au long du repas qu'il prit à la maison Grant. La salle à manger était une pièce rectangulaire et les tables collées l'une à l'extrémité de l'autre de manière à n'en former qu'une seule, comme dans les banquets qui se donnaient à mille lieues de là. Il n'y avait pas de chaises, que des bancs de fortune sur lesquels les voyageurs pouvaient se serrer les jours de grand achalandage.

Il était seul dans la salle. Les sons de sa mastication et le tintement des ustensiles contre la vaisselle de fer blanc semblaient amplifiés à ses propres oreilles. Il avait renoncé à écrire sur Charles Teasdale, puis avait dû renoncer au Matador. Il ne renoncerait pas à écrire sur Russian Bill, décida-t-il en déposant son gobelet sans ménagement comme on met son poing sur la table. Pour ce faire, il fallait retrouver sa veuve.

.

Les gens de Shakespeare se rappellent que le lendemain de la mise à mort, les voyageurs qui débarquèrent de la diligence entrèrent dans la salle et tombèrent face aux pieds des deux pendus et qu'une fois les cadavres décrochés par les employés de la maison, l'appétit ne leur vint pas aussi promptement qu'à l'habitude.

On dit qu'à Tombstone, les gens furent choqués d'apprendre la mort d'un personnage aussi inoffensif et amusant que Russian Bill. Certains assurent que quelques mois après sa mort, une missive arriva de Russie de la comtesse de Telfrin qui cherchait à obtenir des nouvelles de son fils Vilgem, anecdote que certains journaux de l'Est rapportèrent, sans que les Tombstoniens y accordassent quelque crédit. D'ailleurs, ni Pearl ni le Révérend n'y croient non plus. On raconte encore beaucoup de choses sur Russian Bill, mais jamais on ne parle de la quasi-centaine de personnes qu'il aurait tuées.

.

Août 1881

La seconde et dernière fois que le Révérend Aaron se rendit à Shakespeare, c'était en compagnie de Pearl Guthrie. Il avait accepté de la sortir du Peachtree, elle avait accepté d'être son infirmière et secrétaire personnelle. Il lui avait raconté qu'il était un prédicateur et qu'il avait besoin d'elle pour coucher ses sermons sur papier. Pour la première fois, ce n'était pas un mensonge.

Quand ils les voyaient ensemble, les gens leur demandaient s'ils étaient mariés. Le Révérend leur répondait : « Si vous étiez une jolie jeune femme comme elle, vous accepteriez d'épouser un infirme comme moi ? »

Pearl avait insisté pour visiter la tombe de Russian Bill, enterré aux côtés de Sandy King. Le cimetière se trouvait au bout de la rue principale, à flanc de colline entre la ville et la mine. Le Révérend se tenait en retrait derrière elle. Il n'y avait pas de vent ce jour-là pour couvrir le son de ses reniflements. Elle déposa une fleur de cactus devant la pierre tombale, car après tout, les cactus n'étaient que des roses dépourvues des armes de la séduction. Autour, la rocaille était parsemée de buissons d'armoise et de bouquets de figuiers de Barbarie. Le Révérend contempla le paysage, ses couleurs changeantes avec la distance et la concentration des bosquets. Ses strates taupe, puis beiges, puis taupe encore, et le ciel sans nuages. Quelle tristesse de reposer ici, se dit-il, loin de ses ancêtres parmi ces plantes qui ne poussaient sur aucun autre continent.

« Il aurait choisi d'être enterré à New Babylon, j'en suis certaine, affirma Pearl. La ville n'a jamais existé, mais un endroit qui n'a jamais existé ne peut pas mourir. »

En guise de prière, elle avoua qu'elle savait maintenant pourquoi Dieu lui avait refusé la seule chose qu'elle lui avait toujours demandée. Pendant tout ce temps-là, elle avait cru avoir sacrifié ce qui avait le plus de valeur en se débarrassant de la pépite d'or, mais elle avait eu tort. Ce n'était pas la chose la plus précieuse en sa possession. Elle délaça la ganse d'un sac en tissu et en sortit le coffret qui contenait les dernières pensées de Charles Teasdale.

— On dira ce qu'on voudra, mais c'est grâce à cet abruti si je suis là. Quand j'y pense, j'aurais voulu qu'il agisse comme Bill. Et j'aurais voulu que Bill soit un peu plus comme lui.

Elle renifla, puis tendit le coffret au Révérend.

— Vous êtes un prêtre. Acceptez cette offrande.

Le Révérend Aaron m'a demandé de coucher sur papier mes dernières paroles. C'est un luxe réservé à ceux qui meurent dans leur lit avec une mère, une sœur ou une fille aimante à leur chevet. Je fais pas partie de ces gens-là. Quand je vais mourir, ce sera d'un seul coup, entouré d'ennemis et d'honnêtes citoyens qui attendent après ça, me voir mourir. J'ai aucune dernière parole et personne à qui la dire.

Avril 1883

À Albuquerque, au Nouveau-Mexique, le Révérend
Aaron dicta à Pearl Guthrie un sermon adressé aux
chercheurs d'or qui refusaient de voir la vérité en face
et continuaient de croire que la richesse se cachait sous
leurs pieds. « Dieu ne fera pas apparaître une pépite
par magie juste parce que vous l'avez prié la veille »,
affirmait-il.

Ils se rendirent au milieu de la rue principale. Le
Révérend monta sur un tabouret, prêt à haranguer la
foule. Il inspira, puis fit non de la tête avant de redes-
cendre.

— Je ne suis pas prêt. Pas encore.

Le matin, le Révérend, qui s'éveillait dans la pénombre de leur chambre d'hôtel, devait attendre que Pearl
sortît de son sommeil pour qu'elle lui enfilât des chaussettes. Puis, les jours passant, elle commençait à se
lever avant lui. Il la trouvait assise près de la fenêtre,
un livre fermé entre les mains. Et le matin suivant, elle
n'était plus dans la pièce à son réveil. Elle déambulait

dans l'aube terne avec son ombrelle sur l'épaule, foulant la poussière des chemins qui ne la menaient nulle part. Comme dans toutes les autres villes, le Révérend savait alors qu'il était temps de plier bagage. C'était elle qui donnait le signal, lui qui annonçait la prochaine destination. Le prochain hameau desséché à arpenter en quête de grands hommes.

.

À Kyle, au Texas, il inventa un sermon réprimandant ceux qui venaient s'établir dans l'Ouest pour fuir les autorités, leurs ennemis ou leurs problèmes, quels qu'ils fussent. « Vos fantômes vous suivront partout où vous irez », déclarait-il. Cette fois, le Révérend ne se donna pas la peine de monter sur le tabouret. Il observa les passants puis haussa les épaules.

— Ces gens m'ont tous l'air respectables. Ce n'est pas le bon public pour ce discours.

Pearl ne se plaignait pas de ces atermoiements, mais de temps à autre, le Révérend se faisait un devoir de la rassurer.

— Bientôt, ma chère. Bientôt, nous vous trouverons un mari.

.

À Omaha, dans le Nebraska, il formula un sermon contre les jeunes en mal d'aventure ou de notoriété qui s'amenaient en croyant qu'il suffisait d'atterrir dans un endroit dangereux pour devenir brave. « Vous n'étiez rien là-bas et vous ne serez rien ici. Vous aviez l'impression que votre vie refusait de commencer et vous allez continuer de ponctuer votre existence de nouveaux départs pour vous convaincre que ce qui est devant sera meilleur que ce qui est derrière. »

Ils marchaient sur la 17e rue quand ils tombèrent sur une affiche grotesque agrafée à un poteau de télégraphe annonçant un spectacle à venir. Un homme aux énormes moustaches blanches, coiffé d'un chapeau de conquérant et vêtu d'un manteau à franges en peau de daim, y figurait. Il s'agissait de Buffalo Bill Cody, célèbre d'un bout à l'autre du continent et par-delà l'Atlantique, héros d'innombrables romans à quatre sous. Devant un public friand de personnages plus grands que nature, Buffalo Bill allait jouer son propre rôle, incarner son propre mythe.

— J'abandonne, dit le Révérend.

.

Les bavures d'encre qui souillent les pages de ce manuscrit sont le résultat des pleurs de Pearl Guthrie, qui tente de retenir ses larmes en couchant sur le papier les mots que le Révérend lui dicte. Il peut lui ordonner d'écrire tout ce qu'il veut, mais il ne peut la contraindre à parler. Personne ne saura si elle pleure à cause des événements qu'elle n'a pas vécus, pour Russian Bill ou si elle pleure d'avoir abouti avec un manchot. Personne ne saura à quel moment elle a tout perdu.

Ceux qui choisiront de voir l'intervention de Dieu dans cette histoire sont libres de le faire. Les voies du Seigneur sont impénétrables, surtout lorsqu'elles concourent à ce qu'un écrivain de romans d'aventure qui se faisait passer pour un prêtre n'ait plus le choix de devenir ce prêtre. Le Révérend Aaron y aurait cru, mais l'auteur de ces lignes ne sera jamais tout à fait le Révérend Aaron.

Il n'y aura pas de sermon.

AUX ÉDITIONS LA PEUPLADE

FICTIONS

BACCELLI, Jérôme, *Aujourd'hui l'Abîme*, 2014

BOUCHARD, Mylène, *Ma guerre sera avec toi*, 2006

BOUCHARD, Mylène, *La garçonnière*, 2009

BOUCHARD, Mylène, *Ciel mon mari*, 2013

BOUCHARD, Mylène, *La garçonnière (nouvelle édition)*, 2013

BOUCHARD, Sophie, *Cookie*, 2008

BOUCHARD, Sophie, *Les bouteilles*, 2010

CANTY, Daniel, *Wigrum*, 2011

CARON, Jean-François, *Nos échoueries*, 2010

CARON, Jean-François, *Rose Brouillard, le film*, 2012

DESCHÊNES, Marjolaine, *Fleurs au fusil*, 2013

DROUIN, Marisol, *Quai 31*, 2011

GUAY-POLIQUIN, Christian, *Le fil des kilomètres*, 2013

LAVERDURE, Bertrand, *Bureau universel des copyrights*, 2011

LEBLANC, Suzanne, *La maison à penser de P.*, 2010

LÉVEILLÉ, J.R., *Le soleil du lac qui se couche*, 2013

Mc CABE, Alexandre, *Chez la Reine*, 2014

SCALI, Dominique, *À la recherche de New Babylon*, 2015

TURCOT, Simon Philippe, *Le désordre des beaux jours*, 2007

VERREAULT, Mélissa, *Voyage léger*, 2011

VERREAULT, Mélissa, *Point d'équilibre*, 2012

VERREAULT, Mélissa, *L'angoisse du poisson rouge*, 2014

POÉSIE

ACQUELIN, José, Louise DUPRÉ, Teresa PASCUAL, Vìctor SUNYOL, *Comme si tu avais encore le temps de rêver*, 2012

BERNIER, Mélina, *Amour debout*, 2012

CARON, Jean-François, *Des champs de mandragores*, 2006

DAWSON, Nicholas, *La déposition des chemins*, 2010

DUMAS, Simon, *La chute fut lente interminable puis terminée*, 2008

GAUDET-LABINE, Isabelle, *Mue*, 2011

GAUDET-LABINE, Isabelle, *Pangée*, 2014

GILL, Marie-Andrée, *Béante*, 2012

GILL, Marie-Andrée, *Béante (réédition)*, 2015

GRAVEL-RENAUD, Geneviève, *Ce qui est là derrière*, 2012

LUSSIER, Alexis, *Les bestiaires*, 2007

NEVEU, Chantal, *mentale*, 2008

NEVEU, Chantal, *coït*, 2010

OUELLET TREMBLAY, Laurance, *Était une bête,* 2010

OUELLET TREMBLAY, Laurance, *salut Loup!*, 2014

OUELLET TREMBLAY, Laurance, *Était une bête (réédition)*, 2015

SAGALANE, Charles, *[29]carnet des indes,* 2006

SAGALANE, Charles, [68]*cabinet de curiosités*, 2009

SAGALANE, Charles, [51]*antichambre de la galerie des peintres*, 2011

SAGALANE, Charles, [47]*atelier des saveurs*, 2013

TURCOT, François, *miniatures en pays perdu*, 2006

TURCOT, François, *Derrière les forêts*, 2008

TURCOT, François, *Cette maison n'est pas la mienne*, 2009

TURCOT, François, *Mon dinosaure*, 2013

À LA RECHERCHE DE NEW BABYLON

À la recherche de New Babylon est le cinquante-quatrième titre
publié par La Peuplade, fondée en 2006
par Mylène Bouchard et Simon Philippe Turcot.

Design graphique et mise en page
Atelier Mille Mille

Révision linguistique
Judy Quinn

Correction d'épreuves
La Peuplade

Couverture
Atelier Mille Mille
Avec la permission de Library of Congress,
LC-USZ62-113714
(b&w film copy neg.)

À la recherche de New Babylon a été mis en page
en Lyon, caractère dessiné par Kai Bernau
en 2009 et en Din Next, caractère dessiné
par Akira Kobayashi en 2009.

Achevé d'imprimer en février 2015
sur les presses de l'imprimerie Gauvin à Gatineau
pour les Éditions La Peuplade.